小说眼·看中国

世上到处都是山

曹永——著

山西出版传媒集团 北岳文艺出版社
BEIYUE LITERATURE & ART PUBLISHING HOUSE

·太原·

图书在版编目（CIP）数据

世上到处都是山 / 曹永著. — 太原：北岳文艺出
版社，2019.9
ISBN 978-7-5378-6004-8

Ⅰ.①世… Ⅱ.①曹… Ⅲ.①中篇小说－小说集－中
国－当代②短篇小说－小说集－中国－当代Ⅳ.① I247.7

中国版本图书馆 CIP 数据核字 (2019) 第 185771 号

世上到处都是山

曹永◎著

出品人
续小强

责任编辑
赵勤

书籍设计
张永文

印装监制
巩璠

出版发行：山西出版传媒集团·北岳文艺出版社
地址：山西省太原市并州南路 57 号　邮编：030012
电话：0351－5628696（发行部）　　0351－5628688（总编室）
传真：0351－5628680
网址：http://www.bywy.com E-mail:bywycbs@163.com
经销商：新华书店
印刷装订：山西人民印刷有限责任公司

开本：787mm×1092mm 1/32
字数：154 千字
印张：7.75
版次：2019 年 9 月第 1 版
印次：2019 年 9 月山西第 1 次印刷
书号：ISBN 978-7-5378-6004-8
定价：39.00 元

曹永来去 （代序）

李 晁

　　曹永家前有小山，有竹有木有芭蕉，迤逦层叠，山顶自然还有凉亭。那天恰逢阵雨，也并不大，比淅淅沥沥强几分，因是一楼，我和祥夫老师径自拉开落地窗，听这雨，看这雨，门前的小广场上漾着雨水点开的纹路，风过山林，祥夫老师慨然感叹……我只好想到张岱，其自谓居所云："便寓、便交际、便淫冶"，很有种美意（题外一笔，这"淫冶"我想绝非淫秽、色情，充其量算一种性感的揭示，与闲情极有关系）。曹永书房高挂一横幅，上书：师竹堂。因我尚未有堂号或给房间命名的经历，以至竟白痴地问，师竹堂，啥意思？祥夫老师遥指窗外说，看见没有，那里有竹，师竹，就是把竹子当老师。听完，我又一次肃然，觉得每见曹永果然又有变化，总能感觉他不同程度的精进，这非玩笑，也不是说曹永要成为超人，正以不同的加速度离开地球，而是感到了彼此间的如隔三秋。书桌上恰摆有一扇页，晃一眼看，啧啧，谁的蝇头小楷？论书法，我是白丁，见字倒总有种欢喜，比如晚年文徵明，小楷入神入品，见之忘俗，但要细细再讲，

1

顿然无词，只能广而称之"好看"。我赞叹起来，曹永却立即跳脚，这是我写的，钢笔字啊。步近一瞧，还真是硬笔，曹永自称丑极，还写错了字，可我看仍有种好，不是庞中华一路规矩到不乱的好，写字岂能如印刷？所以那幅《心经》窃以为有曹永本人的机杼与胸臆。

来之前，已听闻曹永有一妙扇，妙的并非那把二十世纪的街头工艺品，而在其题字，题字者有谁？祥夫先生一也，金老师字澄二也，是九十年代两位师长的偶然之作，其珍贵恰在一种遇合，妙在自在而为。曹永近些年也涉及收藏，主攻陶俑，大大小小，摆满厅堂。细问年代，他如数家珍：此为东汉，这是唐，那就是典型的明。我看得一头雾水，瞧了个外行的热闹。只有客厅里两尊南宋武士给我留下深刻印象，斯斯文文，标志模样。武士俑倒有一身好书生气，实在难得，那铠甲丝毫不乱，兵器峥嵘，仿佛卸下即可赶赴雅集。

这可是精品。曹永得意地说。

我只能看个神态，所以转而一问，满屋陶人，没人说过阴气重？曹永一脸不在乎，我瞬间明白，曹永一身"火气"，有陶人相伴，于他倒也阴阳调和。

我们第一次相见，是七年前，在编辑部。彼时我在谢挺老师隔壁办公，初来乍到，总要做做样子，安坐一室学看稿子，串门只是午休，因而隔壁传来讲话声也没有在意，以为是惯常的作者上门，不想谢挺老师很快过来唤我，来，见个人。

我奔到隔壁，见到一个黑脸汉子（其实偏黄），穿黑色 T 恤，牛仔裤，一头板寸，神情放松自如，形同在家。谢挺老师说，这是曹永。再一眼便察觉对方目光，奇炯，很有股精神劲儿，这与我听来的曹永又不一样，一时倒忘了他身体抱恙的传说，两个年轻到刚好的人彼此交换了打量，跟着傻傻一笑，很有股不熟自热的劲头。

那时，真是年轻，当然还很躁动，谈起来，夸夸不已，恨不能短时间就将身世掏出，互换名帖，有种正能量版的西门庆热结七兄弟的感觉，或者是那一对三国里的小小配角，贩马汉子张世平与苏双，这比喻也许不恰当，因为没有下文。

那以后便热络起来。

曹永老家在毕节的威宁，是大湖草海所在，草海我一直没去过，仅见文字描述，来自高行健。曹永在毕节市文联上班，谈不上多忙，所以常来贵阳，到贵阳又必来编辑部，来了自然又是一顿好聊，彼时我没有文学圈朋友，曹永一来，必然是秉烛夜谈，真是话多的年纪。我们写作差不多同时，更是如切如磋，但真要细细回想，关于文学，两个年轻人能聊出什么来？也真是忘记了。不忘的只有氛围，在我居所附近的咖啡馆，两人先点上一杯什么，我加冰，曹永永远常温，继而对坐，我掏出烟来，瞄准烟缸，慢条斯理先抽一口，烟雾缭绕中，曹永等不及了，说，我最近想了一个小说，你听听看……每次如此，每次竟都能引起我的兴趣，奇的不是我的耐心，而是曹永的讲述方式，他的构思总令人精神一振。他自诩讲不好，我觉得恰恰清晰，编织的轮廓足够听众想象，甚而他还会讲几个细节，自然生动可闻，不知是即兴编的还是酝酿已久。只是时间过去，等我再问小说下落，曹永总先感叹，唉，可能跑气了，还是没写好。这不是自谦，我清楚，以曹永的天赋，每个小说的成型早在写作之初即大体明了，写出来也不会大走样，只是这样的急于述说是否真的影响了语言层面的表达，我也说不好。自己写作，总靠句子捕捉句子，不写完最后一句，无法窥知全貌，伍尔夫提倡"找章节，而不是句子"，是对我的有力反驳，可曹永的寻找又超出了具体而微的"章节"直奔整体设计，他总是迟于手指而先于头脑，等于古人绘画，心中藏有万千丘壑才能从容下笔，曹永深得其法。

即使平日不见面，曹永也爱来个电话，聊聊近来感受，或者他又想到一个什么小说，急于找人倾诉一二，我就听着，却从未礼尚往来。鄙人性格慢热，偏于不动，实在疏于联络人，到底是冷酷了。以我心理，一来怕打扰别人，二来似乎找不到具体话讲，我还有些怕听电话。只是久而久之，也心有愧疚。有两次，我师法曹永，给久未联系的几个发小去电，突问近况，倒得了对方追问，你咋了？弄得我倒尴尬了。

即使曹永性情里有如此热烈的一面，但仍可以看出他的悲观、孤独，我这么说，不是把孤独挂在嘴上，而实在是被他的话打了个激灵，那还是我们彼此常切常磋的"蜜月期"，在一家叫大师的咖啡馆，曹永说，也许有一天，我们会不来往了。我不知道这话从何说起，以我对人的看法，不往远看，只顾眼前，是无法揣摩了。

想起来，我和曹永还有一次结伴出行。那是 2013 年夏天，青年诗人顾潇结婚，作为好友，我和曹永前后抵达顾潇的老家水城县横塘村，在婚礼上，顾潇玩民谣的朋友唱起了一首《梵高先生》：谁的父亲死了，请你告诉我如何悲伤，谁的爱人走了，请你告诉我如何遗忘……婚礼上听到这个，在我还是头一遭，就在大家起哄跟着"嘿嘿嘿"合唱时，曹永低头接了一通电话，然后炸出一个新闻，我获人民文学奖了，是短篇。我知道是《龙潭》了。读到这个小说是几个月前，我以为《龙潭》深得传统小说精髓，而非外界历来对曹永的评价——野气或者野生，倒不是说这评价有什么偏颇，只是角度不同。读文本，曹永对人性、对世情的勘探与讽喻，真是拿手好戏。我读《龙潭》就读出了"水浒"的快意。曹多奎的命运当然是自作自受，他的两极作风，从悲痛欲绝，到耀武扬威，正是人性最赤裸、本真的反应，这是其一，其二，山寨的生态、族群关系又导致了曹多奎的命运走向，曹多奎被人操弄于股掌之间而不自知，族长与曹多奎祖父的暗线正是其埋伏，所谓族群政治，正是如此，小说的讽喻、"以小见大"由此奠定，而明快、浑然天成的叙述又增添了其小说的审美意味。这样的小说获奖，是实至名归。曹永当然也很高兴。然后，我忘了是在哪里，好像是第二天转了场，在一个烙锅摊上，《人民文学》的李兰玉老师也给我发来短信，通知我获得人民文学之星中篇小说提名奖。这让我也有些意外，一来我中篇写得极少，二来我自认为我的优势在短篇，而曹永恰恰相反，他擅于写中篇，这奖对我们来说仿佛是开了一个玩笑。

颁奖地在南京，我和曹永同去，去之前曹永兴致勃勃地联系了他在鲁院的同学小说家斯继东，东哥彼时在绍兴的诸暨，曹永以为南京离那里颇近，我们可以转道去鲁迅故乡看看，可问了才知道，两地不是一省。我们当然是没去诸暨的，只看了看南京的地标夫子庙。在秦淮河畔，贡院两边，虽然今昔两样，可到底是六朝金粉之地，空气中似乎还残留着五陵年少打马而过的风声，而遥想中的秦淮八艳呢？"面晕浅春，缅眼流视，香姿玉色，神韵天然"再接"咿呀喁啾之调，如云出岫，如珠在盘，令人欲仙欲死"……以至于我在领奖发言时竟说了一通胡话，我说，这是我第一次来南京，今天早上去了一趟夫子庙，感觉自己晚来了几百年。台下笑，可这并非我的有意玩笑，而是实在的感受，我不知道曹永游走这菜蔚洇润地、温柔富贵乡又有何感想？

颁完奖的晚上，甫跃辉、王威廉、曹永和我约好去吃宵夜，在宾馆的幽暗通道上，我们遇到了众人的偶像毕飞宇老师，甫兄立即上前拍了一下毕老师肩膀，这一拍非同小可，不是甫兄跟着叫了声"毕老师"，按毕老师事后的说法，他就要反击了，很可能是一道肘击，而我们都知道毕老师坚持健身多年，街头对抗两个流氓完全不在话下，如果动手，不堪设想。可得益于甫兄的这一鲁莽动作，毕老师问起来，你们做什么去？我们说，请毕老师吃宵夜。毕老师说，走，我知道个地方。那晚，毕老师还叫来了评论家何平老师，真是奇妙之夜。听毕老师说，我写《青衣》是翻着《京剧一百问》写的。这让人惊叹。临走，毕老师拦下众人结账，又带我们打车，我和曹永、毕老师一车，返回宾馆的路上，曹永向毕老师提到了他的一个短篇，《地球上的王家庄》，他表达了喜爱之情，觉得小说意蕴无穷，颇有不可道之处。这个短篇我也看过，竟傻傻地没有看出门道，这就是曹永的敏锐了，对于那些脱离"常规"的小说，他总有发现之道。

都说曹永不阅读，其实这是粗浅的结论，当然也来自曹永的自我招供，他说，他根本记不住。以我对曹永的了解，他的阅读实在独到又广阔。我说的广，并非单指纸上之作，纸上作品是要靠人的目光去焐热的，焐热的程度又视读者情感投入的多少，好比盘玉，人的体温、汗液、心境都能起到一些微妙的作用，而曹永直接面对热辣的生活，这无须事后体认，它会当即给人带来切肤的体验。我一向以为，书（小说）没有读透，是人还没有看透，小说没有写透，是对这个世界还有些懵懂、隔膜。小说家对世情的窥看，是一项重要的工作，自然，其中亦有天赋与经历的高下，所以，论读人识事，曹永实在是老师。

就这，我和他还有过争论，他总以为阅读（纸上作品）的重要，我偏认为阅读不仅在此，为此，我还搬出了曹家人来反驳他。我说，曹雪芹读过什么书？如果不是切身经历，《红楼梦》如何写来？闺阁昭传岂不泯灭？曹雪芹读过托尔斯泰吗，知道卡夫卡吗？我自然有些狡辩，可一种事实是，古人实在没有多少书可读，我不是瞎讲。金克木先生在《书读完了》的开篇就讲了一段逸事，说陈寅恪幼时去见历史学家夏曾佑，老先生对他讲："你能读外国书，很好；我只能读中国书，都读完了，没得读了。"陈寅恪当然惊讶，可明显的事实是，金克木写道："等到自己（陈寅恪）也老了时，他才觉那话有道理：中国古书不过是那几十种，是读得玩的。"我这么说，曹永当然不服，说曹雪芹对佛经参悟得多透啊，没有这样的阅读，怎么可能写这一场幻灭（这是不是从另一个角度击溃了曹永自言不读书的言论？），他的意思还是，这依然是阅读之力。我当然还得狡辩（因我绝不会承认阅读是不重要的，我的论点仅在于"读"的范围与效力），我的意思是，从有限到无限，不是单纯的量变（盲目阅读），还和作者的际遇与思考有很大关系，是合力，说玄一点儿就是上天及自我的成全。

再回头看曹永经历，他的"读人识事"的本领从哪里来，我觉得还是环境，即使我们从未去过曹永生长的地方，也可从他的小说里辨认出来。我只想从一个简单的点出发，那就是环境或曰风景。风景的描写在曹永所有的小说里总是寥寥几笔、见缝插针，可千万别小瞧这几笔，这是曹永借地写人的源点，试想没有如此险恶的环境，哪里有曹永对人性的深刻剖析？都说乡土中国，在我看来，这乡土也迥然有别，北方平原是一例，江南水乡是一例，西南山地又是一例，由这土地承载的人自然又多样。在一年到头刨不出几粒粮食来的地方，若说到秩序和道德，那等于笑话，在这里维持的不过是生命本身的残喘，人的荣辱归于虚无，它一再被压制。比如在《两棵姓曹的树》里，兄弟俩的恩怨正是借助了外人的干涉，曹大树劈下去的斧头难道只是简单的手足相伐？以我看，那正是被碾压到低处的人能找到的最易于下手的对象罢了，兄弟间如此，可想人伦道德在艰难环境里的全然失效。墨家说"爱无差等"，佛家讲"不二法门"，可是在曹永笔下，你会看到，恶无差等，恶也是一视同仁。

对于环境，在曹永回顾成长的文章里有许多鲜活的例子，我这里不再赘述，我想说的是，在这样的乡村，生存是超出想象的，"文明"难以企及之处，恰暴露了人的原始形态，为了简单地活下去人类需要上演多少次挣扎与毁灭啊。所以不熟悉曹永的人，初看他眼神，会得出"凶狠"的结论，可等到足够熟悉，你才会明白这"凶狠"背后隐藏的内容，那何尝不是一种自我"伪装"与保护？

曹永为什么做起小说来？是个很有意味的话题，但也并不和其他作家有什么区别，其中的微妙，只能曹永自己讲。我只听闻他的写作冲动来自武侠小说，武侠我看得极少，前年我看还珠楼主，曹永对我说，有时间我们合写一本。我说，好。当然，这完全是应酬话，我自知无此能力。为什么是武侠？我也不想深究，想来那不过是一个作家的源点，它的作用无非引路，等于火箭，一段段往上推，助推器是会很快掉落燃烧的。只是说到这里，是为了让读者便于了解曹永笔下的"小说速度"，我总对他说，你的小说节奏之快，快到一不留神，就结束，仿如古龙写杀招，根本不见招，人就倒下了。这个问题，曹永也认可，他也觉得小说的闲笔大有益处，所谓张弛有度、阴阳相济正是如此，可曹永写起来却抑制不住地狂奔，如离弦之箭，这带来锐利、痛快的同时，也带来稍许的遗憾，比如《龙潭》，临近结尾若再宕开一笔，会更趋完美。

我读曹永小说总会燃起内心风暴，其笔下世界总是超出秩序与规范，我是指一种生存状态及其由此衍生的人物关系，这不是怪诞，而是荒诞，荒诞感是曹永小说的底色，这是现实的教谕，也源于作家内心的真实，可现实不论多荒诞仍是现实，唯有艺术作品的荒诞才能产生切实的属于"荒诞"的感觉。加缪说过："艺术品本身就是一种荒诞现象，只不过涉及其描述，给精神痛苦提供不了出路，相反是痛苦的一个征象，回荡在一个人的全部思想中。""提供不了出路"恰是我读曹永小说的一个感受，或者说，出路就是毁灭。

除了荒诞，还有什么？是讽喻！这里我想提到一部叫《地界》的小说，恕我也不复述内容，《地界》的第一遍我没有看懂，或者讲我看懂的仅仅是文本的第一层面，即"现实—现实"，没有超出农民对土地界限的认知，经曹永点拨，我才恍然，原来小说暗藏着丰富甚至令人哑然无语的另一面，这是曹永的高明之处，我们讲声东击西，并非游戏，而是小说发明之初作为"醒世"手段的一个表现，曹永没有放过。

如果非要总结曹永的早期小说，从《龙潭》的肇始到《地界》的强讽，曹永的笔力不断加强，视野与格局一再递进，他呈现了诸种变化，并非困守在人性幽暗与行止暴力这一小小范围。这里我还想再加一部小说，《花红寨》。《花红寨》让人想到的是黑泽明的《七武士》，大家还记得在流浪武士与结队山贼的终极拼杀之后，得胜者是谁吗？没错，是那些看上去走投无路的农民。这是多么讽刺与无奈的现实！曹永小说的关键词就这样一再变化，它由一己的生存不断上升为对社会、历史的逐渐认知与体现。

如果非要提一点反面意见（按曹永事先交代），我的担忧在于，不论曹永在自我的范围里怎样提纯小说的锋利、角度及表现形式，它作为刀枪剑戟的杀伐作用仍然明显，对人性暴虐与世相险恶的一再揭露，是否过于单一？如果文学离开了此种刺激，是否真的无法令人兴奋？假设只有毁灭一途，那么救赎从何谈起？只是此间的辩证殊难标出清晰的界限，譬如斯坦贝克在《愤怒的葡萄》里没有写出最后那一口呈现上帝光芒的奶水，那此前的磨难是否只是单曲循环？我们的内心还会升起比仇恨与战栗更多一点的感受吗？可到底，我仍然认为，曹永的残酷叙事并非只是单纯发泄，它唤醒的恰是残酷的另一面——仁爱，但这一认知是否是我单方面的强行总结，我也很难讲清楚，能说明白的愿景只有一个，那就是作品的丰富性是作家的毕生追求。

有一段时间曹永消失了，他陷入与黑暗的搏斗，失眠症突然笼住了他，那段时间曹永看过"名医"无数，旅游一般住了多家医院、大小诊所，甚至有一次濒死的感觉无比强烈，不是他拖着最后的求生意识逃走，可能会死在某位"名医"手里。请原谅我这么毫无细节地描述发生在曹永身上的不幸事件，实在是那段时间与他疏于联络，他像躲着似的缩到了无人的角落，偶尔的出现、述说，竟也被我们视为不可思议，以至于用以调侃（此处应响起周星驰那句"没有人性啊"）。我们没有受过失眠困扰，我的意思是，持续的失眠！我还猜测，是曹永漫长假期的不规律生活让他无事可做，从而导致失眠。按我在《山花》的工作节奏和强度，朝九晚五，只恨一天太短，睡眠不足，所以我提议他不如正常上班，或许规律的生活与工作状态能让睡眠重现？可建议归建议，无法立即消除已经到来的影响。我听曹永讲过一个场景，印象极深。有一天曹永从银行取了钱，几千块的样子，他就站在毕节街头数，可数来数去，竟没有数清楚，那一刻，曹永说想死的心都有了，觉得自己完蛋了。我突然感受到了他的悲哀。所幸，曹永忍耐下来，也熬了过来。失眠来得突然，走得亦莫名其妙，后来问起，曹永说好了许多，还抽空写了几个小说，这就是见好的征兆。

曹永遭遇的这一切，难道不是孟夫子说的："天将降大任于斯人也，必先苦其心志，劳其筋骨，饿其体肤，空乏其身……"当然，这只是我们事后的美好愿景，希望如此，不然，又能怎样呢。只是此间的苦痛、折磨，乃至孤独，除了曹永本人，还有谁能体会？

这又是曹永的一变，因为他开始说到孔子，说到佛家诸种，不难看出，这并非曹永的病急乱投医，而是他的努力寻求破解。我在很多场合讲过，羡慕曹永，正是他不断地思考，不断地寻求突破，这不光是命运使然，而是身为一个作家，对生命对存在的好奇与求证。

木心有一句话，是这么说的：

有一种话不能自己说，

旁人也不能说……

是非常好的话。

曹永不说，我作为旁人也没有说明白，那么只好等你，与他素昧平生的读者，那"非常好的话"由你来讲。

己亥秋，于贵阳

目 录

花　牛

麦地坪只有他们一家。家有两口半，一口是男人，一口是她，另外半口算那头花牛。男人去后山挖地，顺便把花牛拉到坡上去了。家里就只剩她一个。这会儿，她坐在屋檐下面洗衣裳。

她搓着衣领，那里糊着一层黑亮的泥垢，实在脏得不成样子。衣裳是男人的，也不晓得到底穿多少天了。她不是个懒女人，总是三天两头让男人换衣裳，可男人就是懒得换。她记得男人年轻时候很爱干净的，走在哪里都爱拍打身上的灰尘。也不晓得从什么时候开始，男人就变邋遢了。

她记得自己原来也很年轻，自从嫁过来以后，她就不停地生娃娃。她像一根瓜藤，接生婆连续从她的身上摘下三个瓜儿。后来，娃娃长大了，她也没声没息地老了。人总是这样，好像前不久还年轻，忽然就变老了。

门口是粪塘。在黔西北农村，家家门口都有这么个粪塘。大家在门口的场坝边，随便挖出块洼地。白天，往洼地里倒烧过的煤灰、扫出来的灰尘，或者倒些乱七八糟的东西；晚上，就把洼地当成厕所，在上面撒尿。这样，就成粪塘了。太阳热烘烘的，粪塘被烤出一种黏黏糊糊的味道，像尿臊味，也不全是。那种味道扑进鼻子，让她感到鼻孔痒痒的。她想打喷嚏，偏偏又打不出来。这让她有点难受。她原来想和男人商量，把粪塘挖在别的地方，或者干脆就不要了。可是，到底挖在什么地方，她又拿不准主意。何况，粪塘不仅为了方便，还为了沤粪。农村人少不得要种庄稼，没粪还怎么种地呀。

她想把木盆里的几件衣裳搓一遍，接着到后山的水塘边清洗。现在洗衣裳的水，还是前几天晚上落雨的时候，她用木盆在屋檐下接的。麦地坪啥都好，就是缺水。崖脚倒是有条河，但路远，来回要半天时间。山路狭窄得像根绳子，要是半路碰到人，只能找个稍微宽敞的地方，贴着崖壁让路。来人侧身挤过时，吃葱吃蒜的味道都能从嘴里闻出来。

她啥都不怕，就怕没水。女人要做饭，还要洗衣裳，最怕的就是缺水。以往她不操这个心。以往她还住在崖脚。崖脚那条河，叫格佬河。格佬河里的水，你就尽情用吧，你甭想把它用完。那是河嘛，不像后山，就木盆那么大个水塘。崖脚有河，偏偏没多少土地。

搬上麦地坪好些年了，她还时常想着河边。原来还在崖脚的时候，她总觉得河水响得泼烦。后来耳根清净了，她又开始怀念那些日子。想起河水哗哗地流淌，她有点心疼。格佬河的水很清亮，简直数得清

2

河底的石头，可是，这么白白淌掉真有点浪费了。你说用来洗衣裳也好，用来做饭也好，偏偏啥都没用，就这样淌掉了。最近两年，她时常会听到河水流淌的声音，再仔细听，似乎又没动静了。她想，可能是年纪大了，耳朵出毛病了。

她热得有些受不了，于是放下衣裳，抬起胳膊，用袖子擦额头上的汗水。山崖对面，是云南。她看到的那个地方叫零公里。她不明白咋会有这么奇怪的地名，可那边确实就叫零公里。零公里的房子像羊屎疙瘩那么撒落在山坡上。她听到那边传来牛叫，好像还有娃娃叫喊的声音。她竖起耳朵仔细听了一下，确实是娃娃叫喊的声音，只是听不清楚喊些什么。

男人扛着锄头，拉着花牛回来了。他驼着背，远远走来，看起来比那头花牛高不了多少。男人原来不是驼背，他挺起胸，直得像棵树，可他到底还是老了。人就是这么个样子，年纪大了就慢慢变得弯腰驼背。男人把花牛拴在粪塘边，然后蹲在场坝上，用斧头敲板锄，弄得咣咣响。声音直往她的耳朵里钻，让她有点烦躁。她实在忍不住了，说敲你家先人骨头！

男人抬起头，不晓得她怎么发火了。男人说，我去挖地，不小心挖到石头，锄头卷口了。她说，不要敲了，敲得泼烦。男人说，你看你，我敲锄头，你说泼烦。她说，要敲你到别处敲去。男人说，瞧你说的，还让我去哪里敲嘛！她不耐烦地说，我不管你去哪里敲，反正不要在这里吵我的耳朵。男人不说话，也不敲锄头了，他用斧头对付一根胳膊粗的棍子，好像要重新做根锄把。

男人吵不赢她，也不愿和她争吵。男人就这点好。当年她还是姑娘的时候，有很多小伙子追求她，天天追在她的屁股后面唱山歌。可是，她偏偏就看上了现在的男人。她说不清楚男人到底有啥好。她就是喜欢。记得年轻那会儿，男人很健壮，身上的肉结鼓鼓的，像耗子似的窜来窜去。那时候，男人总有使不完的力气，在地里累了一天，天黑回家，关上门就把她往床铺上推。她看不清他的脸，只能闻到男人身上那种汗臭味。她晕乎乎的，软绵绵的，身上一点劲也没有。男人在她的身上忙碌一阵，就躺在床上喘气。她想让男人抱。但男人翻过身子睡着了，鼾声满屋乱跑。她像只虫子，悄悄往男人的怀里钻。她觉得自己幸福极了。

那些年头，他们之间话很多，总是说不完的样子。她说，这几天气候真好。男人说，就是，白天出太阳，晚上就落雨，这种气候最好，人不受罪，庄稼也长得好。她说，后山那块地挖出来好多天了，趁着天气好，赶紧把苞谷种了。男人顺着她的话说，好嘛，你把粪塘起了，我这就下山找些豆子，苞谷地合适种上些红豆，不占地方，也不耽搁时间，一道手脚就栽了……

不晓得从什么时候开始，他们的话少了。男人变得像个哑巴，可她偏偏有满肚子的话，有事没事都想说几句。看到男人不搭理，她就无端感到冒火。她不明白男人怎么就不说话，人长着嘴巴哩。长着嘴巴不只为了吃饭，还要说话哩。你不说话，你不怕闷死？你又不是石头。

4

她想说话，偏偏没个说话的地方。麦地坪只有这么一家人，就是说话也没个对象。前些年，她隔三岔五就朝崖脚跑一趟。其实也没啥要紧的事情，就图有人陪她说说话。后来年纪大了，腿脚不灵活了，下一次山，差不多能要她半条老命。她也懒得再走路了，就这样在麦地坪待着。时不时，就冲男人发一通火。男人也是，年纪老了，好像是连舌头也老了，除了吃饭，横竖难得见他张嘴。

　　太阳圆滚滚地挂在天上。她就在那里洗衣裳，衣领好像是干净些了。也许就这样，已经没法洗白了。有时候她会抬头看一眼，眼前尽是高高矮矮的山包。山包远远近近地堵在她的视线里。山上有的地方长着树，长着野草。有的地方啥也没有，就那样光秃秃的，看起来像块伤疤。

　　很多时候，她都想伸起脖子，朝山崖对面的零公里吼几声，但偏偏张不开嘴。这么个半死不活的老太婆，好端端的你吼啥嘛，你又不是疯子。疯子才可以乱吼乱叫哩。有时，人就这样，硬是活得不如疯子。

　　盆里的水浑了，上面还飘着油星子。她感到有点腰酸。这种年纪，总不免会腰酸背疼。她伸出拳头，反手捶打着腰部，然后把目光伸出去，胡乱看着。花牛站在粪塘边，咧着嘴吃草。无事时，男人常去坡上放牛，但更多的时候，他都会把草割回来，堆在粪塘边给牛吃。

　　花牛听到崖对面有牛叫，它亢奋地迎起脖颈，跟着叫唤。她吓了一跳，责备说，好端端的，你叫啥？花牛似乎在等待回音，但那边很安静，它只能埋头继续吃草。她扔掉手里的衣裳，和花牛说，你说，这种地方鬼都没有一个，活着到底有啥意思？花牛的背上落着几只苍蝇，让它很不舒服，所以甩起尾巴驱赶。她埋怨说，这里又不长麦子，偏偏叫麦地坪，这是什么道理嘛。

男人扭头朝这边看，没有说话。他把木棍的两头剁掉，然后拿着斧头往上边削。他削得很仔细。太阳亮晃晃地挂在头顶上，很旺盛。麦地坪很安静，顶多听到风呼呼的声音。再顶多，听到自己呼吸的声音。

她接着说，这里种红豆，还种苞谷，你说为啥不叫红豆坪，或者叫苞谷坪呢？花牛用舌头把青草卷到嘴里，吃得心不在焉。她说，我今年想多种点红豆，但吃不完，你又不吃这种东西。花牛嚼着嘴里的草，弄出咯噜咯噜的响声。她说，想背到街上卖，但路太远，不划算，我这把老骨头呀，经不起折腾，说不好哪天就散架了。

几只麻雀落到房顶上，叽叽喳喳的，就像在吵架。它们在屋檐下面的墙缝里做窝。每次回来，它们都会叫上一阵子。花牛竖起两只耳朵，到处张望。她也跟着张望，看着眼前的瓦房，她有点得意，和花牛说，你看这样好的房子，你呀，也算跟着沾光了。

几只苍蝇飞来飞去，花牛害怕它们落到鼻眼上，赶忙摇晃脑袋。她说，前年他们回来，我说房顶漏雨，让他们割些山草来翻修，这几个鬼娃娃不听话，硬是要盖瓦房，盖完房子呢，他们又走了，你看这屋里空荡荡的，简直像个岩洞。花牛没说话。花牛当然不会说话，它在埋头吃草。她嘀咕说，让他们回来，但一个都不肯，都说要在外边挣钱，莫非外边的钱是树叶子，就这么好挣？

她感到自己有点生气。她不想洗衣裳了。她用围裙擦手，然后站起来往屋里走。从屋里钻出来时，她的手上多了一朵葵花。去年，男人下山买盐，回来时给她带了些葵花子，让她无聊的时候嗑几颗。她没把葵花子嗑完，特意留了几颗撒在自留地里。没过多久，葵花果然就长出来了。她把几朵葵花取下来，挂在灶台的架子上，想起来就往嘴里扔两颗。自己种的葵花，有嚼头。

她嗑着葵花子说，麦地坪种庄稼收成不算好，但种出来的葵花就是香。花牛没被葵花所吸引，它只吃草。她说，原本想给几个娃娃留着，让他们过年回来尝尝，但葵花把灶架都挂满了，他们还不肯回来。

花牛突然撅起屁股，拉出几团屎。那圆滚滚的屎落在地上，砸得扁扁的，摊成碗口大的几坨。牛屎冒着热气，很不好看。她瞪着眼说，哎呀呀，你又要屙屎，从早到晚，你都不停地屙屎。花牛好像有点羞愧。她抱怨说，你呀你，走到哪里屙到哪里，明明就在粪塘边，还要这么懒，你只要稍微歪一下屁股，就屙到粪塘上了，偏偏还要我来收拾。

花牛已经上山三年了，刚来的时候，它比只山羊大不了多少。那次盖房，娃娃去买瓦片，看到花牛犊，他们觉得好看，就买回来了。把牛犊弄上山来的时候，他们费了不少力气。他们开玩笑说，让花牛和娘做伴，看到花牛的时候，就相当于看到他们了。

想起这事她就伤心。她想，我生的是你们，又不是这头花牛，牛给我做伴，你们倒跑掉了。她扔掉手里的葵花壳，说你们这些鬼娃娃，全都往外边跑，再不回来，恐怕连爹娘长啥样的也记不得了。

男人听到她骂骂咧咧，停下斧头朝这边看。

她越想越生气，和花牛说，他们出去就不想回来，前年回来一次，盖好房子，只待几天就走了，他们说没水洗澡，这是啥话嘛，这种地方，不消说洗澡，连吃水都成问题，可他们说没水洗澡，简直不像人话。

花牛转过身子看她，好像在安慰她。她并不领情，气呼呼地说，你还以为我不晓得，你们都是一伙的，你跟他们商量起来，想把我活活气死哩。花牛有点委屈，不停地朝她甩尾巴，仿佛在解释。

她和花牛说，他们一个都不听话，不回来就算了，但老大二十好几了，好歹成个家嘛，催他几次，都说找不到合适的。还有老二，他怎么就不小心点呢，手指居然让机器割掉两根，到底是啥机器嘛，又不是镰刀，怎么就把手指割掉了。还有老三，他是最不让人省心的了，成天调皮捣蛋，鬼晓得他会闯出什么祸来。

她不想吃葵花了。她觉得嚼起来没什么滋味。她抱着葵花坐在门口，感到心里空落落的。她不明白自己怎么会有这种感觉。前边有一棵老树，说不清是什么树。树皮粗糙得像她脸上的皱纹，看起来就要死了。但偏偏没枯死，枝头还挂着几片零落的树叶。

她看着花牛，突然说，要是有个孙子就好了，说来奇怪，以前不想，到这个年纪就想抱孙子，这些事情，由不得自己哩。花牛也许是吃饱了，也许是听她说话，它站在那里，半天才动了一下。

有头发挡在眼前，她伸出两根手指，把头发拨到后面。她的头发白得差不多了，看起来像柴火烧出来的白灰。原来的时候，她的头发黑亮黑亮的，不晓得从什么时候开始，就慢慢变成这个样子了。她整理完头发，叹气说，有时听到崖对面的娃娃哭，总忍不住想，要是自己也能有这么个孙子就好了。

男人蓦然把手里的斧头扔出去了。她眨着眼睛，不明白男人好端端的，怎么把斧头扔出去了。男人跑过来说，我真是受够了！她说，搞不清楚你说啥。男人气冲冲地说，我早就受够了！她说，咦，你看你。男人愤愤地说，你又不是牛，你天天跟它说话。她说，啧啧，你这人，我说我的，又没碍你什么事。男人说，我真想把自己的耳朵割掉。她说，你尽说些莫名其妙的话。男人说，世上没你这么无聊的人。她说，你这个老东西。男人说，你早晚要遭报应的！

她想吵几句，但男人没给机会。他又跑回去了。他蹲在场坝上，捡起斧头往板锄上敲。咣当咣当。他敲得攒劲，声音很刺耳朵。她明白男人在闹情绪。她把葵花放在地上，边唠叨边拧衣裳，打算趁太阳还没落坡，赶紧去后山把衣裳摆干净。

花牛突然停止嚼草，它竖起两只耳朵，捕捉山崖对面的牛叫。听到同类的声音，它赶忙回应。花牛叫唤的声音，远远地传出去，悠长而响亮。哞——哞——

埋　　伏

　　两头猪围着槽盆吃食，它们摇头晃脑，把食物甩得到处都是。两头肥猪是几个月前买来的，底细清楚，它们是嫡亲兄弟。这哥俩在进食的过程中产生冲突，哥哥仗着块头大，用嘴筒把弟弟掀开。弟弟叫唤几声，表示了自己的不满，然后继续争抢盆里的东西。几只鸡围在旁边，伸着尖锐的嘴壳啄地上的东西。猪食里面有石磨碾出来的苞谷，像碎米一样，鸡很喜欢吃。

　　我拿着铁锤修补院墙。昨晚落了一场雨，今天早晨起来，发现院墙塌了一角。在我的敲打之下，石头碎屑飞溅。我刚把一块石头放到豁口上，阿宽就出现了，他用沉闷的嗓音喊我一声表哥。我的手微微一晃，锤子偏离原来的方向，砸在指头上。我感到一阵剧痛，指头也许被砸碎了，鲜血从指甲缝里冒出来。我跑进屋子，寻了一片蜘蛛网，一层层地裹在指头上。虽然还痛得要命，但鲜血总算止住了。

我不满地说，你来就来，喊啥嘛！阿宽说找我有事。我问他有什么事。阿宽嘴皮动了几下，却啥也没说出来。我记得两个月前，他曾说过，他家的厢房漏水，打算重新翻修，看样子应该是来借钱。我说，如果要借钱，那你就找错人了，我刚买了块地，现在手里紧得要命。阿宽说，表哥，我不找你借钱。我松了口气，问他到底有什么事情。他有些脸红，说这事不好开口。

我嫌他太啰唆，于是说，有话赶紧说，不要耽搁时间，我还要修院墙。阿宽低着头，还是不开口。我不耐烦了，提起锤子要走。阿宽急了，拦住去路说，我跟你说事哩，你怎么要走呢？我说，你有事就快点说，我最烦别人磨蹭。阿宽跺脚，说我家出大事了。我问他出什么事了。

阿宽的眉头紧紧扭在一起，仿佛肚子痛得厉害，他说，我上次回来，在床边发现半截烟屁股。我说，你又不是发现金元宝，烟屁股有啥稀奇的？阿宽说，我在野马冲打工，经常不回家，烟屁股怎么无端跑到床下去？我说，是你媳妇鞋底带去的吧，也有可能是你鞋底带去的。阿宽激动地说，偏偏昨天又发现半截，而且都是同一种牌子。

我问是什么牌子。阿宽掏出一个纸团，里面包着两截烟屁股，他说，两根都是草海烟。我说，草海烟劲道足，我就喜欢抽这种牌子。阿宽说，要是鞋底带去的，总不会这样凑巧吧？我说，这个说不准。阿宽咬着牙说，我总觉得有些问题，这几天请假回来，就看谁抽这种烟，看了两天也没看出头绪，我发现抽草海烟的人实在太多了。

我说，小米是个好女人，你不该疑神疑鬼。阿宽说，我也不想怀疑她，但出现这种情况，你让我怎么办？我说，要是弄错，你就麻烦了，你以后别想再和小米过安稳日子。阿宽说，没摸清底细之前，我不会唐突盘问的。我问他到底打算怎么办。阿宽说，你要帮我捉拿奸夫。

我瞪着眼说，这种龌龊的事情，我才不会帮你。阿宽紧紧拉着我的胳膊，说，你是我表哥，我左想右想，你最合适帮忙。我说，要去你一个人去，我还要修院墙。阿宽说，要是只有我去，也许会和奸夫吵架，更有可能打起来，要是弄出人命，恐怕你就没表弟了。我挥着手说，那就出了人命再说，我今天还有事情。阿宽生气了，说，我们到底是不是亲戚？我说，你爹是我舅哩，怎么不是亲戚？阿宽武断地说，只要还认这门亲戚，你就一定要帮忙！

我说，我没兴趣掺和这些无聊的事，要捉你自己去捉。阿宽阴沉着脸说，如果你不答应，我就告诉我爹，说他外甥现在把屁股翘到天上，变得六亲不认了。看到他把舅舅搬出来，我只得说，也不是不帮你，只是你太没道理了，居然怀疑自家媳妇。阿宽说，要是这次没捉到奸夫，我就安心和她过日子。我没办法，问他打算怎么做。阿宽说，我回家对小米说，今天晚上有急事要赶回工地，天黑后我们到村口的池塘边碰面。

阿宽走后，我没再动锤。我把猪赶进圈里关押起来，几只鸡放心大胆地跳进槽盆，啄食里面的东西。它们每啄一下就会仰起脖子。我坐在门槛上，见它们不断地仰起脖子。冷风呼呼地吹着，两根鸡毛在空中飞舞，四周飘荡着泥土和牲口粪便的味道。

　　没想到阿宽居然起疑心，我觉得他不该怀疑小米。小米不是迎春社的女人，她来自野马冲。就是阿宽现在当建筑工的地方。按道理，镇上的女人是不会嫁到村里来的，但小米的情况不同，她嫁过一个男人。刚嫁半年，那个男人就很不争气地死了。阿宽赶场的时候见到小米，就天天纠缠。半个月后，他们就肩并肩地走在一起了。开始，家里并不同意他娶这个叫小米的寡妇。但阿宽死活不听，硬是把她娶进门了。

　　其实我也劝过阿宽，我说，你好端端的一个大小伙子，还怕找不到媳妇呀，你找谁不好，偏偏要找一个寡妇。阿宽固执地说，她嫁给我就不是寡妇了。我说，这个小米到底长啥模样，把你迷得神魂颠倒。阿宽说，她是全天下最好看的女人。我当时不信，后来看到小米，竟然吓了一跳。小米确实太好看了，简直就像一个妖精。我终于明白阿宽为什么拼死拼活要娶小米了。村里很多男人都跑到外省挣钱去了，但阿宽不去，他舍不得小米。阿宽就在三十里外的野马冲打工，十天半月回来一次。

　　我坐在门槛上，莫名地感到有些烦躁。我觉得胸口上压着一块石头，几乎快喘不过气来了。前面的院墙豁着个缺口，仿佛一张咧开的嘴巴。我的目光越过那个缺口，看到前面的土地。庄稼正在地里疯狂生长。远处的坡上，有几头牛在悠闲地吃草，它们不时甩着尾巴，驱赶背上的蚊子。

　　天很快就黑了。我发现天就像一个容易生气的老者，好端端的，忽然把脸沉下来了。各种形状的灯光，从窗口奔跑出来。牲口已经不见踪迹，它们都在圈里等待睡眠。附近有人走来走去，虽然能够看到他们的脖子上顶着个圆形的脑袋，却看不清具体面目。仿佛那些脖子上顶着的不是脑袋，而是一个吹胀的猪尿泡。

我和阿宽碰面后，发现他的手里提着一把杀猪刀。我惊讶地说，我们只是捉奸，又不去打架，你怎么把刀子拿来了？阿宽咬牙切齿地说，要是捉住奸夫，我就一刀把他捅死。我说，你不能乱来，杀人偿命，你不想活了？阿宽悲伤地说，要是没有小米，我活着也没啥意思，还不如死掉算了。

我的背心冒出一层冷汗，我说，你要是弄出人命，我就是帮凶，我可不想陪你蹲牢房。阿宽说，你放心好了，要是出事情，我一个人顶着，保证不会连累你。我说，你最好不要动刀。他气愤地说，我实在咽不下这口气嘛。我说，现在还没弄清楚，你不要瞎猜。阿宽说，我也希望只是猜测。我劝阿宽把刀子放下，我说，我看到刀子心里就发毛。阿宽说，那我把刀子揣好，你当我揣着一根黄瓜就行了。

我和阿宽揣着刀子，在夜幕的掩护下往他家走去。村里的灯光，像鬼火一样。夜色虽然没有让我们暴露目标，却妨碍了我们的行走。此时，道路消失不见，所有一切都消失不见。我们就像两个瞎子，在微弱的月光里摸索前行。

经过一番艰难的行走，我们终于来到阿宽家的门口。我们就像电影里的特务，躲藏在一个草堆后面，密切地监视前面的动静。这个时候，小米还没把院门关上，一块长方形的光芒，从门框里斜斜照射出来。我们顺着那块长方形的光芒往里面窥探。因为小米站在院子中央，她的动静被灯光所出卖。我们看到小米在屋檐下扫地，还看到她把一串辣椒挂到墙上。

数不清的星星在天上闪烁，月亮悬挂在空中，就像一把磨快的镰刀。小米抬出一个木盆，蹲在这把镰刀下面洗衣裳，只见她把衣裳浸在水里，然后埋头搓洗。阿宽叹着气说，小米啥都好，就是太爱干净了，简直让人受不了。我说，小米确实喜欢干净。阿宽说，你怎么晓得她爱干净？我说，我又不是瞎子，小米走到哪里都打扮得清清爽爽。阿宽说，是啊，小米总是这样，就算去地里干活也要收拾半天。

晚风发出呼呼的声音，在树上来回奔跑。夜虫躲藏在各个阴暗的角落，不知疲倦地鸣叫，仿佛它们在吵群架。它们争吵的声音，像水一样灌进我的耳朵。在等待的过程中，我和阿宽聊了很多东西。在阿宽的叙述里，我了解到他和小米恋爱的经过，甚至得知他们夫妻之间的许多细节。阿宽说，刚结婚的时候，他总觉得全身有用不完的力气。

我朝他的肩膀捶了一拳，笑嘻嘻地说，看不出来嘛，没想到你们居然这样疯狂。阿宽痛苦地说，现在不一样了，以前的时候，只要我在家，小米总往我的怀里钻，但最近一些日子，我好不容易回来一趟，小米居然捂头就睡，根本不理我。我说，你经常不在家，轻活重活都落到小米的头上，她恐怕是太累了。阿宽愤愤地说，这种事情就像吃东西，吃饱就不想动了，要是肚子饿的时候，再累都吃得下去。我说，

15

你不要乱猜，你的东西可能还在锅里。阿宽说，要是别人把我的东西吃了，我就弄他半死！

我有些冷，于是往草堆里缩了缩。我的眼睛似乎进沙子了，很不舒服。我的右手不停地揉，试图把里面的东西揉出来。因为我的另一只眼睛闲着无事，所以打发它朝前面看着，凑巧看到一条人影往阿宽家走去。

阿宽抽刀子就要冲出去，我赶紧把他按住，说你别慌，先等一下。阿宽着急地说，还等个屁，再晚半步，我媳妇就被搞了。我说，这会儿冲进去太早了，至少也要等他脱掉衣裳。阿宽说，我等不及了，你快点放开。我死活不松手，我说，现在他们啥也没干成，就算你冲进去也是白搭，他们肯定不会认账。阿宽把牙齿咬得咯咯脆响，他说，老子捉到，就要他狗命！

那个人走到阿宽家门口，伸手在门上敲了几下。阿宽说，你听到没有，这个敲门的声音，肯定是偷情的暗号。我紧紧按着他，说再着急，也急不到这个地步，先看看再说。小米的声音从屋里传出来，她问是谁。那条人影说，我是王东。小米说，院门没关，你进来嘛。那个人走进院子，他的身影搁在明亮的灯光里，果然就是王东。

阿宽跺着脚说，老子早就怀疑这个狗杂种了，有一次，我和小米从他家门口经过，我好像看到他朝小米挤眼睛。我说，他来你家，也许有别的事情。阿宽气愤地说，大晚上跑来，还能有啥事情嘛。

王东走进院子，但他很快就出来了。他出来的时候，手里多了把斧子，他说，好端端的，我家的门板就掉出来了，我先借你家的斧头用一下，把门装上就来还你。小米说，也不急用，你明天再还吧。王东说，那我明天再送来。这么说着，王东离开院子，重新消失在夜色里面。

我放开阿宽，责备说，你看嘛，要是你冲进去，事情就坏了。阿宽拍着胸口说，还好你有远见，紧要关头把我拦住了，要不然小米肯定把我骂得半死。我说，你从小就是急性子，也不晓得改，你差点就打草惊蛇了。阿宽说，下次听你的，有十足的把握再说。我把他拉回草堆，说遇到事情，一定要冷静，千万不能冲动。

气温越来越低了，我和阿宽钻进草堆。就像穿上一件厚实的衣裳，身体终于暖和。时间慢慢过去，我们看到小米关上院门，接着关里面的灯。村里所有的灯光，都在夜色里消失不见。星光暗淡了，月亮也躲在云层后面。眼前黑漆漆的，屋舍、竹林、田地，全都失去踪影，仿佛根本不存在。我连旁边的阿宽也看不见，只能听到他呼吸的声音。

我说，阿宽，我们走吧，奸夫肯定不会来了。阿宽说，现在不能走，也许奸夫正在半路。我说，小米都睡了，人家要来，早就来了。阿宽说，这种事情，总是越晚越好，如果我是奸夫，也要等所有人都睡熟了才会出来。我说，我想回去睡觉，我实在太困了。阿宽有些生气，说这种关键时候，我正需要你帮忙，你怎么能走？我打着哈欠说，我觉得奸夫不会来了，奸夫也是人，他总要睡觉。阿宽说，如果你现在走了，我肯定和你翻脸！

在这个漫长得看不到尽头的夜晚，想象中的奸夫始终没有出现。阿宽就像一只愤怒的公鸡，紧紧地盯着前方。我实在挺不住了，我歪着脑袋在草堆里打瞌睡。我睡得正香，忽然就被阿宽捅醒了。我睁开眼睛，紧张地说，是不是奸夫来了？阿宽失望地说，昨天晚上，鬼影都没看到。

这个时候，我才发现天已经蒙蒙亮了，被黑暗收藏一个晚上的村庄，重新浮现在眼前。那些早起的公鸡，正敞开嗓门叫唤。我没想到自己居然睡了一个晚上，我擦掉挂在嘴角的口水，说现在天亮了，你打算怎么办，总不会还要等下去吧？阿宽说，今天就到这里，奸夫再傻，也不敢在这个时候跑来。我钻出草堆说，那我睡觉去了，熬了一个晚上，我快困死了。

阿宽很不高兴地说，你熬个屁，昨天晚上你睡得像死猪一样，也许奸夫恰好听到你的鼾声，所以悄悄溜走了。我全身酸痛，不想和他吵架，准备回家睡觉。我走了几步，回头问阿宽怎么办。阿宽说，如果我现在回家，小米肯定看出破绽，我要去工地，晚上再来。我吓了一跳，失声说，今晚还来啊？阿宽说，当然要来，如果不来，这个晚上就白等了，我们一定要把奸夫捉住。我皱着眉头说，要是奸夫一辈子不出现，你总不会守一辈子吧。阿宽满脸无奈地说，你再委屈几个晚上吧，我实在咽不下这口恶气！

我拖着疲倦的身体回家后，竟然没空睡觉。昨天晚上，小偷从院墙缺口翻进来，偷走几只公鸡。我担心小偷再次光顾，把圈里的两头肥猪偷走。我不得不继续修补院墙。我拿着铁锤，不停地敲打石头。我把石头的棱角敲掉，然后和着灰浆，砌到断墙之上。在这个过程里，我的脑袋昏沉。有那么一刹，我甚至觉得不是自己在劳动，而是一个机器人在劳动。

我的铁锤不停地举起，又不停地落下。我感到力气正在悄悄溜走，身体软得就像一根草绳，恨不能躺在屋檐下面休息。但我清楚，只要躺下去，肯定没法再起来。我昏头昏脑地干活，有时会停下来擦汗，顺便抽一支烟。歇气时，我往往会想起阿宽手里的刀子。那把杀猪刀仿佛插在我的脑海里，怎么也抽不出来。只有埋头苦干的时候，我才会暂时把它忘记。

几个孩子赶着牲口走向村外的山坡。牲口的叫唤声从耳边飘走。邻居从门口经过，他们停下脚步和我打招呼，问我干啥。我说，我在修院墙。他们说，你的脸色很不好看。我告诉他们，昨天晚上没有睡好。他们说，你昨天晚上干啥去了，怎么没睡好？我不想搭理他们，只顾埋头砌墙。

院墙就像一道伤口，正在慢慢复原。时间悄无声息地流走，热力渐渐从我的身上撤退。把最后一块石头砌好的时候，我看到夜色就像一团乌云，从远方飘然而来。我放下铁锤，坐在院里抽烟。我把烟雾从嘴里吐出来，然后眼睁睁地看着它消逝在风里。我非常疲惫。我知道，等在前面的，仍然是一个没有睡眠的夜晚。

吃过晚饭，我就像一个小偷，悄悄潜回昨晚藏身的草堆。这个时候，阿宽还没回来，也不清楚他还要多久才能回来。我钻进草堆，把脑袋伸到外面。我觉得自己的脑袋就像一个搁在草堆上的南瓜。草堆散发着一股腐烂的味道，让我感到有些难受。我不喜欢这个脏兮兮的鬼地方，但不能回家睡觉。我是阿宽的表哥，必须埋伏在这里，直到事情了结。

周围很安静，远处偶尔传来几声狗叫。我把目光投向前方，阿宽家的院落里，有一粒灯泡在和黑暗对抗。除此之外，我啥也看不清楚。尽管我看不清前面的景象，但我对阿宽家无比熟悉。我知道他家院墙上，种着几盆仙人掌。那些仙人掌全身是刺，简直就像几只豪猪。阿宽家院里，还有两棵苹果树。秋天的时候，它们会把成熟的苹果挂满枝头。

在疲倦的袭击下，我觉得自己快要撑不住了。我艰难地扭头朝村口看了一眼，但只看到一片漆黑。我不晓得阿宽什么时候回来，甚至不清楚他还会不会来。眼皮很不争气，它们在拼命坠落，我对此没有丝毫办法。我打算闭上眼睛休息几秒钟，没想到两块眼皮合拢之后，竟然牢固地粘在一起，再也无法分开。

也不知过了多久，我忽然被阿宽推醒。他埋怨说，你不好好守着，怎么睡着了？我说，我实在撑不住了，眼睛快要睁不开了。阿宽埋怨说，你办事从来就不牢靠。我说，还以为你不回来了。阿宽说，昨天回去晚了，被老板臭骂一顿，还说如果我再迟到早退，就扣半个月的工资，那可是我的血汗钱啊。我说，你放着好日子不过，偏偏自讨苦吃。阿宽问我到底睡了多长时间。我揉着脖子说，我也不晓得自己睡了多久，我总不能算着时间睡觉。

阿宽警惕地说，会不会趁你睡着，奸夫已经溜进去了？我往那边看了一眼，说灯还亮着哩。阿宽说，这可说不准，也许他们开着灯搞，小米这女人，总喜欢在灯光下面搞。我说，你撞鬼了，尽想乱七八糟的东西。阿宽说，她是我媳妇，我最清楚不过。阿宽说完，就拿着刀子，钻出草堆。我问他要干啥。阿宽说，我悄悄过去看看，这种事情，总是稳妥些好。我说，你何消白跑一趟？阿宽说，我们不能这样傻等，要是奸夫摸进去，那就吃亏了，没逮着不说，还要帮他望风。

看到阿宽提着刀子走过去，我赶紧钻出草堆跟在后面。眼前黑乎乎的，但我对阿宽家门口的地形很熟悉，就算闭上眼睛也不会走错。阿宽在院门口停下脚步，他把杀猪刀插进门缝，仔细拨弄门闩。院门像耗子似的吱吱叫唤两声，然后慢慢开了。我和阿宽像两个小偷，轻手轻脚地往前走。灯光从窗口流淌出来，安静地铺在地上。我们把耳朵贴在冰冷的门板上，聆听里面的动静，我们听到小米脆生生的声音。小米说，你不在床上玩耍，怎么跑下来了……

我一听，肚里的火噌地蹿出来了。我用胳膊捅了捅阿宽，低声说，没想到小米屋里真有奸夫，我们不要手软，进去就给他几刀。阿宽瞪眼说，你昨天还劝我不要胡来。我说，你媳妇被人搞了，你不生气呀？阿宽说，当然生气，我只是奇怪你怎么忽然冒火了。我咬牙切齿地说，简直不成体统，我没法不冒火，赶紧动手，我再也忍不住了。

我感到血液像野马一样在身上奔跑。我准备进行一场凶残的殴打。只要捉住奸夫，我就把他的脑袋拧下来做板凳。我退后两步，抬腿踹门。我踹出一声巨响，门蓦然弹开了。我和阿宽冲进去，却没找到目标，只看到小米坐在床边打毛衣，一只猫在地上追着线团跑来跑去。

　　小米吃惊地看着我们说，你们干啥？我往屋里瞄了几眼，啥也没看见，于是悄悄缩到阿宽背后。小米盯着阿宽手里的刀子说，你不在工地干活，提刀跑来做啥？阿宽撅着屁股往床下看了看，诧异地说，怎么只有你一个？小米说，哎呀，我明白了，你怀疑我偷汉子啊。阿宽有些底气不足，说，我刚才明明听到你和什么人说话嘛。

　　小米像只愤怒的母狮子，顶着一头乱七八糟的头发说，我和猫说话不行啊，你十天半月不回来，我给你操持家务，累死累活就不消说了，偏偏还被你怀疑，我不想活了。阿宽放下刀子，不停地向小米解释。但小米不听，她抹着鼻涕说，日子没法过了，我还不如死掉算了。阿宽说，都是我的错，你莫哭了，我已经认错了，你还要怎么办嘛！小米推搡阿宽，说你滚出去，我不想看到你，你快点滚！

　　看到他们两口子吵嘴，我走过去打算劝架，没想到小米照样不买账，她连我一块儿往外推。她尖声说，你也不是好东西，男人全都不是好东西，你们都给我远远地滚！小米推着我们往外走，刚刚迈出门槛，她就把门紧紧关上了。灯光从门缝里透出来，像一条线似的射在地上。小米哭泣的声音，从屋里飘荡出来，凶猛地钻进我的耳朵。

　　我皱着眉头说，你媳妇哭起来就不会停，简直吵死人了。阿宽说，我就喜欢爱哭的女人。我挖苦说，你的爱好还真奇怪。阿宽还嘴硬，他说，我就喜欢小米这个样子。我问他，现在怎么办？阿宽说，我赶回工地，明天还要接着干活。我说，但你的媳妇还哭哩，总不能让她一直哭下去吧。阿宽说，她是哭给我们听的，我们走了，没听众她就不哭了，过会儿她的气就消了。

我愧疚地说，没想到错怪小米了。阿宽叹着气说，我真是鬼摸脑壳了，怎么会怀疑她呢。我说，小米是个好女人，她是全村最好的女人。阿宽说，以后我要好好待她，就算她要吃我身上的肉，我都舍得割下来给她。我说，啥都不要说了，你赶紧回去吧，明天还要干活哩。

阿宽走了。他走得很急。我猜他肯定走到半路还为刚才的事情后悔。我站在那里抽了一支烟，这种烟劲道足，抽起来很过瘾。有风吹来，我感到无比凉爽。风呼呼响着，我知道它碰到什么东西了，要不然不会发出这种声音。一支烟终于抽完，我把烟屁股扔到地上，用脚重重碾碎，然后开始往回走。

我打算去阿宽家，这个时候，小米应该没再哭了。小米是个好女人，只是太喜欢哭了。很多时候小米不敢哭出声音，她就抱着我的胳膊乱咬，我的膀子上现在还有几条伤痕。我就像一阵风，经常在阿宽的身边出没，但他永远不能把我抓住。阿宽相信爱情。在我看来，阿宽肩膀上长着的不是脑袋，而是一块树疙瘩。在这个世界上，就算相信有妖怪，也不该相信真爱会存在。

暗　夜

　　根根横竖睡不着。闭上眼睛是黑乎乎的一片，睁开眼睛也是黑乎乎的一片。墙角的酸菜坛冒出一股酸臭味，很不好闻。根根不晓得现在是啥时辰，他朝窗口瞅，那里同样黑不溜秋。窗口只有簸箕那么大，原来上面糊着一层纸，后来纸破了，老有冷气漏进来。风大的时候，还会发出呜呜的怪响。

　　这里没几户人家。两边是悬崖，中间有一条河。河这边是贵州，河那边是云南。河水淌到这里，七拐八拐，就在贵州的地境上拐出一片河滩。然后，就有了人家。再后来，那些人家又陆续搬走了。他们搬到崖顶上去了，那里有很多荒地。再远的地方，听说是个叫羊角的村子。根根没去过，他不知道山崖有多高，也不知道羊角有多远。

　　根根挪挪身子，换了个姿势。这样舒服多了。他觉得这样也许能够睡着。忽然，根根听到一个痛苦的声音，啊呀，救命呀。 根根吓了一跳，以为自己听错了。他竖起耳朵，那个声音还在，啊呀，快救命呀……

根根想可能是有人从崖上掉下来，顺着山坡滚到他家的菜地边了。后面的山崖上，绑着条草绳似的路。那条路细长细长的，差不多被悬崖挣断了。前年，小胡豆家的牛从上边摔下来，一直滚到根根家的阴沟里。牛脖子扭断了，小胡豆他爹红着眼，跑到他家屋后，直接把牛皮剥下来，把肉割成几块背回去了。

根根跟着爷爷和奶奶睡。他再也忍不住了，推了推旁边的奶奶，说你听，有人叫哩，奶奶，你快听。奶奶睡觉很少动弹，她睡着是啥样，醒来还是啥样。奶奶没吭声，她的呼吸很匀称。根根又推了几下，奶奶仍然没动静。

根根惊恐地转过身，推爷爷的肚子。爷爷的肚子软绵绵的，就像里面塞着一团棉花。根根说，爷爷，我害怕。爷爷同样没理会。根根用被子把脑袋捂得严严实实的，但那个恐怖的声音还往他耳朵里面钻。

爷爷睡觉总不安宁，他磨牙。几乎每个晚上都磨，咯咯地响。只要睡着，爷爷的嘴里就像嚼豆子。根根曾替爷爷感到担心，害怕他把牙齿嚼碎。但爷爷有一口好牙，六十多岁了，吃核桃从来不用石头砸，放在嘴里，腮帮一鼓就咬开了。这会儿，爷爷没磨牙。根根估计爷爷没睡着。根根不明白爷爷为啥不理自己，他更加害怕了。

根根捂在被子里。被窝里除了爷爷的脚臭，还有股不清不楚的味道，他就快憋死了。他把被子掀开，总算喘过气来了。窗口的纸洞里，呼呼地透着凉风。屋檐下面是两盘废弃的石磨。鸡总在上面拉屎。他知道鸡白天跑来跑去，到处找食，晚上就挤在磨盘上。

这会儿，鸡可能惊着了。隔着窗子，根根也能听到叽叽咕咕的声音，还能听到它们扇翅膀。院落左边是茅坑，前面是一堆柴火。那些柴火咝咝怪叫着。根根知道，刮风的时候，那里总会发出这种声音。

冷风吹到根根的脸上，让他鼻尖冰凉。那个呼喊仍然一声接着一声。啊呀，救命呀……根根身上的汗毛，噌噌竖起来了。开始，他只是心跳得厉害，现在全身的肉都跳起来了。根根缩成一团，牙齿碰得咯咯响。

根根恐惧地闭着眼睛，似乎只要闭上眼睛，就能避开那个凄惨的呼喊。他像只壁虎似的，使劲往爷爷靠去。除了肚子，爷爷的身上到处是硬邦邦的骨头，让他很不舒服。以前跟爹睡在一起，爹的身子热乎乎的，像块火炭。但现在，爷爷的身上有点凉。

爷爷早年当过石匠，经常放炮炸石头。有几次，爷爷突然从床上坐起来，大声喊道，要放炮了，大家快跑……他总这么喊。有一次，奶奶骂他说，大半夜的，你鬼吼狼叫，还让不让人睡觉？爷爷明明梦呓，却也晓得回话，他气鼓鼓地说，好嘛，你不让喊，伤到人你来负责！

根根的身上冒出一层冷汗，他希望这会儿爷爷能够吼上几声。只要有个什么响动，他就不会这样害怕了。但爷爷像条麻袋似的躺在那里，没半点动静。根根想拧爷爷的胳膊，但他只是这么想。爷爷性格火暴，每次惹祸，根根都会挨上几巴掌。根根再也忍不住，咧开嘴哇哇地哭起来了。

爷爷呵斥说，你哭啥？根根抹着泪花说，我害怕。爷爷说，你怕啥？根根说，我怕后面那个声音，叫好半天了。爷爷压低嗓音说，你再胡闹，我就把你扔出去！根根瘪着嘴想哭，但又不敢哭，只能缩在被窝里，紧紧咬着嘴唇。

奶奶也说话了。她责备爷爷说，你吓唬他干啥。爷爷没吭气，他把身转过去了。那边传来一阵粗布摩擦的细响。半晌过后，奶奶又说，听起来怪可怜的。爷爷扔来一句话，说没事找事。奶奶说，这样怕不好。爷爷说，黑灯瞎火的。奶奶又说了句什么。爷爷说，本事！

屋后的声音还在喊，但有点沙哑。风吹着窗上的纸，还呜呜地叫着，就像什么东西在哭。根根钻到奶奶怀里，没先前那么害怕了。他脑袋昏沉沉的，眼皮直往下坠。从酸菜坛里溢出来的酸臭味，直往他的鼻孔里钻。根根想把眼睛睁开，但睁不动。渐渐地，他迷迷糊糊睡着了。

第二天早上，根根起来后，发现一大群人围在他家菜地里面。他来不及洗脸，想去菜地看热闹，刚跑几步就被奶奶逮住了。根根挣扎，但挣不脱，奶奶紧紧抓住他的胳膊，手像把钳子。奶奶脸色白苍苍的，说小祖宗呀，你莫乱跑。

根根站在路上，伸着脖子往菜地瞅。他看到一群人围在那边，好像用白布罩着什么东西。再然后，就有几个人跑出来了。奶奶弯腰给根根说，你千万莫乱说话。根根眨着眼，没明白奶奶的话。奶奶说，人家问啥，你都说不晓得。

根根看到两个外地人从菜地跑出来，凶巴巴地往他家院里冲，样子有点吓人。爷爷提着烟杆，也从地坎跳下来，神色慌张。看到外地人要往屋里闯，爷爷赶忙拦在前边说，你们想干啥？那个年轻点的揪着爷爷的衣领说，你家就看得过去？

爷爷挣扎着说，看你，有话好好说嘛。年轻人竖着两条眉毛说，人是天亮才咽气的，你就这样眼睁睁看着？爷爷解释说，我们没听见嘛，睁开眼睛就是天亮，哪个晓得会出这种事情。年轻人咬着牙说，就在你家菜地，你能听不见？爷爷有些不自在，说真的没听见嘛。

奶奶担心会打起来，慌忙拉着根根走过去。那年轻人猛地把爷爷推开，撸起袖子钻到屋里去了。随即，屋里响起摔碗的声音。这时候，菜地里的邻居也都跑出来了，他们站在院落外边。院墙有胸口那么高，根根只能看到他们的半截身子。

有东西飞出来，黑乎乎的。咣的一声，落到爷爷的脚边。大家终于看清了，那是一口锅。铁锅油汪汪的，在地上滚来滚去。爷爷拍着大腿说，哎呀，你们这是做啥嘛。爷爷把目光投到邻居的脸上，希望有人过来劝阻。但邻居站在院墙外边，脸上没什么表情，就像几尊泥菩萨。

几只鸡在院墙角找食，它们伸着尖尖的嘴壳，这里啄一下，那里啄一下。有时，它们会灵活地仰起脖颈，把什么东西吞进去。看到铁锅飞出来，几只鸡吓了一跳，抬头朝这边看，发现没啥危险，又埋头继续找食。

根根有些害怕，瘪着嘴想哭。奶奶在他胳膊上重重拧了一把，根根哇哇地哭起来了。队长一直站在路上，伸着脖子朝里边望。听到根根的声音，他就走过来了。队长伸手给根根擦脸，让他莫哭。队长的手指头像树疙瘩，让根根很不舒服。

爷爷看着队长，可怜巴巴地说，你看，这事情。队长摇头说，唉。爷爷焦急地说，你去劝劝。队长还在叹气。爷爷跺脚说，再不劝，家私就统统砸光了。队长皱着眉进屋去了。屋里突然没动静了，大家有点紧张。但很快，队长就带着两个外地人走出来了。

有个婆娘一直待在菜地，就蹲在那块白布边。后来，她就跑到院里来了。她坐在地上，满脸泪花，边哭边说，我哥前几天来羊角，说娃娃婆媳妇，让去吃酒，当时我的两只眼皮就跳个不停，总觉得要出点什么事。

那两个外地人想把她拉起来，但她就像摊稀泥。她哭得厉害，两手拍地，肩膀抖个不停。她说，我怕出个什么事，就让娃他爹去吃酒，哪里想得到呀，他喝了这么多酒，还要连夜赶回来，呜呜，哪里想得到呀，他会从崖上摔下来，偏偏还碰到这么户人家。

根根缩在奶奶的身后，偷偷往这边瞅。他看到两个外地人各拽一条胳膊，好歹把那个哭哭啼啼的婆娘从地上拽起来了。他们扶着她往前走。走到院门边的时候，那个婆娘又在挣扎。根根有些紧张，以为她还要跑回来，但她只是扭过头吐了一泡口水，恨恨地说，你们的良心被狗吃了！

地上的口水圆圆的，根根觉得像泡新鲜的鸡屎。院落外面的邻居陆续散去了。几个外地人也走了，他们抬着菜地里的尸体，顺着那条细长细长的路，慢腾腾地爬到崖上去了。崖上有很多荒地。再远的地方，是一个叫羊角的村子。

第二天要上课，根根早早就起床了。学校很远，在河对面的云南，要翻过几道山梁。根根吃完东西，就提起火盆出门了。在这深山旮旯，所有的学生娃都有火盆。到上学的年纪了，大人就会找个破瓷盆，穿几个洞，用铁丝拴着。冬天的早晨，天色亮得晚，气候也冷，学生就拎着火盆，像拎个灯笼那样拎着走。既可以照亮，也可以取暖。

根根拎着火盆往河边走。去对岸有桥，但有点远，要多绕几里路。所以，他们每天早上都蹚水过河。根根穿过竹林，再穿过杨树林，然后就到河边了。这条山沟拢共有六七个学生娃，谁先出门都会在河边等，全都聚齐了，大家才一起过河。但今天河边没看到人影，小胡豆也没在。

根根在那里等伙伴。有狗叫声从崖根传来，不晓得是哪家的。这会儿天还不亮，朦朦胧胧，啥也看不清楚。前面的树也是，黑乎乎的几团，像个什么怪东西。根根缩着脖颈，有点害怕。想到摔死在菜地里的那个人，他就忍不住害怕。

根根本来还要再等。后来他看到对面的山腰上有几个红点在动弹，他就没等了。那几个红点是火盆。根根晓得大家把自己扔下了，他赶忙挽起裤脚过河。他把脚伸到河里，冻得直吸冷气。河水很宽，也很浅。

冬天雨水少，河水只有根根的腿肚那样深。

去年夏天涨洪水，小胡豆的爹背大家过河。当时小胡豆很得意，仰着脸在岸上喊，爹，水淹到你的大腿了，哎呀，又淹到你的腰杆喽。根根过河后，悄悄和小胡豆说，我爹回来，我给你糖吃。小胡豆说，你爹啥时候回来？根根说，我不晓得，他跟我娘在外边打工。小胡豆说，你晓得他们一定会给你买糖？根根打包票说，肯定，他们去年就给我买了一大包。

根根跟小胡豆关系很好，但今天他没和根根做伴。他们全都把根根扔在后面跑了。根根很生气，他觉得小胡豆不够意思。他气呼呼地想，今天追上小胡豆，非要问个清楚。

根根刚进河的时候，两只脚有点疼，后来就不疼了。他脚杆麻木，像两根棍子。根根从河里出来，迈着两根棍子往山上走。他想追上前面的学生，但追不上。几粒移动的红点，离他越来越远，最后看不到踪影。先前的时候，还能听到河水哗哗的响声。这会儿啥声音都没有，连狗叫也没有。周围很安静。

拐过一道山坳，根根听到后边有动静，他回过头，但啥也没看见。后边只有一条灰蒙蒙的路，还有几堆树影。根根刚转过身，那个声音又跟来了。根根突然想起那块白布。他知道白布下面盖着尸体，虽然没看到模样，但还是害怕。

远处的树林传来几声鸟叫，怪模怪样。天色更黑了。天快亮时，总要漆黑一阵。后面的声音不紧不慢，就那样跟着。根根身上的汗毛统统竖起来了，他感到冷汗顺着脊背，淌到屁股沟去了。根根再也忍不住了，他提着火盆拼命往前跑。

根根跑到教室，刚好响起铃声。根根盯着小胡豆，打算找机会瞪他几眼，但小胡豆始终没回头。课间休息，根根跑去找小胡豆，想问个究竟。但小胡豆看到他，远远就让开了。根根终于明白，小胡豆在故意躲避自己。他说不出的难受。放学后，小胡豆他们走在前面，根根走在后面。根根很委屈，咬着嘴唇想哭。他不知道事情怎么会弄成这样，也不晓得到底怎么办。他就那么孤单地走着。

风呼呼地吹着，有点冷。这地方总是这样子，即使冬天，地上也不会结冰，雪花落到地上就融化了。虽然不会结冰，但风很硬，吹在脸上像刀割。路边有许多树，枝条上没叶子，全都光秃秃的，看起来有点可怜。

根根走到家对岸的山腰上，看到爷爷奶奶在地里忙碌。不是那块菜地，是门口的苞谷地。爷爷奶奶很小，只有两个小点。他家的茅草房也很小，看起来只有火柴盆那么大。看到爷爷和奶奶，根根心里就没那么难受了。

山腰上静悄悄的，没半点声音。树林里应该有鸟，但听不到叫唤，不晓得它们躲在什么地方。明明没天阴，却又看不到太阳，天气怪模怪样的。天空狭窄，长长的一条，看起来就像搭在山尖上。

根根过河后，爷爷奶奶就大起来了。他们扛着锄头挖地。这时节把泥土挖松，开春再把泥饼打碎，种庄稼的时候就省事多了。根根回屋放下火盆和书包，吃了点东西，然后到地里帮忙。他把苞谷桩捡起来，成堆地放着，等晾干后放火烧掉。

爷爷和奶奶撅着屁股挖地，他们挖得很攒劲。根根的身上粘着许多泥巴，他弯着腰跟在后面，手里提着几根苞谷桩。根根讨厌干活，他想去玩耍，但找不到伴。好端端的，小胡豆这些家伙突然就不跟自己玩了。

爷爷和奶奶停下来歇息，他们把锄头放倒，坐在锄把上。爷爷开始卷烟叶，奶奶抱着茶壶喝水。爷爷把烟叶卷成手指那么粗，再塞到烟斗里。他朝地上吐了一泡口水，忽然说，狗日的。奶奶抱着茶壶说，你看你。

爷爷说，我今天跟小胡豆他爹打招呼，狗日的。奶奶说，好端端的，你张嘴就骂。爷爷生气地说，他像聋掉了，硬是没理睬。爷爷把烟杆塞到嘴里，重重抽了几口，接着说，大家看到我，就像看到个鬼，远远让开了。奶奶没说话，只是坐在那里叹气。

他们坐在那里，好半天没说话。翻起的泥土很潮湿，散着怪怪的味道。根根盘腿坐在泥土上，他把几根草缠在指头上，缠了一圈，接着又缠一圈。地上有点凉，但根根懒得动，他就那么坐着。他看到路上有两条狗在咬架，好像在争夺什么东西。

奶奶站起来了，她拍着屁股上的泥土说，那天晚上应该起来。爷爷说，你说这话。奶奶说，要是起来，事情就不会这样了。爷爷说，黑咕隆咚的。奶奶说，黑就黑。爷爷没说话，他抬头看天。天上有几只鸟。看不清是什么鸟，只能看到几个黑点从头顶上划过。

爷爷提着锄头站起来，嘟囔说，鬼晓得。奶奶鼓着眼，问他说啥。爷爷说，要是白天，肯定跑出去了。奶奶说，我当时就觉得不妥。爷爷皱眉说，那你怎么不起？奶奶说，你是男人，你都没起。爷爷说，鬼晓得。奶奶说，你只会说这句话。爷爷说，要是白天，事情就不会弄到这个地步了。

然后，他们开始挖地。根根跟在后面捡苞谷桩桩。根根弯腰的时候，冷风顺着脖颈钻进去，像冷水那样泼在身上。苞谷桩这里有几根，那里有几根，茬口尖锐，就像数不清的刀子，直挺挺地戳向天空。

每天早晚，根根都孤零零地在山路上跑来跑去。没人跟他做伴，他憋得难受。有时想站在山崖上吼几声，但他只是这样想。他非常想念爸爸妈妈，但不晓得他们啥时候回来。每次涌起眼泪花，根根都会告诉自己：千万不能哭，使劲憋着，过一阵就慢慢好了。

即使在学校，根根也很少说话。他变得像个哑巴，总蹲在墙根脚看同学打闹。有一天，根根背着书包，孤单地往回走。走到半路，他看到小胡豆坐在前面的石头上，嘴里嚼着一根草茎。根根低着头从前边走过，他听到小胡豆嘴里嚼得咯噔响。

根根没走几步，小胡豆就从后面跑过来了。跑过他的身边时，小胡豆低声说，那天晚上，其实我们都听到喊救命了。根根想说点啥，但小胡豆已经跑远了。他直愣愣地站在那里，好半天眼珠子才动一下。根根继续往回走，看到路上有块小石头，他顺脚一踢，石头就滚进路边的草丛去了。

屠　　夫

　　我认识赵黑牛许多年了。具体多少年，记不清了。反正从记事开始，他就经常和我在一起。那时候，我们年幼无知，分不清香臭，阴天蹲在屋檐下和稀泥，晴天就在山坡上捡羊屎疙瘩，玩了一天，身上又脏又臭，仿佛刚刚被人从厕所里打捞出来。后来年龄稍大，我们又同时进了学校，甚至还坐在一起。赵黑牛话少，走路总低着头，就像掉了重要的东西，正仔细在地上寻找。赵黑牛还有一个特点，就是脸比较黑。因为脸黑，又很少笑，所以看起来总是阴沉沉的，班上的同学通常不敢惹他，看到他就远远避开。

　　其实，不仅学生怕他，老师看到他也有点心虚。我和赵黑牛家离学校较远，有十多里路。一个下雨天的早晨，路上全是泥浆，走在上面不稳，就像喝醉酒似的跌跌撞撞，稍不注意就会摔倒。尽管我和赵黑牛走得很快，但当我们一步一个脚印赶到学校时，还是晚了一步，老师已经上课了。那天，是班主任的课。这个班主任喜欢处罚学生，而且只用一招，就是让受罚者下跪。背不出课文下跪，写错生字下跪，完不成作业下跪……毫无疑问，那天他也对我们下达了跪在地上的命令。

我两腿一弯，扑通一声就跪下去了。但赵黑牛没跪，他不但拒绝下跪，甚至还冷冷地看着班主任。班主任见他像个树桩似的立在那里，火冒三丈，抬脚就朝他踢去。赵黑牛轻轻哼了一声，被踢倒在地，但他还是没有下跪，只是半跪半趴地伏在地上。班主任本来还想再踢，但看到赵黑牛的目光像两把尖锐的刀子，狠狠戳来，不由心里一凛，把抬到半空的脚又缩回去了。

那天放学，我背着书包正打算回家。赵黑牛神秘兮兮地拉着我往学校后面的树林走。我问他搞什么鬼。他没有说话，只是拉着我的袖子往前。钻进树林，我发现里面拴着一只猫。我知道那是班主任养的猫。班主任很喜欢这只猫，在学校里捉到耗子，他总是兴奋地用棍子夹着往家跑。还一边跑一边笑着说，狗日的，今晚日子好过了。大家都晓得，"狗日的"是指他家那只猫。

我问赵黑牛到树林干啥。赵黑牛没吭声，而是埋头走过去把猫抓过来。我看到他的手紧紧捏住猫脖子，猫嘴里发出凄厉的怪叫，几只脚不停地往下蹬。赵黑牛很专心地折磨那只猫，最后，看到猫的挣扎愈来愈弱了，他忽然抓住猫的脑袋往上扭，扭了一下，又扭一下，直到把猫的脖子扭断。我吓了一跳，汗毛像钢针似的一根根竖立起来，如果不是两腿发软，我一定转身逃跑。

也许，班主任猜出是赵黑牛杀害了那只猫，但他没找赵黑牛的麻烦，甚至后来再也没让赵黑牛跪过。

目睹他残杀班主任的猫后，我只要看到赵黑牛，心里就发慌，脊梁直冒冷汗。虽然我们是朋友，但我还是有些害怕。渐渐，我有意地和他疏远了。那时候我在班上年纪最小，离开赵黑牛就经常被别的学生欺负，但不管怎样，我都不愿再接近他了。

初中毕业后，我在野马冲租了个门面卖水果。而赵黑牛跟着一个屠夫学杀猪。同时跟那个屠夫学手艺的，还有几个小伙子，但他们似乎都没有杀猪的天赋，疼得那些挨刀的猪生死不能，只有放声号叫。有一次，还闹出笑话。一个小伙子在师傅的指导下把刀插进猪脖子，然后回到屋里端起杯子喝茶。几个帮忙的一边往死猪身上淋开水，一边剃猪毛。没想到，剃到一半的时候，那猪竟然活过来了，爬起来就跑。那家人足足追了两里路，才把那头光着半边身子的猪捉回来，重新补了一刀。当时补刀的是赵黑牛，白刀子进红刀子出，干净利落，那猪挣扎几下就彻底咽气了。

赵黑牛杀猪的手艺在野马冲很出名，通常他杀猪不需要帮手。只见他左手抓住猪的耳朵，右手轻轻地就把刀子刺进去了。那猪挨了刀子，嘴里发出几声凄厉的惨叫，然后就躺在地上不动了。也许，赵黑牛最合适的职业就是杀猪。他下手又准又狠，无论多么肥壮的猪，总能一刀致命，从来不捅第二刀。

赵黑牛先是走村串寨替人杀猪，后来娶了媳妇，干脆自己在野马冲街头卖起肉来。有时候卖完肉，就来我的店铺坐坐，喝杯热茶，顺便买几斤水果。赵黑牛告诉过我，他媳妇喜欢吃水果。赵黑牛说这话的时候，已经结婚几年了，孩子都有了。

出事那天，就是一个赶场天。赵黑牛卖完肉就埋着头往家走。他把从我店铺里买的水果递给媳妇黄三凤，然后开始蹲在地上数钱。每次卖完肉，赵黑牛总要清点一下，看看赚了多少。接着，他把大面值的钞票存起来。那些钞票和赵黑牛一样油腻，还皱巴巴的，每次清点都要费些力气。当赵黑牛把钱点完后，腿都酸了。他站起来，一边锤打着大腿，一边往厢房走去。

他走进厢房之后，就抱出一个满是灰尘的坛子，他杀猪赚来的钱，全都存在里面，对他来说，那个坛子就是一个银行。没想到赵黑牛往银行一看，发现里面的钱没了，他飞快地跑出来，问黄三凤拿钱没有。黄三凤当时正在洗菜做饭，手上还湿淋淋的，她边在围裙上擦手，边说不晓得。赵黑牛手一哆嗦，坛子掉在地上砸成碎片，他盯着媳妇，说那钱怎么不见了。黄三凤看到他尖锐的目光，吓得手都忘记擦了，张了张嘴，却啥也没说出来。

赵黑牛冲上前去，把黄三凤按在地上，提起油光闪亮的拳头就打，一边打，一边骂黄三凤没好好看家，把钱弄丢了。他每一拳下去，都会打出一声怪叫。蹲在墙脚玩耍的孩子吓得哇哇地哭，赵黑牛就在孩子的哭泣声中狠狠地教训黄三凤。他提起拳头一阵乱打之后，黄三凤变得面目全非。赵黑牛气喘吁吁地说，居然连家都看不好，真该打死你！黄三凤的嘴肿得像鸡屁股，她抹着眼泪，委屈地辩解。赵黑牛问她，今天谁来过家里。黄三凤噘着肿胀的嘴，说曹构来过，来借斧子砍树，他说要做几条板凳。

赵黑牛一听，抬腿就朝曹构家跑去。当时曹构正坐在屋檐下喝水，那个杯子布满茶垢，脏兮兮的。赵黑牛说，你不是要砍树吗，怎么还在家里？曹构喝了一口茶，说早砍回来了，一棵树嘛，用不了多少时间。赵黑牛问他树在哪里。曹构指着院墙下的两截木头，说放在那里的。

曹构又说，妈的，这树太重了，我累死累活才背回来两截。赵黑牛说，今天你去过我家？曹构说去过，借斧子嘛，你是不是用斧子了，要用就先拿回去。赵黑牛说，我不用斧子，我的钱丢了。曹构问，多少钱？赵黑牛紧紧地盯着他，说两千块。曹构让他看得不自在了，说怎么不放好呢，这么多钱，丢掉多可惜啊。

赵黑牛说，今天只有你去过我家。曹构不喝茶了，问他，这是什么意思？赵黑牛说你心里清楚。曹构有些生气了，说我不清楚。赵黑牛脸色十分难看，他说如果是你拿的，尽快还我。曹构把茶杯重重放在地上，一些浑浊的茶水溅了出来，他提高嗓门说，我活几十年了，连瓜都没偷过一个，你怎么能够怀疑我呢？赵黑牛说，可是只有你到过我家。曹构更生气了，说你家又不是皇帝住的金銮殿，连去都不能去。在赵黑牛看来，对方一切都显得反常，他激动的样子无疑只是掩饰内心的恐慌，赵黑牛于是更加肯定曹构就是盗窃者。

赵黑牛瞪着曹构，让他把钱拿出来。曹构说我没偷，拿屁给你！

赵黑牛说那笔钱昨天还在，今天只有你到过我家，不是你偷的是谁？曹构说，反正我没偷，你不要冤枉好人。赵黑牛说，别想抵赖，就是你偷的，你最好早点把钱交出来。曹构说，你不要胡说八道！他们起先只是争吵，后来却像两只公鸡似的打起来了。

开始的时候，他们打得有礼有节，赵黑牛迎面揍了曹构一拳，曹构也还他一拳。赵黑牛再打一拳，曹构再还一拳。几拳过后，赵黑牛觉得嘴里咸咸的，吐出来一看，居然全是血，他就像一头被激怒的狮子，张牙舞爪地扑上去，试图把曹构扑倒。曹构看到对方来势凶猛，吓了一跳，赶紧用力抵上去。

他们就像两盘磨石，在地上滚来滚去地扭打。他们在院里滚了几个来回后，都感到筋疲力尽了。他们紧紧地扭在一起，丝毫不能动弹，只能不停地喘气。赵黑牛让曹构把手放开。曹构两条胳膊发酸，快要抵挡不住了，他说你先放。赵黑牛觉得再这样僵持下去，就是累死也分不清输赢，于是说那一起放。曹构说，等一下，如果有一个耍赖怎么办？赵黑牛说谁不放是狗日的。达成协议后，他们同时放手，躺在地上喘气。

曹构抹了一把额头上的汗珠子，爬起来喝茶，只听喉咙咕嘟几声，一杯茶就被他喝光了。赵黑牛渴得嘴唇都快裂了，他让曹构给自己倒一杯。见曹构不理，赵黑牛自己跑到屋里找杯子泡了一杯。他喝了几口之后，感到喉咙舒服多了。他一边喝茶，一边说，今天的事，总得有个了断。曹构斜眼看着他，说你嘴里还喝着我家的茶呢。赵黑牛说，把钱还我，以后你天天去我家喝。曹构又来气了，说我讲过几遍了，我没偷你的东西，我从来不偷东西。赵黑牛想了一下说，这事找族长去，如果他也说你没偷，我就再也不找你了。曹构说，找就找，免得和你费口舌。

他们一前一后地端着茶水朝族长曹员外家走去。曹员外在家族里辈分高，有威望，七十多岁了，还红光满脸，看起来像要成仙了。曹员外的门牙掉了，讲话有些模糊不清。这个时候，曹员外正瘪着嘴和他们说话。因为他们已经走进屋子，鼻青脸肿地站在曹员外的面前。曹员外让他们坐下，然后打算给他们倒茶，他们抬起手里的杯子，说不要了，喝着哩。曹员外问他们有什么事。他们像两只母鸡似的争着讲述事情的来龙去脉。

曹员外听完他们的叙述后，说，公说公有理，婆说婆有理，我也拿不准。赵黑牛急了，说族长，您老人家到底有没有办法判决这桩纠纷？曹员外说，我倒是有个折中的办法，就是不晓得你们听不听。赵黑牛说，只要能够把这件事情解决掉，我啥都听您的。曹构也表示服从调解。曹员外威严地咳嗽几声，说既然你们都愿意听我的，那我就说了。曹构等不及了，催促道，您快点说吧。曹员外说，丢的是两千块，你们就各退一步，每人负责一半吧。

曹构一下子跳起来了，说我又没偷，怎么让我拿出一千呢？

赵黑牛也跳起来说，我丢的是两千，凭啥只还一千？

曹员外看着赵黑牛，语重心长地说，你没亲眼看到曹构偷钱，能

41

还你一千，已经不错了，再说都不是外人，不能闹矛盾。

赵黑牛想了一下，觉得这话有理，自己没亲眼见他偷钱，能拿回一千已经不错了。这样想过，赵黑牛表示同意，他说，今天就看在您老的面子吧，那一千块，就当我是买到了一头病猪。

曹构不接受这个处理意见，他说，我不认这笔账，如果我把钱拿出来，别人还以为真是我偷的。

曹员外再提起水壶给他把杯子添满，劝慰说，我没说是你偷的，谁敢说是你偷的，我叫人撕烂他的嘴，这是没有办法的办法，你们要是打起来，把谁打伤都不好，要是送去医院，住进去就要几千，到时候更冤枉。

曹构看着赵黑牛凶狠的面孔，觉得再闹下去自己一定不会有好下场，他于是咬了一下牙关，说好吧，一千就一千，我当打麻将输掉了！

曹员外家的茶是自己采摘的好茶，味道很足，他们一边谈判一边喝茶。离开的时候，赵黑牛的肚子已经装满茶水。他端着茶杯，跟在曹构身后走，他们就像两个哑巴，谁也没有说话。这时候，夜色就像河水，慢慢淹没大地。四周模糊不清，村庄无比安静。只有路边的树，在晚风的吹拂下发出细微的响声。

赵黑牛跟着曹构回家，他拿到一千块钱，还顺便提回自己的斧子。他把茶杯还给曹构，曹构不要，说脏了，扔掉吧。赵黑牛说，这是你的东西，要扔自己扔。曹构接过杯子，真的扔出去了。外面一声脆响，杯子摔成碎片。赵黑牛有些生气，恨不得冲上前去狠狠揍曹构一顿，但他看了看手里的钱，终于放弃打架的念头。他在往回走的途中，咬牙切齿地想，狗东西，最好不要落到我的手里！

曹构损失一千块钱，仿佛损失一块肉，半个月过去，他心里仍然感到不舒服。那些天，他一直在赵黑牛家附近徘徊。他不知道自己为啥要在赵黑牛家附近徘徊，只是昏头昏脑地被两条腿带到那里的。那天赶场，赵黑牛到野马冲卖肉去了。曹构站在赵黑牛家侧面的山坡上，一支接一支地抽烟，有好几次，他都想划根火柴把赵黑牛家的草房点着算了，但放火烧房是要坐牢的。曹构不想蹲牢房，他觉得自己缺少这个胆量。

曹构正想转身回去，忽然看到赵黑牛的孩子像只耗子似的在地上爬来爬去，赵黑牛的媳妇黄三凤则蹲在院里劈柴，她的屁股高高翘起，看起来很饱满，很结实。曹构被那个屁股吸引住了，他重重地抽了几口烟，然后下了山坡。走下山坡之后，他并没回家，而是一直走进赵黑牛家的院子。黄三凤看到他，放下手里的活儿，让他到屋里坐。曹构没说话，他把烟蒂扔掉，跟着黄三凤往屋里走。在这个过程中，曹构紧紧盯着她的两瓣屁股。他觉得那是两瓣充满诱惑的屁股。

进屋之后，黄三凤让他坐。他摇头，表示不坐。黄三凤问他，是不是有事？曹构点了点头，他的呼吸愈来愈重了。黄三凤问他有啥事。曹构听到自己心跳如敲鼓，他忽然冲上前去，抓住黄三凤结实饱满的屁股，像揉面团似的搓揉起来。黄三凤吃了一惊，说你放开我。曹构不放，他觉得那个屁股温暖柔和，简直太好了。黄三凤试图把他推开，但她仿佛在推一座山，徒劳无功。黄三凤喘着粗气说，你再不放手，我就喊人了。曹构捏住黄三凤那根细长的脖子说，如果你叫，我先把你捏死！

曹构一只手捏住黄三凤的脖子，一只手去解她的裤带。他把裤带解开后，手便泥鳅似的钻进去了。开始的时候，黄三凤还不停地挣扎，后来曹构找到目标，手指往里面一按，黄三凤的身体就如蛇一样软下来了。她的嘴里，还噢地发出一声低沉的呻吟。曹构扒掉黄三凤的裤子，然后骑上去了。黄三凤放弃初步的抵抗，紧紧地搂住他的脖子，如同搂住悬崖上的一棵树。他就像一头老黄牛，在土地上辛勤劳动。在这个过程中，他汗流浃背。

许久，曹构仰天叫喊一声，蓦然倒在黄三凤丰硕的乳房上。黄三凤把曹构推开，一边穿衣裳，一边说，你不怕赵黑牛吗？他横起来不要命哩。曹构说，我不能白给他一千块钱，我要把它赚回来。黄三凤有些不高兴了，嘟着嘴说，那是你们的事，怎么把我扯进来了。曹构恨恨地说，我就要从你的身上赚回来，听说搞城里的女人，一次也就一百块左右，我也算你这个价。黄三凤踹他一脚，让他滚远点。

曹构前前后后去了九回。他打算最后再去一回。弄完这回，他和赵黑牛的账就算清了。然而，事情偏偏出在最后一回。那天，赵黑牛生意好，政府食堂一下子买了他的半扇猪肉。赵黑牛卖完肉，在街上逛了两圈，觉得无趣，就提前回家了。他回到家，发现院门像呐喊的嘴巴那样敞开，几只鸡在里面跑来跑去。孩子抓着一团肮脏的鸡屎，正往嘴里塞。赵黑牛急忙跑过去，从孩子嘴里把鸡屎抠出来，然后驱赶那些鸡。院里飘扬着鸡毛和尘土，有根枯草还落在赵黑牛的头发上。

赵黑牛喊黄三凤的名字，问她跑哪里去了，怎么不照顾孩子？赵黑牛没听到回答，于是推门进屋。刚进去，就看到曹构提着裤子从耳房蹿出来，显然想夺路而逃。赵黑牛眼明手快，抽出杀猪刀捅了过去。曹构捂着肚子，说你真狠。

赵黑牛看着随后钻出来的黄三凤，说你更狠，居然搞我媳妇。曹构看到鲜血不停地从指缝里冒出来，痛苦地说，你打算怎么办？赵黑牛说，你搞几回了？曹构皱着眉头，慢慢蹲了下去说，你拿我一千块钱，我就要搞你媳妇十回，这是最后一回，没想到却让你碰上了。

赵黑牛说，我没有办法，是你逼我的。这么说着，他又是一刀捅了过去。赵黑牛面黑如泥，他一刀接一刀，连续捅出很多刀。当他停手的时候，曹构已经躺在血泊中了。他的身上，布满刀口，仿佛无数张嘴巴。那些嘴巴在不停地吐血。

黄三凤吓得脸色苍白，张大嘴，却半点声音也发不出来。她两腿一软，慢慢靠着墙壁瘫痪在地。赵黑牛看了她一眼，说今天饶你狗命，你好好给我带孩子。黄三凤把手指插进头发，然后愈抓愈紧，像野草一样撕扯着。她看着地上血淋淋的尸体，忽然把头扭到一边，嘴里发出凄厉的尖叫。

这个时候，赵黑牛已经提着杀猪刀走出院子。他慢慢朝野马冲走去，就像散步一样，走得非常平稳。远处，一山更比一山高。近处是连绵的土地，里面的庄稼正在努力生长。冷风呼呼地吹来，泥土和粮食的香味弥漫整个村庄。

赵黑牛翻过一座又一座的高山，最后终于走在野马冲狭窄的街道上。此时，街上的行人渐渐散去，店铺生意冷清。就在我站起来准备关门的时候，突然看到赵黑牛了。他低着头，提着血渍斑斑的杀猪刀从我的水果店门口经过。我喊他几声，赵黑牛才抬起头来。他停下脚步，问我有什么事。我让他过来坐坐，喝杯茶。赵黑牛说不喝了，还有事情。我说那抽根烟再走。赵黑牛抬头朝天空看了看，上面漂着一团乌云，看起来黑压压的。

赵黑牛走过来，接过我递的烟，点着，一声不响地抽起来。我看到他身上沾满血，于是问他又帮哪家杀猪了。他淡淡地说，没有杀猪，天都快黑了，谁还杀猪啊。我说，那你身上怎么全是血？他低头看看衣服上差不多干了的血，说杀了个人。我以为他在开玩笑，问他把谁杀了。

赵黑牛说，我把曹构杀了。我吓得呼地站起来，说你没开玩笑吧。他摇头说，没开玩笑，我真把这个狗东西杀了，连杀十刀，凑个整数。我惊讶得下巴都快脱臼了，我说，你下手一般不会有活口，这次，怎么要杀这么多刀？赵黑牛仿佛在叙述别人的故事，平静地说，他搞我媳妇多少回，我就捅他多少刀，很公平。

我准备打听详细经过，但他把烟蒂扔在地上，用脚重重碾成粉末，然后起身走了。我问他去哪里。他头也不回地说，去派出所。赵黑牛愈走愈远，最后变成个黑点。看着那个移动的黑点，我蓦然想起他把猫脖子扭断的情景，随即，心里冒起一股寒意。

　　赵黑牛提着刀子一直往派出所走去。街上行人稀少。几条野狗在撕咬，它们在争夺一块骨头。路边立着棵枯死的树，树叶已经不知去向，只有光秃秃的树枝像绝望的手指一样伸向天空。当时，派出所的几个民警在玩牌，他们看到一个面部阴冷的家伙，忽然提着刀子走进来，吓得大惊失色。他们正想扔掉手里的扑克牌往外跑。赵黑牛却把寒光闪闪的杀猪刀往桌上一扔，说我杀人了，我来自首！

世上到处都是山

昌龙背着包裹，顺着山路往回走。

跑出去六年，昌龙到底还是回来了。昌龙不仅回来了，他还带回不少钱，就藏在包裹里面。山路像条笨拙的蟒蛇，慢慢朝岩羊湾方向爬去。虽然现在看不到那个叫岩羊湾的村寨，但昌龙知道，再走两个小时，它就会冒出来。

想起岩羊湾，昌龙无端有点难受。那里到处是陡峭的山崖，目光刚刚伸出去，马上就被弹回来，似乎要把人弹个跟头。以前在村里，昌龙经常坐在门槛上，撑着下巴胡想。昌龙觉得，生活在那种没滋没味的地方，简直跟牲口差不多。

世世代代，岩羊湾的人始终被关押在深山里面，一辈子没能离开。多少年来，只有昌龙成功逃出去。但现在，他又跑回来了。昌龙背着包裹，顶着剧烈的阳光，顺着山路往回走。

翻过垭口，就看到那所麻风病院了。很多年前，这里流传麻风病。那时候，麻风病很难治，大家害怕传染，就把病人赶出去。后来建起麻风院，那些流落荒野的病人才得到治疗。有一次，昌龙跑去麻风院。没想到，里面居然还有几个老人。那些老人手足残缺，脸上坑坑洼洼，把昌龙吓了一跳。

看到麻风院，昌龙就心里发毛。他赶紧收回目光，埋头往前走。路边长着几棵树。那些树全都半死不活。在这种鬼地方，树也活得很艰难，它们无法尽情生长。树枝上挂着叶片，但不多，稀稀疏疏。树皮很厚，黑不溜秋，绽着无数裂纹，像饥饿的嘴巴那样张着。

昌龙停住脚步，他在看那些树。昌龙心里怪怪的，说不出到底是啥滋味。第一次把来凤带到岩羊湾，他们走的就是这条路。姑妈嫁到黑土河，昌龙去那边走亲戚。姑妈就给他做媒，把来凤介绍给他。

来凤家遭了火灾，家里只剩她一个。昌龙第二次去黑土河，就把来凤领回来了。他们就走的是这条路。从岩羊湾出来，也只有这条路。昌龙走在前面，来凤跟在后面。有时候，昌龙会拧头朝后边看。来凤害羞，总是惊惊慌慌，脸红得跟什么似的。

昌龙记得，走到这里的时候，他回头问，累不累，我们在这里休息一下？来凤没吭声，但看到昌龙朝树边走，她也跟过来了。昌龙搬块石头，让来凤在上面坐。来凤不坐，她低着头，几根手指绞在一起。

来凤的身上有股什么味道，香喷喷的。昌龙想问，但没好意思。他闻着那股香味，嘴里渴得要命。后来，他舔着嘴唇说，要不然，我们还是走吧？来凤就跟在他的后边，像只温顺的猫。

岩羊湾被山崖夹在深沟里面，偏远闭塞，外边很少有姑娘愿意嫁进来。看到昌龙带回个漂亮媳妇，大家惊讶得好半天没合拢嘴。那时，昌龙对生活很满意，他没想到自己有一天会跑出去。

太阳很厉害，把风烤热了。风吹的时候，仿佛火苗在他的身上舔了一下。昌龙确实有这种感觉。昌龙抬起胳膊抹了一下额头上的汗水，继续顶着恶毒的太阳往前走。他身上汗淋淋的，连衣裳都浸透了。

经过苏戈寨时，昌龙看到路边蹲着个放牲口的老者。那个老者戴着顶树叶编的帽子，手里拿着根枝条。两头牛甩着尾巴，悠闲地吃草。几只山羊亮着红屁股，在树丛里钻来钻去。它们拱得树丛乱颤。

老半天没看到人，昌龙想跟放牲口的老者打招呼，但他只是这样想。昌龙晓得，苏戈寨的村民历来看不起他们。苏戈寨简直把他们当成麻风病人，路上碰到，也似乎从来没给过好脸色。昌龙不是个小气的人，但他实在忍受不住那种轻蔑的眼神。

昌龙的头皮被太阳晒得隐隐作痛，头发差不多燃烧起来了。昌龙东奔西走，在外面奔波六年，但现在，他又跑回来了。昌龙背着包裹，里面藏着他的血汗钱。他顶着亮晃晃的太阳，顺着山路往回走。

野草伏在地上，看起来像是枯死了。其实没有。它们把根须扎进泥土，顽强生长。周围仍然是山，有的山连树都不长，上面尽是乱七八糟的石头。有的山上，虽然零零散散地长着几棵树，但很不成材，比庄稼高不了多少。前面有堵岩石，像被烟火熏过，黑乎乎的。

昌龙家屋后的崖壁，就是这样黑乎乎的。他家在贵州和云南的交界处。两省的界线，是中间的洛泽河。两边的山崖，像群抵架的牛，拼命冲撞。那条河水呢，俨然是从伤口里面挤出来的血，缓缓从山缝淌出来。

岩羊湾就在河滩上，地势狭窄。来凤是个有主张的人，她看到门口没有场坝，就在侧面打主意。她把旁边的树砍掉，让昌龙搬石头，在那里修石坎，然后自己背土来填。半个月的时间，硬生生让她弄出一块场坝来。

来凤很勤快，差不多每天早上，她都会提着扫把，弯腰打扫场坝。庄稼收成时，她就在上面晒红豆和菜籽之类的东西。甚至，她还从山上刨来几株兰草，用破桶栽在场坝边，每天给它们淋水。兰草开花的时候，老远就能闻到香味。

昌龙不知道，那块场坝到底变成啥模样了。昌龙已经跑出去六年。现在，他就像条快要烤熟的鱼，顶着火辣辣的太阳往回走。山路弯来扭去，好像很痛苦的样子。路边尽是乱石堆子，几棵树从石缝里钻出来。

昌龙他们在崖顶上种洋芋，在河边种苞谷、红豆。河边水分足，土地也肥，其他地方的苞谷只有肩膀高时，岩羊湾的苞谷已经成熟了。河边不仅能种苞谷，还合适种蔬菜。每年春天，河边的庄稼地总是绿油油的。

岩羊湾收成好，但没钱用，村民穷得吃盐都成问题。他们想把粮食背到外边卖，但几座山崖挡在眼前。那根细长的路，像绳索似的绑在半山上。山崖左奔右突，差不多把路绷断了。这里的许多老人，他们生在山沟沟，也将死在山沟沟，生活一辈子，硬是没能迈出半步。

这条路实在不好走，有好几个地方，他们只能扒着岩石，侧着身体挤过去。要想背粮食去外边卖，豆腐都能盘成肉价钱。没有法子，大家只能拿粮食喂猪。猪崽不仅吃粮食，还吃他们的血汗。他们从早到晚拿着勺子喂猪，硬是把勺子摸得光溜水滑。

看着猪慢慢肥了，他们想赶到外边去卖。但没想到，猪的那身肥肉，也成了累赘。赶到街上时，人和猪都汗水淋漓。人没啥要紧，但猪趴在地上，横竖不肯起来。人家过来看看，再也不肯开价，都说像是瘟猪。卖不掉猪，他们只能赶回去。几年前，曾发生过一桩要命的事情。赶到半路，竟然把猪活活累死了。

昌龙挣不到钱，曾打过山上草药的主意。他像只猿猴，在悬崖上到处乱窜。到处挖天麻、和尚头、大鸡子、刺午甲，还有何首乌之类的东西。药材挖了半麻袋，但没能卖脱，全都扔在屋檐下边。药味不怎么好闻，昌龙索性把它们搂成一团，甩手扔出去了。

要是没碰上灾害，岩羊湾总能有个好收成，但其他地方的人就是瞧不起。这让大家无比难受。尤其是昌龙他们，年轻气盛，浑身憋着火，总想张嘴骂人，更想提起拳头打架。刚开始，他们不清楚自己怎么有这种荒唐的想法，后来，就渐渐明白了。他们知道都怨这个鬼地方。他们试过修路，但终究没干成。

岩羊湾的村民像一群关在圈里的山羊，撞破脑壳也无法冲出去。

这些年来，逃出去的只有昌龙。但现在，他又跑回来了。汗水把昌龙的头发浸湿，紧紧贴在额头上，让他多少有点不舒服。地势很陡，仿佛这条路一直伸向地狱。

路边有块石头，只有屁股那么高，生得很平整。昌龙记得，以前跟来凤背东西到街上卖，走到这个地方，他们总会歇脚。每次，昌龙刚刚把背篓放稳，来凤就拿着手帕过来，给他擦汗。来凤说，你看你，像刚从水里捞出来的。

来凤走过来的时候，身上有股什么味道，就是第一次闻到的那种，怪模怪样的。昌龙迷恋那种味道，虽然已经过去几年，但他还是记得很清楚。现在看到那块石头，他又想起来了。他觉得那股味道好像从什么地方飘过来了，像虫子似的在鼻孔里拱来拱去。

昌龙看看那块石头，抬脚把一块泥疙瘩踢进路边的草丛，继续朝前走。不时地，昌龙会吐两口唾沫。这地方风沙大，尘土不停地往脸上扑。他感到嘴里有沙子，牙齿总会磨出噌噌的响声。风一直没停止，也许它会这样一直吹下去。

远处飘来一团黑云，挡住阳光，让昌龙感到有些凉爽。昌龙抬起头，正猜测是不是要落雨，那团黑云就慢吞吞地飘走了。岩羊湾最怕的不是旱灾，而是洪灾。上方落雨，山水涌到河里，河水就会涨起来，淹没河边的庄稼地。

昌龙的爹娘都是洪水卷走的。那次，雨水下得铺天盖地，河水浊黄，大得吓人。昌龙的爹用竹竿绑着铁钩，站在岸上捞柴。岩羊湾最缺的，不仅是钱，还缺煤炭。他们买到煤炭后，搬运成了大问题。

岩羊湾不通公路，他们只能自己背。无论哪家买煤炭，都得叫上全村的劳动力。几十个村民背着煤炭，爬山下崖，走成一串。男人出去背煤，女人就在家里帮忙做饭。每次搬煤炭，都要出动整个岩羊湾的人，简直像办酒席一样热闹。

看见涨水，昌龙他爹赶忙往河边跑，准备多捞点柴。昌龙他娘提着麻绳，跟在后面背柴。他娘刚走到河边，突然听到上面传来哗啦的响声。她抬起头，发现一条水缸粗的东西，黑乎乎地横在河面上。

河流就像遇到堤坝，下半截水势减缓，上半截却波涛汹涌。他娘吓得差点尿裤子，慌忙叫喊。但风很紧，洪水也大，他爹根本听不到。他娘跌跌撞撞地跑过去，准备把男人拽回来。没想到，刚跑过去，那条拦在河面的东西就翻滚几下，骤然沉到水底。洪水随即奔涌而来，把昌龙的爹娘卷走了。

昌龙顺着河边寻找两天，硬是没能找到爹娘的尸体。昌龙想起就难受，以前的时候，爹娘老担心他找不到媳妇。后来娶到来凤，他们又催昌龙赶紧生娃娃。他们说，到这年纪，啥都不想了，只想抱孙子。

昌龙被逼得受不了，就天天抱着来凤折腾。来凤是个好女人，无论昌龙怎么鼓捣，都不气恼。她轻轻往昌龙的怀里钻，温顺得像只母羊。昌龙搂着来凤，恨不能把她勒进自己的身体。他们折腾几个月，来凤的肚皮终于慢慢鼓起来了。昌龙的爹娘想抱孙子，但还没来得及，洪水就把他们卷走了。

所有的事情，昌龙都记得清清楚楚。刚出事那段时间，他难受得要命。他像疯掉似的，抱起石头朝河里乱砸。河面溅起水花，河水被他砸得咕嘟响。后来，昌龙在半坡上修了两个衣冠冢。

昌龙整整六年没回家了。他已经想过，这次回去就再也不出来了，以后，每年清明节都要给爹娘上坟烧香。这会儿，昌龙正背着行李，顺着山路往前走。阳光粗暴地烤着大地，昌龙感到脚板隐隐发烫，仿佛踩在烧过的石板上。

前面是那堵悬崖。崖壁上端长着几棵树，它们用根须拼命抓着岩石缝隙。任何风雨，都让它们颤颤巍巍。昌龙感到心里毛躁躁的，有点不舒服，他晓得这是什么缘故。来凤就是死在这里的。

那天晚上，来凤肚子疼，让他赶紧喊接生婆。昌龙明白怎么回事，慌慌张张往外边跑。接生婆像在鸡屁股里面摸蛋一样，把手伸进来凤的肚子。她摸到的结果是，来凤难产，需要送到卫生院抢救。

昌龙找来几个邻居，用门板抬着来凤朝石门走。开始，大家走得很急。爬上山坡，他们的速度就慢下来了。昌龙看到大家慢吞吞的，简直急坏了，央求说，你们快点，再晚就来不及了。他们喘气说，路太烂了，实在挪不动。昌龙急得嘴上冒泡，跺脚说，哎呀！

来凤躺在门板上，嘶声叫喊。昌龙说，来凤，你莫喊，你喊得我心里乱糟糟的。来凤用手抠着门板说，我有点忍不住。昌龙说，听到你喊，我就想从崖上跳下去。来凤说，我的肚子疼得要命，恐怕撑不下去了。昌龙焦急地说，你在说胡话哩，你肯定不会有事的。

来凤很听话，昌龙让她别喊，她就紧紧闭着嘴巴。来凤全身汗淋淋的，好像还有血。因为有什么黏稠的东西，顺着门板滴到昌龙的身上。来凤没再叫喊，但她的喉咙是堵着什么东西。昌龙听得难受，恨不得找把镰刀，把自己的耳朵割掉。

月亮苍白地挂在天上，比死人的脸还难看。门板像嘴巴似的咬住肩膀，他们走得很艰难。来凤躺在门板上，仿佛睡着了。远处的树林有雀子叫，呜呜地很难听。雀子叫的声音像娃娃哭，这让他们觉得很不吉利。

昌龙他们汗流浃背地走着。他们要去一个叫石门的乡镇，那里有医院。路很难走，如果没有要紧的事情，大家几乎不去那个地方。山岩像两堵墙壁，猛地夹过来，让人感到快要活不成了。走在这种地方，总有这种莫名其妙的感觉。其实，另一座山还很远。

暗淡的火把在风里不停地摇晃，似乎马上就要熄掉。尽管昌龙急得火烧火燎，但地势陡峭，根本走不动。前面的路紧紧地贴着悬崖，非常危险。他们没胆量抬着门板从上面走过。从这个地方摔下去，顶多能找回几根骨头。

昌龙急得像屁股着火，干脆把媳妇搂到背上，吭哧吭哧地往前走。走过悬崖，他挥着手，催促大家快把门板扛过去。后面的人跟过去，刚把门板放在地上，来凤就抽搐起来了。他们吓了一跳。好大一会儿，她都那么躺着，没想到现在全身乱抖，看起来说不出的痛苦。

大家慌了，围在旁边不晓得怎么办。来凤伸出手，似乎要抓住什么东西。她的声音渐趋微弱，最后两只脚蹬了几下，慢慢停止抽动。昌龙抓着那只僵在半空的手，哆嗦说，来凤，你莫吓我，我胆子小啊，听到没有，你快点起来呀。来凤躺在门板上纹丝不动，没有半点起来的意思。

昌龙双手抱着脑壳，喉咙里像堵塞着什么东西，呜呜地响。大家劝他不要伤心了，先把尸体抬回去。昌龙哭丧着脸说，一定要送到石门，也许还有救。他们摇头说，没有用了，已经咽气了。昌龙就蹲在地上哭，声音不高，但听起来很悲惨。

路边的杂树和野草正在努力生长，凉飕飕的空气里飘荡着复杂的味道。突然，昌龙抬起手，不停地抽自己的耳光。他们急忙拽住说，你不要这样，就算打死自己，她也不会活过来了。昌龙痛苦地说，都怨我，是我把她害死了。他们安慰说，要怨就怨这条路，要是及时送到医院，你媳妇就不会死了。

昌龙咬牙切齿地看着那条路，恨不得扑下去啃几口。

来凤死掉以后，连续好多天，昌龙都蹲在那块场坝上，两只眼睛红通通的。他用手抠地上的泥块，差不多把指甲抠掉了。昌龙总想起来凤的模样。来凤很温顺，就像一只猫，老往他的怀里拱。

昌龙仰着脖子，蹲在那里胡看。岩羊湾挤在一条峡谷里，地势不怎么宽敞。站在崖顶上，看到的山沟是长长的几道。但从崖脚往上看，简直就恐怖了。总觉得被两边的山崖挤压着，几乎透不过气来了。

昌龙知道，归根结底都怨这条路，要是道路通畅，事情就不会弄成这样了。这些陡峭的山崖，让岩羊湾与世隔绝。这里的村民，像得了麻风病似的，以前被世界所抛弃，以后还将永远受到抛弃。看着周围的山崖，昌龙憋屈得跟什么似的。

昌龙把手插进头发，用力撕扯，恨不得连脑袋一起揪下来。此前，昌龙过得浑浑噩噩，当他揪下几缕头发后，忽然冒出一个念头。昌龙准备修路，他觉得自己活在世上，就是为了修通这条路。拿定主意，昌龙就跑出了岩羊湾。他在外边奔波六年。现在，到底还是回来了。

翻过前面的山梁，就能看到岩羊湾了。昌龙有些激动，他紧走几步，顺着山坡往上爬。多少年来，祖祖辈辈始终困在前面的深山旮旯，如同闷在水缸里，最后全被活活憋死。昌龙早就寒透心了，他打算硬从岩石上破出一条路来。

昌龙准备先修路基，再慢慢把路面扩宽。他已经豁出去了，决定把以后的光阴，全都用来修路。活在这种地方，实在太煎熬了。昌龙希望这条路早点接通外面的世界，让大家呼吸几口新鲜空气。

昌龙绷着两条粗黑的眉毛，使劲往上爬。登上山梁后，昌龙满脸惊愕，像被什么东西砸中脑袋，他身体摇晃几下，慢慢瘫在地上了。昌龙用手捂着脸，全身颤抖。他看到远处的山崖上，赫然挂着一条公路……

香　火

一

太阳很好，天上蓝湛湛的。王得稳和他婆娘秀米像两截树桩，并排坐在地埂上。秀米头发凌乱，脸色苍白。风吹在王得稳的脸上，让他鼻子痒痒的。他伸手捏捏鼻尖，突然说，我今年二十三岁了。秀米不响，她把目光收回来，看着自己的鞋尖。

王得稳说，我爹找先生算过，说我今年有道坎。秀米用手轻轻搂着肚子。她的肚子鼓得厉害，看起来，就像搂着个大南瓜。王得稳说，算命先生说过，如果能够迈过这道坎，往后就好了。秀米感到肚子里面的东西在动，她伸手往那里摸。王得稳说，我本来不信，但后来听人说，那个先生算得很准。秀米闭着嘴，哑巴似的坐着。

他们好大会儿没说话。后来，王得稳说，幸好你没回去，昨天晚上，十几个婆娘统统被捉走了。秀米还在肚子上摸来摸去。这几个月，她老喜欢这样摸来摸去。王得稳说，再撑几个月，你就能回去了，以后你再也不用来这个地方，我晓得你待怕了。秀米缩着脖颈，好像没听到他说话。王得稳说，他们比鬼还精，半夜摸进来，拿不准到底有多少人。秀米咬着嘴唇，没吭声。

王得稳说，他们堵住路口，十几个婆娘，一个都没跑脱。秀米听到对面村庄传来几声狗叫，她抬头朝那边看，但离得太远，啥也看不清楚。王得稳说，丫头很听话，由娘带着。秀米的手轻轻抖了一下。王得稳说，前些天她跑到河边玩耍，摔了个跟头，把手蹭掉块皮。

秀米转过脸，神色紧张。王得稳说，你莫慌，只有指尖那么大点，娘从墙角挑来块蜘蛛网，给她盖在伤口上，血马上就止住了。秀米好像松了口气，她又在看自己的鞋。现在穿的鞋，是自己做的。她让男人把家里的破衣服统统捎来，憋得难受时，她就拿着针线做鞋。

王得稳说，你看你，我说半天了，你也不吭声。秀米说，这里的水真难喝。王得稳，看你说的。秀米说，喝起来像灌中药，有股怪怪的味道。王得稳，在屋檐下面接的水，都是这种味道。秀米说，我昨晚听到什么叫声，怪模怪样的。王得稳说，你怕啥，这地方又没狼。

秀米说，我还想做针线。王得稳皱眉说，再也找不到多余的布料了。秀米说，我的指头上有几个针眼，都是做鞋扎伤的。王得稳说，那你还做？秀米说，我憋得难受。王得稳说，难受你就到处转转。秀米说，这地方又没人。王得稳说，这地方当然没人。

他们看着那些破败的房舍。周围很安静，他们听到空气在耳边嗡嗡地响。迎春社被山崖夹在河滩上，没多少土地。大家跑到崖上寻活路。这里多少有点土地，但缺水。他们像垒牛圈，胡乱用石头垒个房屋，收种时季，就跑上来住几天。忙完农活，他们又跑回去。这时季，山上鬼影都看不到一个。

秀米说，有时候，我真想捡块石头在脑袋上敲几下。王得稳说，我看你是撞鬼了。秀米说，我真这样想。王得稳说，啧啧。秀米说，太阳落坡后，光线就慢慢变暗，最后黑沉沉的。王得稳说，天黑以后都这样。秀米叹息说，就算能看到几块石头，或者看到几棵树也好，偏偏啥都看不清楚。

王得稳说，猫才看得清楚，它长夜眼。秀米说，猫长夜眼？王得稳说，当然长夜眼，它要捉耗子嘛。秀米说，耗子也生夜眼。王得稳说，它们晚上出来偷粮食。秀米说，它们走起路来咚咚响。王得稳说，山上的耗子大。秀米说，我捂在被窝里面，我真想哭。王得稳说，啧啧。

秀米缩了一下肩膀说，好像世上只剩我孤零零的一个。王得稳说，你尽说怪话。秀米说，有时候不敢睡，只能熬到天亮，然后坐在这里等，我真希望你赶紧来。王得稳，如果被人发现，事情就坏了。秀米说，要是看到别人，我就偷偷躲起来。王得稳说，反正你要注意。

秀米说，也不晓得家里成啥样了。王得稳说，两头猪比原来肥多了。秀米说，它们还拱槽盆？王得稳说，拱得厉害，每次喂食，它们都把槽盆拱到场坝上。秀米说，猪食撒在场坝上，太阳晒起来臭。王得稳说，我打算过些天找人打个石盆，让它们拱不动。

秀米说，那只白花母鸡呢？王得稳说，还是不肯把蛋下在窝里。秀米说，它下的蛋最大。王得稳说，前些天找不到鸡蛋，后来发现它又挪窝了。秀米说，你注意点，别让人把蛋摸走。王得稳说，我下回带几个给你煮着吃。秀米摇头说，我不吃。王得稳说，你需要营养。秀米说，你让它孵小鸡。

有团云从远处飘来，把阳光挡住了，地面突然阴暗下来。他们坐在地埂上，望着远处的山崖。这边是贵州，那边是云南，中间隔着一条上百米深的峡谷。他们知道，对面那个村庄叫零公里。从这边看去，好像不怎么远，但真走起来，还得绕很远的路。

秀米像闷葫芦似的坐了会儿，低声说，我觉得自己就像一个鬼，硬是见不得人。王得稳说，啧啧。秀米说，我真不想一个人待在这里。王得稳说，你说这种话。秀米央求说，实在不行，我晚上溜回去。王得稳拿眼瞥她，说这样陡的路，你敢晚上溜回去？秀米说，我真这样想。王得稳说，摔下悬崖，把你摔成骨头渣。

秀米痛苦地说，我实在熬不住了。王得稳说，都这个地步了，你还说这种话。秀米苦巴巴地说，我不出门，就藏在家里。王得稳说，曹树林这狗日的贼得很，跑到家里看过几次了。秀米说，我觉得自己像个野人。王得稳说，我算过，你怀上差不多七个月了，再过两三个月就生出来了，到时候，我就不信他们还能把孩子塞回你的肚子。

秀米坐在那里，把头埋进膝盖，似乎要钻到土里。她知道，就算说破嘴皮，男人也不会让自己回去。她有点绝望。她嫁过来只有几个月，全家人就盯着她的肚子。她感到害怕，恨不得找个什么东西塞进去。后来她的肚子慢慢挺起来，刚想松口气，没想到居然生了个姑娘。她跟别的媳妇打听政策，说这种情况还可以再生，但要间隔四年。

秀米想四年以后再说，但王得稳等不住，急得火烧火燎，公婆的脸色也不怎么好看。没有办法，她只能任由男人在身上折腾。计生抓得紧，发现怀上之后，男人王得稳就把她送到崖顶上。隔三岔五，王得稳就溜上来，送点东西，和她说几句话。

山上有几间房舍，但没人住，只有她一个人躲在这里。她感到无助和恐慌，天天盼着男人早点来。但男人王得稳真的来了，她又有点害怕。王得稳老是盯着她的肚子看。看得她身上汗毛噌噌竖起来。她真不敢想，要是这次生的还是女娃，那该怎么办。

二

王得稳从山上回来，走得满头大汗。他脱掉外衣，打来盆水，蹲在场坝上洗脸。这里挨着河，用起水来不心疼。王得稳伸手在脖颈上搓。他感到泥垢像虫子那样在指头上滚动。

王得稳洗完脸，端起盆倒水。他刚把胳膊撑开，就看到村长曹树林背着手走过来了。他们关系不怎么好。他有点走神，连盆带水甩出去了。那个盆滚几个圆圈，扣在地上不动了。曹树林走过来，用脚踢地上的盆。

王得稳有点冒火，说你踢我的盆。曹树林说，我看摔坏没。王得稳说，你用脚踢。曹树林说，我只是轻轻踢。王得稳把盆捡起来，发现曹树林鞋上的泥土粘在盆上。他看着那个痕迹说，你看你做的事。曹树林像被什么噎住了，半张着嘴。

他们是亲戚，原来处得还算不错。那次，英英还没满月，曹树林就找上门来，说，你们没到结婚年龄。王得稳说，娃娃拼命往外爬，我还能把她挡住？曹树林说，这种情况，娃娃不能上户口。王得稳说，总不能让她算好时间再来吧。曹树林说，必须罚款！虽然生的是个姑娘，不算非常理想，但王得稳刚当父亲，他不想吵架，顺嘴说，圈里有牲口，你自己去拉。

那次以后，他们见面就不再打招呼了。有时看到曹树林，王得稳甚至会啐上两口。尽管没发生正面冲突，但只要目光对撞，都能从对方眼里看到敌意。他们两家离得不远，老是碰面，目光越撞越坚硬，慢慢就变得像两个仇人了。这两年村里搞危房改造，不少人家得到补助款，但王得稳家没得。王得稳觉得不公平，跑去要过几次，每次曹树林都说没指标了。

王得稳捡起盆，转身往回走。曹树林跟上来说，我看到你今天出门了。王得稳说，出门也犯法？曹树林说，我看到你去崖边。王得稳说，我去看地里的庄稼。曹树林说，长势好不好？王得稳说，你甭管它！

曹树林居然没生气，他笑笑说，听说你媳妇在省城打工。王得稳嘟囔说，你管的事情多。曹树林说，刘爱梅她们也在省城。王得稳说，刘爱梅是王得仲的媳妇，又不是我媳妇。曹树林说，听说几个在省城打工的婆娘，都在一起。王得稳说，搞不懂你说啥。曹树林说，前些天刘爱梅回来，说没碰到你媳妇。

王得稳暗暗有些慌乱，他努力让自己镇定下来，说，省城这么大。曹树林说，有些婆娘，怀孕就往外边跑。王得稳脑子嗡嗡响，他想必须把这个狗东西镇住，要是镇不住，事情可能会有麻烦。他紧紧抠住盆沿，追问说，你说这话，到底是啥意思？

曹树林说，我只是这么说。王得稳，你明明晓得我媳妇上过环了。曹树林说，这种东西不牢靠，每隔三个月要妇检一次，你婆娘很久没做妇检了。王得稳说，你是不是故意跑来找麻烦？曹树林说，啧啧。王得稳紧跟着问，我啥地方得罪你了？曹村林说，你没得罪我，看你说的。

王得稳说，那你说这种怪模怪样的话。曹树林说，我就随口说说。王得稳说，你狗日的！曹树林说，咦，你骂人。王得稳板着脸说，你没事找！曹树林摇头说，看你这人，我来你家，你不给我泡茶就算了，还跟我吵架。

王得稳说，鬼才跟你吵架。曹树林说，你看嘛。王得稳说，我洗脸，你跑来踢我的盆。曹树林说，你今天火气重。王得稳说，好端端的，你跑来踢盆。曹树林瞪眼说，我真不想跟你说话。王得稳说，我也不

65

想跟你说话。曹树林跺了一下脚，气呼呼地走了。

王得稳把盆扔在盆架上，有点心烦意乱。他想起以前的事情了。那时候，他看上秀米。每逢赶场天，他都跑到路口，见到秀米就悄悄跟着。秀米发现了，气恼地说，你这个跟屁虫。

王得稳像个无赖，嬉皮笑脸地跟在后边。开始几次，秀米不理他，像做贼似的，只顾埋头往前跑。后来，秀米忍不住说，你这样不好。王得稳说，怎么不好？秀米说，别人看了笑话。王得稳说，那我们走别的路。秀米说，我不走。王得稳说，反正我不管，我就要跟着。

秀米没办法，只能跟他走另一条路。王得稳说，秀米，我喜欢你。秀米羞得满脸通红，嗔骂说，你是个疯子。王得稳说，我要娶你做媳妇。秀米说，要是让我爹听见，肯定折断你的腿。王得稳笑呵呵说，真把我的腿折断，我让他拿姑娘来赔。秀米说，你死皮赖脸！

前面是块草地，野草茂密。王得稳说，我们去那边坐。秀米说，我不去。王得稳，我想跟你说话。秀米看到四近无人，就低头跟他走。秀米坐在草地上，不停地搓自己的手指头。王得稳本想跟秀米说话，但突然说不出来了。秀米身上的雪花膏味，让他有点头昏。

风轻轻吹拂，野草涌来涌去。周围满是那种泥土和草木的香味。王得稳渴得要命，他伸着舌头，不停地舔自己的嘴唇。秀米听到他呼吸粗重，拿眼角悄悄看他。王得稳感到自己就快喘不上气来了，血往上冲，忽然扑过去把秀米扳倒。他担心秀米会叫喊，但没有。秀米躺在他的怀里，温顺得像只母羊。

王得稳让秀米脱衣裳。秀米说，我不脱。王得稳说，我想让你脱。秀米羞涩地说，现在是白天。王得稳催促说，你快脱，草深，别人看不见。秀米还是不脱。王得稳急得火烧火燎，他把手伸到衣服里面，捏到一团软软的东西。

完事后，秀米捂着脸，呜呜地哭。王得稳害怕，跪在跟前说，秀米，我是畜生，管不住自己。秀米说，我不想活了。王得稳对手捆自己耳光，痛苦地说，我真想找刀把自己割了。秀米说，你要对我负责。王得稳说，怎么负责？秀米搓着自己的花衣裳，低声说，你找媒婆上门提亲。

王得稳搂着秀米，激动得跟什么似的。秀米说，哎呀，你把我勒疼了。王得稳说，我家穷。秀米说，我不嫌穷。王得稳说，要是你爹娘不同意怎么办？秀米背过脸说，家里要是不同意，我就跟你跑。王得稳说，我回去就找媒婆，我非要他们同意不可。秀米说，你可不能哄我。王得稳说，要是哄你，我上山摔死，过河淹死！秀米伸手捂他的嘴。他闻到秀米的手香香的，很好闻。

三

王得稳坐在门槛上，他用胳膊支着膝盖，仰着脖颈看天。上面有朵云，不怎么干净，看起来像块用过的抹布。他眨着眼睛，盯着那块云。那块云飘在天上，似乎没动，但把眼睛移开一会儿再看，就发现它挪动位置了。那块云好像跟王得稳开玩笑，趁他不注意，冷不丁就窜出半截。

王得稳的闺女英英，蹲在草堆旁边，看上面的几只小鸡。英英咯咯地笑说，爹，你看它们毛茸茸的。王得稳说，小鸡当然毛茸茸的。英英说，它们嘴壳嫩嫩的。王得稳说，嘴壳当然嫩嫩的。英英说，它们站不稳。王得稳说，过几天就能走路了。

英英伸出手指头，想戳那些小鸡。母鸡叫唤着，凶狠地啄她一口。英英捂着手，咧着嘴巴，看起来要哭了。王得稳责备说，让你莫惹它们，你偏不听！英英呜哇一声哭起来了。王得稳把英英拉过来，逗她说，我跟你玩耍。英英抹着脸上的泪花花说，我们丢高。

王得稳抱着英英，把她抛上去，又把她接住。英英兴奋得咯咯笑，她的脸上还挂着两道泪痕。王得稳哄好英英，又坐在门槛上，撑着腮帮子看天。那块云已经悄无声息，溜到另一边去了。

王得稳和英英说以前的事情。他说，我和你娘好的时候，事情有些麻烦。英英蹲在旁边，蹶着个小屁股。王得稳说，我提酒去你外公家，他们嫌我穷，把酒扔在门口。英英说，我外公经常给我糖吃。王得稳说，我抽空带你去看他。英英说，外婆给我煮活油面。

王得稳说，有一次，你外公来我们家，想看家庭情况，你娘出主意，用铺盖把板凳包起来，悄悄塞在包兜里面，看起来粮食满满的。英英眨着两个眼睛，有点听不明白。王得稳说，做饭的时候，你娘要帮忙，故意问腊肉吃去年的，还是前年的。英英嘟嘴说，听不懂你说的话。王得稳说，这样看起来，生活条件不算差嘛。

英英从地上捉来只蚂蚁，递到他跟前说，爹，你看。王得稳说，蚂蚁。英英说，我把它的腿摘掉。王得稳说，你把它放掉。英英说，我把它放在瓶瓶里。王得稳说，最开始呀，你爷爷和奶奶也不太同意。英英说，不同意啥？王得稳说，他们不同意我跟你娘的亲事。

英英说，他是我爷爷，怎么会不同意？王得稳说，噢，那时候还不是你爷爷。英英说，搞不懂你们大人的事情。王得稳抚摸着英英的小脑瓜，说以后你就慢慢懂了。英英说，我奶奶呢？王得稳说，你奶奶呀，啥也不说，老抹眼泪，你也晓得，啥事她都喜欢抹眼泪。

英英没说话，她把蚂蚁放在手心里，用指头拨来拨去。王得稳说，后来怀上你，他们就同意了。英英没抬头，顺嘴说，怎么扯上我了？王得稳说，那时候你在你娘的肚子里面。英英诧异地说，我怎么在娘的肚子里面？王得稳说，娃娃都是从娘肚子爬出来的。

英英更奇怪了，说，娘说我是从河边捡来的。王得稳，她哄你哩。英英说，娘说她去挑水，看到我在河滩上，就给捡回来了。王得稳说，她逗你玩。英英有点想娘了，瘪着嘴说，你说娘在外边挣钱给我买新衣裳。王得稳，她挣到钱就回来了。英英摇着他的腿，央求说，爹，我不要新衣裳了，你让娘赶紧回来。

王得稳鼻梁酸酸的，他把英英搂在怀里。英英蜷在他的怀里，温顺得像只猫。英英跟她娘一样，都温顺得像只猫。王得稳抱着英英，轻轻地摇。英英努力睁开眼睛说，爹，我困。王得稳说，困你就睡。慢慢地，英英就在他怀里睡着了。

王得稳坐在门槛上，抱着闺女英英，远远近近地张望。先前那块脏兮兮的云，已经溜得不见踪影。前面是庄稼地，里面绿油油的。再过去是河。河被庄稼挡住，看不见，只能听到哗哗的响声。河对面的山崖是云南。那座山长长的，看不到头尾。

　　王得稳感到胸口憋着什么东西，有点心烦意乱。王得稳家三代单传，听说祖坟不好，找人弄过几次，但没半点效果。王得稳生下来的时候，没丝毫动静，爹娘以为是死胎，吓得喘不过气来。接生婆连着两巴掌，王得稳终于哭出声来。他娘差点昏过去。他爹扶着墙壁，慢慢瘫在地上。

　　王得稳小的时候，闹得厉害。他爹找算命先生。算命先生给他滚过鸡蛋，说他二十三岁有道坎，如果能够闯过那道坎，以后就没事了。爹娘担心王得稳有啥三长两短，早早催他找媳妇。秀米嫁过来的第二年，生下闺女英英。看到是个姑娘，爹娘把脸皱成个苦瓜。

　　王得稳本来不信算命先生的话，但听人说那个先生算得准，就慢慢感到害怕了。甭管白天多累，只要有点精力，回来总要搂着秀米，疯狂鼓捣。王得稳想过，只要家里有个男娃，别的就不怕了，就算自己真的出啥意外，爹娘也能有个盼头。

　　秀米见王得稳拼命折腾，惶恐地说，你这样，我有点怕。王得稳说，看你说的。秀米说，再这样弄，你身体吃不消。王得稳说，我是铁打的。秀米说，你先缓口气。王得稳说，时间不等人。秀米不说话了，她晓得男人是倔脾气，再劝都不会有用。王得稳把自己弄得浑身无力，又黑又瘦，硬是抵挡不住，他就杀鸡滋补身体。甚至，他还找那些生过男娃的人请教方法。王得稳耗尽心血，终于弄出成效。

曹树林盯得紧，在迎春社，谁家婆娘肚子有变化，都无法逃过他的眼睛。王得稳晓得问题严重，特意放出风声，说秀米要到外边打工挣钱。那时候，秀米刚刚怀上，肚子看不出动静，但为了让事情更稳妥，王得稳还是早早把她送到崖上藏起来。

山上荒凉，几乎看不到人影。在那种鬼地方，不消说女人害怕，就算男人也受不住煎熬。但这种形势，实在没办法，王得稳只能硬起心肠，把秀米一个人扔在那里。为了让事情看起来更加真实，王得稳想出很多主意，他悄悄背粮食到街上卖，换回几件新衣裳。还买了几条好烟，在村里见人就发，说是秀米从省城寄钱回来买的。

王得稳想念媳妇。以前秀米在家，似乎没这种感觉。但秀米不在，他就莫名其妙地想。时间越长，王得稳想得越厉害。秀米就像一条虫子，总在他的怀里拱来拱去。秀米差不多怀上七个月了，再过两三个月娃娃就出生了。到时候，他就把秀米接回来，每天晚上搂着睡觉。

四

山路像根草绳，紧紧贴在崖壁上。宽敞的地方还好，有的地方太窄，岩石被手扒得光溜溜的。半崖挂着几棵树，叫不出名字。它们用根须抓着石缝，身体又弯又拧，很凄惨的样子。

71

王得稳背着背篓，贴着岩壁往上爬，头发被汗水浸湿，紧紧贴在额头上，让他不太好受。王得稳打算到山上看看秀米，给她送几只小鸡。山上尽是树木野草之类的东西，没人跟秀米说话，她肯定憋得难受。送几只小鸡上去，秀米就有伴了。

王得稳又想起那件事了，他感到心神不宁。算命先生说过，他今年有道坎。王得稳搞不清楚，自己好端端的，还能碰到什么坎。秀米已经怀上七个多月，马上就要生了。酸儿辣女，秀米喜欢吃酸的。据判断，秀米这次怀的，应该是个男娃。

蝉躲在树林里，叫得厉害。王得稳顺着山路往前走。他没啥奢想，只求有个男娃把香火续上。王得稳不愿想算命先生的话，但管不住自己。他顺手摘片树叶放在嘴里，边嚼边想，这狗日的胡说哩，算命先生都不是好东西，就会骗钱，他狗日的肯定在胡说！

太阳旺盛，火辣辣的。背篓里面的小鸡，偶尔叫上几声。王得稳抹着汗水，从崖嘴爬出来。他想，秀米可能坐在那条地埂上。王得稳每次来，秀米都像只凄惶的鹅，伸着脖颈，坐在那里张望。钻出树林，果然看到秀米坐在地埂上。

见到男人王得稳，秀米就站起来了。他们朝那所简陋的破草房走。房屋是石头垒起来的，没用灰浆，到处是缝隙，似乎随时要垮。进屋后，王得稳把小鸡放出箩筐。那些小鸡看到地方陌生，似乎有点惶恐。犹豫片刻，终于跑开了。

地上有几个坑洼，里面潮湿，看起来非常显眼，就像衣服上的补疤。

王得稳说，昨天晚上落雨？秀米说，嗯。王得稳说，我睡得沉，啥也没听见。秀米说，屋里到处漏水，漏得厉害。王得稳说，你没用盆接？秀米说，盆盆罐罐全用上了，不顶用。王得稳说，过几天我割草翻修房顶，这房子不修不行了。

秀米坐在床沿上，脸色不怎么好看。王得稳知道，秀米在山上遭罪，他说不出的心疼。王得稳忽然冒出个念头，他想好好搂秀米亲几口。他被这个念头吓了一跳。以前看电视，看到里面的男人和女人亲来亲去，王得稳觉得矫情。他想不到，自己竟然冒出这个念头。

王得稳呷呷嘴，想说点什么，突然听到外边传来响动。他以为自己听错了，竖起耳朵再听，外边确实传来说话的声音。王得稳把门拉开，两个眼珠就鼓起来了，他看到村长曹树林，带着几个干部朝这边走来。王得稳感到不可思议，上山之前，他特意在河滩上兜了几个圈子，没想到，这些人还是找来了。

曹树林说，哎嘿，你在这里。王得稳有点慌张，说，我来割草。曹树林讥讽说，你跑这么远割草？王得稳说，我顺便找点山草药。曹树林要往屋里钻，王得稳拦住门说，这是我的房子。曹树林说，我晓得是你的房子。他使劲把王得稳推开，带着一伙人钻进来了。

秀米坐在床沿上，肚子大得像个南瓜。

曹树林眼眶陷进去，看起来就像两个窟窿，他说，我就晓得有名堂。王得稳看着那两个窟窿说，我愿罚款。曹树林说，罚款不能解决问题。王得稳说，我媳妇怀上七个多月了。曹树林说，只要还没生出来，就必须引产！王得稳恨不得找个什么东西，朝那两个窟窿戳去，他红着眼说，你敢！曹树林说，甭吓唬我们，这是政策。

他们彼此怀有敌意，长年累月，就慢慢变成仇人了。王得稳是那种充满血性的人，不会轻易向敌人示弱，但情况特殊，实在没有别的办法。他忍住怒火说，如果强制引产，怕有危险。曹树林说，现在医治水平高，总该不会有事。王得稳说，我们是亲戚哩。曹树林摇头说，我确实不能帮忙。

王得稳认得旁边的几个干部，他们来村里抓过计生。有几次，没抓到超生户，他们冲到屋里，将锅碗瓢盆砸个稀烂。最后，把人家的腊肉搭在扁担上，挑着往回走。王得稳看着那几个干部，央求说，只要能够放我一马，往后年年给你们送腊肉。那几个干部板着脸说，你说啥鬼话！

王得稳说，我晓得你们喜欢吃腊肉，我家今年喂的是黄毛猪，瘦肉多。几个干部训斥说，你以为这是卖菜啊，还谈价钱？他们伸手去拽秀米，让她赶紧走。秀米脸上没什么表情，搂着鼓鼓的肚子，艰难地站起来。

迎春社到县城，两百多里，路不好走。他们坐的是吉普车，四个轱辘呼呼转。公路弯弯拐拐，看不到尽头。高寒山区，种地没收成，生活过得造孽，许多年来青壮年都顺着这条路，跑到城里挣钱去了。

家里穷得要啥没啥，王得稳也想跑出去，但算命先生说过，他二十三岁会碰上难关。家里只有王得稳这根独苗，爹娘担心他有啥三长两短，死活不让出去。原来催王得稳找媳妇，后来找到秀米，又催他赶紧生娃娃。

王得稳很孝顺，他想先生个男娃把香火续上，要是今年没病没灾，就跑出去挣钱。没想到，秀米在山上躲藏几个月，到底还是被逮住了。现在，村长曹树林和镇上的几个干部，正坐着吉普车，押着他们去县城。

到城里后，秀米被推进一个房间，王得稳被留在走廊上。他焦躁不安，准备摸烟来抽。他摸出一个纸盒，发现里面没烟了。他揉着烟盒，感到有点难受。王得稳看到曹树林和几个干部在那边抽烟，他不愿朝他们讨要。他打死也不向这些人开口。

王得稳看到另一道门边，蹲着个庄稼汉，就走过去要烟。然后，他们像两只蛤蟆，并排蹲在那里抽烟。庄稼汉说，你媳妇也在里面引产？王得稳没吭声，他重重地吸了口烟。庄稼汉说，怀上几个月了？王得稳说，七个多月了。庄稼汉说，七活八不活。王得稳侧过脸问，啥叫七活八不活？庄稼汉说，有种说法是，七个月的早产儿能够活，八个月的倒不容易。

王得稳把手伸进头发，用力撕扯，差不多把头皮扯下来了。庄稼汉说，听说引产很吓人。王得稳说，你晓得？庄稼汉说，我听那些做过引产的说，两三个月这种，是用什么东西伸到女人肚子里，把胎儿搅碎，然后用管吸出来。王得稳的手抖了一下，追问说，那七个月的怎么办？庄稼汉说，你看你，我又不是医生，怎么清楚嘛。

王得稳突然把烟蒂扔掉，起身拍门。见门不开，他像疯子一样，用脚乱踹，用身体猛撞。曹树林和几个干部吓了一跳，赶紧跑过来。王得稳看起来不算健壮，没想到力量比牛还大，几个干部累得满头大汗，总算把他制服。开始王得稳还使劲挣扎，渐渐就不动了。几个干部试探着把手放开，见他像尸体那样躺在地上，总算放心了。他们抹着额头上的汗水，拍打身上的灰尘。

地板冰冷而坚硬，王得稳躺在那里，脸上的肉抖得厉害。浓烈的药味顺着鼻孔钻进去，在胃里乱拱，让他难受极了。气流涌动的声音，在耳边嘭嘭地响。阳光斜射过来，照在他苍白的脸上。

后来，王得稳看到一个医生抱着什么东西走出来。他眨了几下眼睛，从地上爬起来，跟着医生跑。他见医生走到厕所边，把手里的东西扔进去，扑通一声。厕所里尽是肮脏的粪便，密密麻麻的蛆蠕动不止。王得稳弯着腰，盯着医生扔进去的东西。他以为会是些血肉碎块，没想到竟是一个白白嫩嫩的婴儿。王得稳嘴往两边扯，但没弄出声音，看起来非常吓人。那婴儿似乎还没彻底咽气，居然微微动弹。王得稳慌忙揉眼，他看到婴儿确实在动弹。

王得稳伸着两条胳膊，蓦然像只鹅似的跳进粪坑，扑过去打捞婴儿。婴儿滑不溜湫，好不容易捞在手上，他紧紧搂在怀里，用胳膊肘撑着坑口，拼命地爬出来。他身上挂着许多脏东西，但顾不上。王得稳盯着婴儿，发现他像条死鱼，已经没气息了。

王得稳看到婴儿的两腿间，有粒肉丁。他摇晃几下，像稀泥似的瘫在地上。他又想起那件事情了。算命先生说过，他今年有道坎。王得稳感到什么东西硌着屁股，他伸手去摸，摸到块指甲盖大的瓦片。他把瓦片放在嘴里，咯噜咯噜地嚼。瓦片没被嚼碎，反而把舌头割破了。他抱着僵硬的婴儿，恨恨地想，事情决不能这样算了！

　　他鼓着腮帮子，嚼得血淋淋的，满嘴腥味。

酒　　鬼

王抱柱跟曹耳福打了一架。

早些时候，王抱柱跟曹耳福坐在路边晒太阳。他们的前面是一片苞谷地。这时季，庄稼早就收掉了，地里是成排的苞谷桩。曹耳福说，这几年，苞谷不好卖。王抱柱说，家家都种这东西。曹耳福说，应该想法挣钱。王抱柱皱眉说，就是。曹耳福说，再这样下去，连盐都买不起。

王抱柱是个酒鬼，他抱着酒壶，望着远处说，城里人喜欢吃苞谷饭。曹耳福说，县城有九十多公里，卖的粮食还不够运费。王抱柱说，外边路好，几十公里，转眼就到。曹耳福说，你不出远门了？王抱柱说，这两年不好找事做。曹耳福说，你媳妇都出去了。王抱柱有点烦闷，说在外面，女人稍微好些。

地里有很多狗尾巴草。风吹时，那些狗尾巴草晃来晃去。它们被太阳晒出一种淡淡的味道。曹耳福说,我想过种板栗。王抱柱说,这地方只能种苞谷、洋芋,顶多再种点荞麦。曹耳福说,我姑妈家在老鹰嘴,那边出板栗。王抱柱说,老鹰嘴水土好,跟这里不一样。曹耳福说,山上有毛栗,我就想,既然能出毛栗,肯定就能出板栗。王抱柱说,你尽胡想。

他们听到几声牛叫,不晓得是从什么地方传来的。他们抬头朝曹二娃家看,院墙外边蹲着几个人,看不清楚模样,只能看到那些人像几泡牛屎似的蹲在那里。曹耳福摸出烟杆,慢条斯理地卷烟。在这地方,大家都喜欢抽自己种的土烟。

曹耳福把烟叶掐得有半截手指那么长,他仔细卷好,然后塞进烟斗。他抬起头,发现王抱柱看着自己,就说,你想抽几口?王抱柱摇头说,我抽不来这种东西。曹耳福说,这种烟抽起来过瘾。王抱柱说,我抽过,呛得要命。曹耳福说,我刚抽的时候也呛。王抱柱把酒壶摇得哗哗响,他说,我适应这个。

曹耳福说,没啥奇怪的,有人喜欢吃青菜,有人喜欢吃萝卜,各有各的口味。

王抱柱看着垭口说,现在还没动静哩。曹耳福划火柴把烟点着,像个没牙齿的老太太,瘪着嘴抽了几口烟,说估计快了。王抱柱说,没找过医生?曹耳福说,找过,医生救不过来了。王抱柱说,你听哪个说的?

曹耳福说,报丧人说的。王抱柱说,人还没死,就报丧了?曹耳福说，横竖没救了，早点报丧省得麻烦。他端着烟杆，吧嗒吧嗒地抽。王抱柱被烟呛着了，打了个喷，捏着酒糟鼻，把一串鼻涕甩出去。然后抽动几下鼻子说，没查出奸夫？

曹耳福把烟杆含在嘴角，歪斜着脑壳，他很有经验，这样抽烟熏不着眼睛。他说，依我看，怕是查不出来了。王抱柱拧开酒壶，抿了一口，顺嘴说，噢。曹耳福说，他狗日的，太不划算了。王抱柱感到烈酒在咬噬自己的舌头，他说，这种鬼事。曹耳福说，曹二娃真不该出门。王抱柱说，看你说的，他是石匠哩，他不出门难道还整天窝在家里？

曹耳福说，他不该出远门嘛，要是在附近找活干，就不会出这种事了。王抱柱叹气说，想要多挣点钱，就得跑远路。曹耳福说，曹二娃出去快一年了吧？王抱柱说，听说一年半了。曹耳福说，他早该料到要出这种事情。王抱柱说，他又不是神仙，怎么料得到？

曹耳福盘腿坐在地上，脖子伸得长长的，他说，这种事传出去不好听。王抱柱说，确实不好听。曹耳福说，都怨那个臭婆娘。王抱柱说，估计是熬不住了。曹耳福说，照我说，男人结了婚，就该守着婆娘。王抱柱说，瞧你说的。曹耳福说，我确实这样想。

风吹在鼻尖上，让他们感到鼻子痒痒的。王抱柱伸手捏捏鼻尖说，曹二娃没审问？曹耳福说，当然问过，她死活不开口，曹二娃就狠狠揍她。王抱柱追问说，然后呢？曹耳福说，她就喝耗子药嘛，眼看就一尸两命。

王抱柱说，听说肚里的娃娃已经有几个月了。曹耳福摇头说，造孽！王抱柱说，大家就没看出动静？曹耳福说，她很少出门，衣裳又穿得宽敞，鬼才注意。王抱柱说，真没想到。曹耳福把烟灰倒出来，磕着烟斗说，所以我说，男人就该守着自己的婆娘。王抱柱说，你说话有点怪。

曹耳福把烟斗别在裤带上，缓缓说，我要是你，就跟媳妇一起出门。王抱柱胸口像堵着什么东西，皱眉说，都和你讲过了，现在不好找事做。曹耳福说，那就把她叫回来。王抱柱说，你也晓得我家的情况，她要挣钱。曹耳福说，猴年马月才能凑出这么多钱。王抱柱说，我简直想卖血。

曹耳福说，你应该想别的办法。王抱柱烦躁地说，我真不想跟你说话。曹耳福说，一个女人，独自在外边不好。王抱柱突然朝曹耳福的脸上擂了一拳。曹耳福捂着脸，吃惊地说，好端端的，你打我？王抱柱沉着脸，又把拳头抡起来了。曹耳福愤怒地说，你再这样，我就不管了！王抱柱把拳头抡个半圆，呼地砸过去。然后，他们就打起来了。

他们就像两根麻绳，拧打在一起。他们打得很凶。他们一会儿滚到这边，一会儿滚到那边。王抱柱伸手想扯曹耳福头发，却揪着对方的耳朵。曹耳福咧着嘴，脸上扭出一副痛苦的表情。曹耳福伸手在地上乱摸，总算摸到一块石头。他抓起来，用力朝王抱柱的脑袋上砸。

王抱柱听到咚的一声钝响，绷紧的身体陡然松开，接着像稀泥似的瘫下去了。他趴在地上，老半天没见动静。后来，他身体动弹几下，右手的食指和中指慢慢站起来，像两条腿似的带着那只手四处搜索。终于，在一团草丛里找到他的酒壶。

王抱柱抓住酒壶，蓦然攥紧，手上的筋络也随之鼓起来。他把另一只手腾过来，拧开壶瓶盖，接着艰难地翻过满是伤痕的身体，贪婪地往嘴里灌酒。苞谷酒像一条火蛇似的，灵活地钻进喉咙，顺着食道，窜到他的胃部。随即，他感到胃里火辣辣的，仿佛燃烧起来了。

由于喝得太急，有些酒顺着他的脸颊，淌过脖颈，浸湿一片衣领。先前，只要稍微动弹，剧痛就像一群野狗围着他乱咬。这时候，王抱柱身上痒痒的。苞谷酒像止痛药，不仅减缓身上的疼痛，似乎连力气也在慢慢恢复。

灌下几口苞谷酒后，王抱柱撑着地，摇摇晃晃地爬起来。周围静悄悄的，曹耳福早就跑得不见踪影。王抱柱提着酒壶，朝垭口那边张望，他看到石匠曹二娃家的院落空荡荡的。早先蹲在墙边的那几个人不见了，院门口的树上搭着一根竹竿。

想到有个女人喝了耗子药，迟迟没咽气，王抱柱心里就乱糟糟的。他仰脸朝天上看，太阳黄澄澄的。他迈着两条腿，艰难地朝赵如海家自留地走去。每走一步，王抱柱都会把嘴咧成个窟窿，从里面弄出咝咝的声音。王抱柱费了好大的劲，才把自己搬到赵如海家的地埂边。

王抱柱专门从山上搬来一块石板，放在赵如海家地埂上。他像皇帝坐龙椅，几乎每天都坐在那块石板上。现在，王抱柱就弯着腰，慢腾腾地把屁股放在石板上。刚从外边回来那段时间，王抱柱很讲究，他嫌脏，坐板凳也要先抹几下，后来他就变邋遢了。

这里地势陡峭，远远近近，到处挤满山崖。看起来，那些山崖就像要撞在一起。这会儿，王抱柱就有这种感觉。沟底是一条路，弯来扭去。早些年，王抱柱每天都背着书包从那里经过。学校离得远，有二十多里。冬天亮得晚，爹怕他看不清路，会摔跟头，就找个破盆，打孔穿线，给他做火盆。每天清早，王抱柱都像拎灯笼似的，提着火盆去学校。

站在山顶上看那条路，像根挂在那里的鸡肠子。走在上面，就有点造孽。鼓出路面的石头，让王抱柱的脚都走掉几层皮。路不好走，王抱柱经常迟到。他的班主任很严厉，总是守在校门口，看到迟到的学生，就挥起竹片抽手心。王抱柱痛得淌泪花，但他不怨老师，只怨那条路。

听说王抱柱他爹早年在内蒙古当过兵，那边没多少山，到处是辽阔的原野。王抱柱没见过原野，但据他猜想，肯定非常平坦，想坐就坐，想躺就躺，要是高兴，还可以甩开膀子惬意奔跑。根本不像这个鬼地方，要是躺下身去，脑袋得搭在地埂上。

王抱柱向往原野，他就埋怨爹，当年要是留在内蒙古，那该多好啊。那样的话，自己就不会苦命地生活在这深山里面。这些荒凉的山上，没有多少泥土，差不多全是石头。好像全世界的石头，统统挤到这里来了。这让王抱柱感到无比寒心。

王抱柱天天抱着书本，想从里面读出个名堂，以后能够离开这个鬼地方。这里的教学质量不行，学生娃娃读完初中，就扔掉书本回家扛锄头。王抱柱跟他们一样，没考出好成绩。王抱柱很不甘心，央求再读一年。结果，第二年分数更低。王抱柱躲起来痛哭一场。最后，他只能娶媳妇生娃娃。

媳妇长得瘦，但生娃娃不含糊，每年给他生一个，连续给他生了两个。王抱柱不想一辈子从石缝里面刨吃的，于是带着媳妇出门打工。他们跑过很多地方，先在浙江，接着在天津，甚至还到过内蒙古。后来，他们跑到广东。外边确实很平坦，抬眼望去，顶多有几座丘陵。要是什么地方有座山，简直像宝贝。那些人把它开发出来做景点，圈起来收费。竟然也有人从上百里远的地方，开车去看。

王抱柱觉得滑稽，他和人说，这种山在我们那边，屁都不是！没几个人接嘴，他们觉得王抱柱说废话。打工仔差不多都是从山里出来的。好像是全世界的穷人，统统住在山里面。王抱柱晓得，自己不能一辈子待在平原，但他害怕深山旮旯。他想不管多苦，都要待在城里，直到干不动为止。

事情变得快。早几年，满世界都在找工人。近两年，许多工厂突然倒闭了。找不到事做，王抱柱只能带着媳妇回来。回到家后，王抱柱憋得难受，总想发火骂人。王抱柱骂得最多的是两个娃娃。两个儿子，像他当年一样，顺着那条山路跑去读书。

每天下午，别的学生娃早就回来了。但他的两个娃娃，总要多花几个小时，差不多擦黑才能回家。王抱柱骂过，也打过。大儿子委屈地说，弟弟走不动嘛，他在前面走，我在后面推。王抱柱看到小儿子笑嘻嘻的，有点冒火，扬起巴掌就打。

开始，王抱柱以为小儿子只是懒惰，后来发现事情不对劲了。走平路没啥异常，但碰到爬坡，这龟儿子就走不动了。他总是侧着身，先搬上去一条腿，然后再搬第二条腿。王抱柱把娃娃喊过来，问他疼不疼？小儿子说，不疼，就是爬不动。

王抱柱把小儿子带到医院检查，说是股骨颈变形，需要做矫正手术。王抱柱紧张地说，要多少钱？医生说，两条腿分开做，一条腿恐怕也要十多万。王抱柱吓得差点断气，这几年打工，四处东奔西跑，没挣到多少钱，农村有医保，可以报销一些医药费，但要自己先把钱凑出来。

从医院回来后，王抱柱就怪怪的，天天盯着娃娃看。爬坡下坎，小儿子总是侧着身，艰难地搬弄自己的两条腿。有时候，他会突然摔在地上。以前，王抱柱经常打娃娃，他没觉得有啥不好。现在看到小儿子跌倒，他慌张得不得了。

王抱柱把小儿子抱起来，难受得跟什么似的。他想借钱给娃娃治腿，但根本没门路。在这深山旮旯，大家都在石缝里刨吃的。石缝里面能够刨出粮食，但刨不出钞票。王抱柱晓得，自己就算砸锅卖铁，也甭想凑出这么多钱。

王抱柱眼眶大，两条眉毛像用什么画上去的。看到媳妇抹眼泪，他的两条眉毛就拧成个疙瘩。王抱柱心里泼烦，就喝闷酒。王抱柱找来个酒壶，随时带在身上，想喝就摸出来灌几口。

后来，媳妇试探说想出去挣钱。王抱柱说，这年头，工作不好找。媳妇说，女人总要好些。王抱柱叹气说，没想到碰上这种鬼事。媳妇说，我去看看，实在找不到事做，我就回来。王抱柱看到媳妇收拾衣裳，他想阻拦，但终究没有。他蹲在门口，眼睁睁看着媳妇背着行李，顺着那条路朝沟底去了。

这会儿，王抱柱就远远看着那条路，他不时抱起酒壶抿一口。往年，赵如海在这块地种白菜，但今年没种。地里满是野草。那些草长得很茂盛，比山羊还高。王抱柱坐在那里，只露出半截身体，看起来就像插在那里的草人。

王抱柱每天坐在那里等娃娃放学。他喷着酒气，鼻尖红得像个新鲜的红薯。其实，他不怎么喜欢喝酒。苞谷酒劲道足，灌到嘴里像吞火苗，舌头烧得生疼，只要多喝几口，脑袋就昏昏沉沉。王抱柱不喜欢喝酒，但他憋得难受，只有把自己弄得昏昏沉沉的，才不会想乱七八糟的事情。

那条路仍然像鸡肠似的挂在山腰，没人从上面经过。突然，王抱柱听到一阵鞭炮响，他吓了一跳。他回过头，看到几个人把一束白纸挂在竹竿上，然后插在曹二娃家门口。他晓得，曹二娃的媳妇肯定咽气了。

太阳已经落坡。冷风呼呼吹着，王抱柱的两只耳朵像搁在冰里。先前打架，他的脸上重重挨了一拳。风吹的时候，那地方就火辣辣地疼。

王抱柱想起曹耳福那种阴阳怪气的语调了，他觉得胸口好像憋着什么东西。

王抱柱站起来，烦躁地走来走去。王抱柱想，自己半天没动弹，曹耳福肯定以为弄出人命了。这个时候，也许曹耳福就躲在附近的山崖上。他四处张望，没发现曹耳福的踪影，他跳着脚说，你狗日的胡说哩！

周围的山上，到处裸露着石头。那些灰扑扑的石头，像什么似的硬往眼里钻。王抱柱感到非常难受，他喊着曹耳福名字，恨恨地说，你狗杂种胡说八道，我早晚把你的舌头扯出来，用石头砸得稀烂……

龙　　潭

　　差不多半年了，天空始终蓝幽幽的，看不到半点白云。开始的时候，还有人去黑神庙焚香烧纸，希望老天爷能够睁开眼睛，洒几滴雨水。几个月过去，太阳还像堆柴火似的烘烤大地，没有丝毫下雨的迹象，大家才发现求神告菩萨根本没用，于是懒得再往破庙跑，一个个缩着脖子躲在树荫里。其实树也快活不下去了，树叶被烤焦了，伸手一捏，满把都是粉末。

　　山坡上的杂草也枯萎了，干巴巴地趴着。风一吹，地面灰蒙蒙的，眼睛都睁不开。原本肥胖的河流也不知不觉变瘦了，到了后来，竟彻底干涸了。河床上的石头，像鸡蛋一样光秃秃的，连青苔都没有。据年纪最大的曹六爷讲，以前山寨也出现过几次旱灾，但从来没这样严重过。曹六爷前些日子死掉了，他的身体瘦得像根干柴。这样热的天气，他最终还是挺不下去了。

曹六爷就是曹多奎的爹。这个时候,曹多奎正蹲在屋檐下面发呆,眼珠子就像两块木炭似的,看不到半点光泽。要在往年,这个时候该在地里干活的。但今年不行,土地硬邦邦,简直像石头一样,锄头根本挖不动。昨晚听到门口的树上飒飒地响,曹多奎以为落雨了,衣裳都来不及穿就跳下床,跑出去一看,才发现不过是吹了一阵干燥的风。

曹多奎正茫然地看着前方,曹六盘忽然顺着门口的小路走来。他走得很快,转眼就来到曹多奎的面前。曹六盘说,多奎,你蹲在这里干啥?曹多奎侧着脸瞟他一眼,没有说话。曹六盘说,多奎,你没事吧,你莫非生病了,要是生病赶紧请郎中看看,怎么蹲在这里发呆呢。

曹多奎看到曹六盘伸手过来想摸自己的额头,就把脑袋往旁边一让,说我蹲在自家门口,关你屁事!曹六盘说,你还是这个鬼样子,像吃了炸药,难得有句好话。曹多奎嫌他啰唆,翻着白眼说,有事就赶紧说,不说老子睡觉去了。曹六盘说,这么热的天,人都快晒死了你还睡得着。

曹多奎不再理他,站起来要往屋里走。他刚抬起脚,就听到曹六盘说,族长让你去他家一趟哩。曹多奎把脚收回来,问有什么事。曹六盘说,族长说了,天气这样热,再不下雨就要死人了,他让大家过去碰个头,看看怎么办。曹多奎说,还能怎么办,天不落雨,我们有啥办法?曹六盘说,我的口信带到了,去不去是你的事。

在山寨里,谁敢不听族长的话啊。他老人家朝谁皱一下眉头,谁就别想再过安稳日子。曹六盘问他到底去不去。曹多奎说,山寨里的人都去了？曹六盘说就差你没去。曹多奎说，我想睡觉哩。这一回，曹六盘很干脆，说你不去算了，我走了。看到曹六盘扭头就走，他像树桩似的愣了一下，然后飞快跟上曹六盘。

他们走到族长家的时候，屋里早已聚满了人，有的坐在板凳上，有的坐在门槛上，有的实在没地方坐，索性顺墙蹲着。大家都沉着脸，看得出正在商量一件重大的事情。曹多奎和曹六盘找个地方蹲下，眼睛瞄来瞄去，最后把目光投到族长身上。族长快七十岁了，很瘦，白头发白胡子，看起来像个神仙。

这个时候，族长正端着黄铜烟杆，重重地抽烟。他抽的是土烟，浓烟滚滚，屋里像着火一样。他抽了一口，又抽了一口，才慢慢抬起头说，大家都来齐了吧？曹银团说，一家没少，全都齐了。族长的目光在屋里扫了一圈，然后说，这个气候，你们都看到了，没有水喝，山寨里的牲口都死得差不多了，要是再这样下去，恐怕要出人命了。大家皱着眉头，都不吭声。族长抽了口烟，接着吐出黑乎乎的烟嘴说，要想不出事，就要赶紧找水源，附近几十里都找过，几个水井都枯了，只差龙潭没去过了。

龙潭其实不是潭，而是个深不见底的坑洞。几十年前，下过一场大雨。那场雨下了几天，山寨都快淹掉了。有天中午，忽然从洞里飘出一团浓雾。那团雾飘到半空，被几个炸雷打散了，后来在洞边发现一条水桶粗的蟒蛇。据山寨里的老人说，那不是蟒蛇，而是龙。所以，那个地方就被人叫作龙潭了。

曹桂林说，谁也没去过龙潭，也不晓得里面有水没有。曹银团激动地说，里面肯定是有水的，也许还有一条阴河。曹银团偷过曹桂林家的一只南瓜，被揍过一顿，他们的关系不是很好。曹桂林说，你怎么晓得里面有水？曹银团说，里面连龙都有，怎么会没水呢？曹桂林说，你又没去过，你晓得个屁！

他们吵起来了。曹桂林说曹银团偷过他家的南瓜。曹银团说，你娘是个烂货，年轻的时候被牛贩子按在地里干过。两人就这么吵着，他们不停地翻起嘴皮，把恶毒的语言扔向对方。如果不是族长站出来劝架，他们也许还会打起来。

族长吐出口浓烟，威严地说，统统给我闭嘴，也不看看什么时候了，居然还有心思吵架！

曹银团愤愤地说，我没打算和他吵，是他故意找碴。

曹桂林说，你没去过龙潭，偏偏咬定里面有水，你又不是神仙，你怎么晓得？

族长表情有些严肃，说甭管里面有没有水，都要进去看看，再找不到水源，我们就没活路了。

族长拿定主意，事情就算定下来了，肯定再没商量的余地了。接下来面临的难题是，到底谁去龙潭。他们一个看一个，都不说话了，屋里突然安静下来，除了呼吸，再也没有半点多余的声音。想到蟒蛇，大家的心里冒出寒意。

沉默了一会儿，曹桂林忽然说，不如就让曹银团去吧。曹银团吃了一惊，说我不去。曹桂林说，既然你说里面有水，肯定你去最合适。曹银团说，我们刚刚吵过架，你这是下软刀子哩。曹桂林说，那你说谁去？曹银团不说话，眼睛在屋里乱瞄，他发现大家都往身后缩。他的目光在屋里走了一圈，最后说，我觉得曹六盘去最好。

曹六盘没想到居然扯上自己，吓了一跳，慌忙摆手说，我不行，我不能去，我有婆娘娃娃，我要是回不来了，她们怎么办呀？

曹银团说，那就曹小礼去。

曹小礼就像屁股被狗咬似的，一下子跳了起来，他说，我还没婆媳妇，连女人的滋味都没尝过，凭啥让我去？

屋里重新安静下来。族长抽完烟了，他一边磕烟斗，一边说，这么多人，归根结底总要去一个，究竟哪个去，你们看着办。大家还是瞪着眼，不说话。山寨的人连远门都没出过，怎么有胆量去一个没人到过的地方。更何况，还是一个出现过蟒蛇的坑洞。

族长说，这么大的山寨，不可能找不到一个合适的，你们说是不是这个道理。

曹小礼说，我觉得曹多奎去最好，他媳妇不会生娃，他没拖累。

曹多奎失声说，我不去，就是打死我也不去。

曹六盘盯着他，说想来想去，也只有你去了。曹多奎发现大家的目光像蜘蛛网一样罩在自己的身上，他不由得心里颤了一下，说我不去，就是渴死我也不去那个鬼地方。曹六盘说，你不去，总要有个理由吧。烟雾在屋里弥漫，呛得曹多奎不停地咳嗽，他实在想不到理由，只能蛮横地说，反正老子就是不去！

大家都盯着族长，等他拿主张。族长低头擦烟斗，黄铜的烟斗被他擦得亮闪闪的。曹多奎也望着族长，脸上有点巴结的意思。族长看着曹多奎，说不清是什么表情。曹多奎让他看得心惊胆战，嘴巴动了几下，却又不晓得该说点啥。

族长缓缓说，既然大家都是这个意思，那就只有你去了。曹多奎本来蹲得好好的，听到这话，就像挨了闷棍似的，一屁股坐在地上。他瞪着族长，说老子偏不去！山寨里就他敢这样顶撞族长。但族长没生气，还满脸平和地说，这也是没办法的事情，总要去一个。

曹多奎说，就是说破天，我也不会去的。族长说，谁去都不会委屈，大家用我的轿子，一直抬到龙潭，明天中午，我就让人抬轿子来接你。曹多奎从地上爬起来，拍拍屁股上的灰尘，愤愤地说，我不去，就是死个亲爹都不去！说完，他拨开人群往外走。

曹多奎回到家里，看到媳妇端着个破碗往嘴边送。碗里的东西是尿，黄澄澄的，散发着一股刺鼻的臊味。这么多天不下雨，山寨里的人只能喝尿，他们说，自己撒出来的东西，不脏，不丢人。他们说，这么热的天气，能撑一天算一天，要是哪天实在撑不下去，那就只有死了。都快活不下去了，还要啥脸面呢。

媳妇像喝酒似的抿了一口，接着又抿一口，然后把碗递过来说，要是渴了你赶紧喝点。曹多奎瞪着媳妇，呼吸越来越重。媳妇发现他脸色不对，还没把手缩回来，碗就被曹多奎打掉了。碗碎成几块，白生生的，尿水溅得遍地都是。

曹多奎像疯掉一样扑过去，把媳妇按在地上，抡起胳膊乱打。他恨恨地说，我被你这个烂货害死了。媳妇护着脸说，好端端的，我又没惹你，怎么进来就打？曹多奎说，你要是能生个娃，我就不会落到这步田地了，我要是死了，就做鬼也要天天纠缠，让你不能过安稳日子。曹多奎的拳头密集地落下去，他把满肚子的火都撒出来了。开始的时候，媳妇还一边号叫一边挣扎，到后来，她实在没有还手之力，干脆就放弃抵抗，任由拳头打在身上。

曹多奎的动作渐渐慢下来，他用手捂着脸，蹲在地上，肩膀微微颤动。媳妇正痛得死去活来，发现他突然停手，不免有些诧异。躺了很久，看到曹多奎确实没有再打的意思，她才慢慢爬起来。她看着曹多奎，发现脸上满是泪水。

媳妇有些吃惊，挨打的没事，打人的怎么倒哭了？她顾不上疼痛，忙问怎么了。曹多奎抹着鼻涕说，我快要活不成了。媳妇吓了一跳，问他怎么回事。他说，不要问了，我快饿死了，你赶忙给我做吃的。媳妇整理一下凌乱的头发，问他想吃什么。

曹多奎说，给我煮几个荷包蛋，我要好好吃一顿。媳妇说没水煮不了。曹多奎说，那就油炸，煎透，脆点好吃。媳妇说炸也不行，家里没油了。曹多奎有些愤怒，说那老子就吃生的。媳妇问他要吃几个。曹多奎说，家里还有多少？媳妇很有把握地说，估计有十三四个。

曹多奎挥手说，全部拿来。媳妇一下子叫了起来，说你是不是疯掉了，你又不是大财主，就是财主也舍不得一次吃十多个鸡蛋，你打算把这个家败光啊？曹多奎说，我就快死了，顾不得那么多了，趁着还能喘气，我要好好享受。

媳妇用篮子把鸡蛋提来。曹多奎拿起一个，在桌沿磕出个指甲大的洞。他把嘴凑到洞口，用力一吸，鸡蛋就钻进嘴巴，然后顺着喉咙，一直滑进肚子。随即，一种久违的凉意传偏全身，他感到舒服极了。他扬手把蛋壳扔出去，接着又吃第二个。他吃得很快，没过多久，那些凉爽的鸡蛋全都钻进他的肠胃。

曹多奎把鸡蛋喝完，发现媳妇站在旁边咽口水，于是问她怎么不吃。媳妇说，你这是败家哩，我舍不得吃，吃了我会心疼的。曹多奎说，那我吃你会不会心疼？媳妇说，我当然心疼，就这么一点家产都被你败光了。曹多奎叹了一口气，说你以后就不会心疼了，也许是我最后一次吃鸡蛋了。

媳妇心里一沉，追问到底怎么回事。曹多奎把事情的来龙去脉说了一遍，媳妇听完，泪珠就滚出来了。她说，你要是回不来，我往后怎么办啊？曹多奎心里泼烦，说哭个屁，去龙潭的是我，又不是你！

夜色像团墨水，慢慢把山寨染黑，四周看不到半点光亮。在这个漫长的夜晚，曹多奎失去了睡意，他躺在床上，像锅里的油条一样翻来覆去，他滚了很久，横竖睡不着。晚风带着沙石，像群耗子似的从屋顶跑过。有几次，曹多奎闭着眼睛，试图以此诱惑睡意。但睡意就像一只狡猾的野兽，总是远离猎人为它设置的陷阱。

曹多奎有点口渴，他翻起身来，打算喝点东西。但想到尿臊味，他有点恶心，于是又躺下来了。想到自己明天要去龙潭，他就直冒冷汗，既然那个地方几十年前出现过蟒蛇，现在完全可能还有蟒蛇，也许不只一条。曹多奎最怕的就是这种东西，蛇冰冷的躯体，就像冰块一样，总能凉透他的心底。曹多奎想找族长求情，让他另派人手，但很快就打消这个念头。他和族长有矛盾，虽然是以前的往事，但就像一道伤疤，毕竟如实存在。

　　许多年前，族长本来应该是曹多奎的爷爷。没想到，他爷爷有一次放牛，不小心从山崖跌下去。大家找到尸体的时候，半个脑袋已经不见了，就像一个摔碎的西瓜。对于这件事情，他爹曹六爷始终心怀怨恨，认为这是死于谋杀，被人故意推下山崖的。曹六爷活着的时候，总是和族长对着干，直到前些日子快死了，还拉着曹多奎的手，要他记着这笔仇恨。曹多奎虽然不敢像他爹那样，明目张胆地叫嚣要报仇雪恨，但也时常和族长叫板。在他看来，族长这个位置，其实应该是自己爷爷的。现任族长，无非是谋权篡位。

　　天旱是山寨的灾难，而去龙潭是曹多奎的灾难，他不晓得该怎么躲过这场横祸。曹多奎明白，抵抗是没用的。两年前，曹桂林和族长吵过一架，当天晚上，他家的墙脚就被人撬掉几块，房子都差点垮掉。

　　曹多奎晓得，如果明天不去龙潭，自己就别想在山寨里待下去了。房子和土地都在山寨，不待在这里，又能去哪呢。几个月前，大家曾经打算去外边找活路，后来从外面传来消息，说那边也是百年不遇的旱灾。既然哪里都是这个鬼样子，还出去干啥呢，就是死，也干脆死在山寨算了。

曹多奎越想越烦，他觉得脑袋快要爆炸了。他像条虫子似的在床上扭来扭去。他就那么扭过一个漫长的夜晚。他朝窗子看了一眼，发现那里出现一缕暗淡的光芒。那缕光芒的出现，昭示着白昼即将来临。看着窗户，他感到眼皮沉沉下坠。他用力睁了几下，但徒劳无功。终于，睡意乘虚而来，悄悄占据了他疲惫的身体。

曹多奎睡得正香，忽然被人推醒了。他睁开眼睛，看到媳妇慌里慌张地站在床边，说亏你还能睡着，他们来了。曹多奎没明白她的意思，说谁来了。媳妇说，族长带着人，正朝这边走来。听到这话，曹多奎的睡意跑得不见踪影，他翻身下床，连鞋子都顾不上穿就往外跑。他还没跨出门槛，就看到一群人拥进院子，跟着那群人拥进来的，还有一顶轿子。曹多奎感到绝望，他脸色发白，就像大病了一场。

族长提着他的黄铜烟杆站在院坝里，说已经中午了，赶紧走吧。

曹多奎觉得大难临头了，他仿佛看到死神的影子。这时候，竟然莫名有些轻松了，他说，要去也行，但有一个条件。族长说，只要你去，啥都好说。曹多奎说，要是我回不来了，你们得养我媳妇，照顾她一辈子。他回头看了一眼媳妇，见她眼睛红彤彤的。

媳妇因为不会生娃，三天两头要被揍一顿。每次挨打，她都恨不得吃曹多奎的肉，喝他的血。有两回，她甚至悄悄藏起菜刀，打算在晚上把他砍死。现在，她的泪珠差点滚出来。她突然觉得，这个叫曹

97

多奎的男人真的太好了。

　　族长听完曹多奎的话，微微皱了一下眉头，说你是去找水源，又不是去送死，怎么说这种不吉利的话呢。曹多奎说，这事谁说得清楚呢，你们要是不答应，我就不去了。族长沉着脸说，这是啥话嘛。曹多奎说，谁有胆量谁去，反正甭来找我。族长说，这么大的山寨，还养不起一个女人？曹多奎说，你们说话要算数。族长说，你尽管放心，这么一个女人，一家省一口都够她吃了。曹多奎说，如果能够回来，你们要给我修几所大瓦房。

　　大家没料到曹多奎会提这种要求，目光有些愤怒，族长住的都是茅草房，他居然要修几所瓦房，简直太没道理了。如果平时，他们肯定挥起拳头冲过去，打得他爬不起来。但这是关键时候，他们全都没动，只是恨恨地看着曹多奎。

　　有人低声说，大家都勒紧裤带过日子，你还要住大瓦房？曹多奎朝人群里看了一遍，没找到说话的人，他提高嗓门说，有钱的出钱，有力的出力。看到大家都不说话，曹多奎转身就往屋里钻，说你们想清楚再来找我，昨晚没睡好，我要睡觉去。族长上前几步说，不就是几所房子吗，我们砸锅卖铁都给你修起来，还有啥要求，都提出来吧，统统答应你。

　　这不是一件轻巧的事情，没想到族长这么快就答应了。大家看着曹多奎，等他表明态度。他们不想去龙潭。尽管大家都想住好点，但他们不敢去龙潭冒险。大家都像狼狗似的竖着耳朵，等着曹多奎说话。

曹多奎愣了一下，说去就去，老子天不怕地不怕，还怕去龙潭？大家都松了口气，只要曹多奎答应去龙潭寻找水源，别的东西可以商量。曹多奎没有立即出发，他转身进屋，找新衣裳穿上，又把脸擦净，然后抬腿往外走。媳妇拉着他，眼泪汪汪地说，你一定要回来。曹多奎有种说不出的滋味，他说，不要慌，我小时候掉到河里都没淹死，我不会有事的。

　　曹多奎走到院里，他抬头看了一眼。天上空荡荡的，啥也没有。院落很安静，让他几乎透不过气来。曹多奎像棵树，一动不动地站在那里，好半晌过去，他才抬起脚，慢慢跨上轿子。几个人抬着他，开始上路了。媳妇红着眼睛跟在后面，经过黑神庙时，她不走了，蹲在那里呜呜地哭。

　　龙潭在山寨的西南方向，途中要翻过几座大山。几个人抬着轿子，艰难地走在弯弯曲曲的山路上。太阳就像一团烈火，凶猛地烘烤地面。路边的野草发出细微的响声，它们就要燃烧起来了。土地干燥，路上的泥疙瘩都被踩碎了，变成粉末。他们走过的地方，尘土飞扬。

　　曹多奎坐在上面，任由轿子颠着，摇晃着，他觉得舒服极了。他在心里感慨，难怪爹到死都不服气，原来当族长是这么舒坦的事情啊。曹多奎掀开轿帘，观赏路边的风景。远处，是一座挨一座的大山，像数不清的坟墓。近处，遍地是灰扑扑的石头，偶尔看到几棵树，树叶都卷曲着。

　　有时会吹过一阵风，风势很猛，但没丝毫凉意，扑过来的是团热气，让人有些受不了。这地方的风，总像饥饿的猛兽，抓到什么啃什么。树木和杂草有些可怜，它们用根部紧紧抓住石缝，依靠仅有的一点泥土生长。在这场旱灾之中，它们失去以往的生机。

抬轿子的总共四个人，曹六盘和曹桂林走在前面，曹银团和曹小礼跟在后面。刚刚翻过一座大山，等待他们的是另一座大山，脚下的山路看不到尽头。太阳悬在头顶，他们觉得自己就像几颗土豆，几乎要被烤熟了。虽然快要热死了，但他们没出汗。没有充足的水分，他们连汗水都流不出来了。他们只觉得身体软得像团棉花。

山路又细又长，像根扔掉的绳子。这种地方过去是放牲口的，没想到他们居然抬着轿子从上面经过，让人觉得有些好笑。爬到山梁时，他们碰到难题了。有块灰头土脸的石头，在前面拦住去路，一个人走过去没啥问题，但如果抬轿子从上面经过，就多少有些难度了。

他们让曹多奎下来走几步。曹多奎不肯。虽然觉得自己很有精神，但他不愿走路，他说，我懒得动，你们自己想办法。他们央求说，只走几步，不远。曹多奎还是没有下轿的意思，他舒坦地倚靠在轿子上，说，你们几个就是鬼点子多，这是一块石头，又不是一座大山，轻松就能过去。他们没法，只得小心地抬着轿子从石头旁边绕过。他们累得直喘粗气，就像正在犁地的老牛。他们恨不得抬着这个狗日的，连轿子扔下悬崖。

曹多奎伸着脖子，欣赏他们抬轿的模样。恍惚之中，他觉得自己就是族长。他从来没有这样威风过，当族长的感觉真的好极了。他想人活在世上，就该这样活着。曹多奎还想吼几声山歌。他总是这样，高兴的时候就想吼山歌。

肩膀上的轿子越来越沉，仿佛他们扛着的不是轿子，而是一座大山。爬上一个陡坡之后，他们终于挺不住了。曹小礼在前面说，歇口气再走。曹多奎说，不远了，再翻过一座山就到了。曹小礼龇牙咧嘴，说再不歇气，我们就要累死了。

他们把轿子停在路边，然后坐在地上喘气。曹多奎不高兴地说，抬轿子都偷懒，让你们去龙潭试试。他们没说话，只是狠狠瞪着曹多奎。他们就像四条恶狗，恨不能扑过去咬他几口。曹多奎说，别这样看我，要是肯去，我一个人把你们背到龙潭。

在曹多奎的催促之下，他们不得不继续上路。曹多奎不是急着赶路，他只是觉得不能让这些家伙轻松。他喜欢看他们吃苦头。他觉得能让别人吃苦头是一件很愉快的事情。他提高嗓门，在轿子上大声说，快走，不要磨蹭，听到没有，我让你们快走！

山岭很安静，但连虫子的叫声都听不到。这种鬼天气，也许虫子也死得差不多了。他们在前行的过程中摇摇晃晃，就像几个酒鬼，他们觉得快要活活累死了。在炎热和疲倦的侵袭下，他们渐渐麻木。他们觉得脖子上顶着的不是脑袋，而是一桶糨糊。有那么一刹，他们甚至不晓得自己从哪里来，又要到哪里去。

经过一番艰难的行走，他们终于到达目的地。看到那个被称为龙潭的坑洞，他们就像几团稀泥似的瘫在地上。他们身上的力气几乎耗尽了，除了喘气，简直不能动弹。远处的树已经枯死了，龙潭边却绿油油的，树木和杂草正在努力生长。后来发现青苔，他们兴奋地扑过去，抓起来就往嘴里塞。

曹多奎走出轿子，脸上没有半点血色。在他看来，龙潭就是阎王的嘴，正准备吞食自己。这个时候，他开始后悔不该催促这些家伙赶路。他觉得真的应该让他们在路上多歇一下。能歇多久，算多久。曹多奎的喉咙不停地滚动着，他想转身逃跑，但两条腿像生根似的，横竖不听使唤。

他们吃了一阵青苔，觉得身上渐渐恢复了力气，于是抱出一捆绳子。出发之前，他们把山寨所有的绳子搜集起来，结成一根。这是他们这辈子见过的最长的一根绳子。虽然不晓得龙潭到底有多深，但他们觉得这根绳子应该可以应付。

他们问曹多奎，准备好没有？曹多奎茫然地看着他们，好像没听见。他们把绳子拴在曹多奎的腰部，往他的手里塞了根点着的火把。然后，打算把他吊进龙潭。曹多奎的嘴动了几下，终于从里面挤出几句话，他说，你们慢点，我有话要说。他们提着悬在坑洞边的曹多奎，听他说话。

曹多奎哆嗦着说，如果碰到危险，我拼命摇绳子，到时你们赶紧往上拉，听到没有，一定要快点拉。他们站在那里点头。曹多奎还是不放心，说就算我没摇绳子，时间长了你们也要把我拉上来看看，千万不能让我死在里面。他们仍然没吭声，只是点头。曹多奎张着嘴，但想不出接下来该说什么，他绝望地闭了一下眼睛。他们就像往井里打水一样，慢慢把一只叫曹多奎的桶放下去。绳子放到一半的时候，重量终于减轻了，显然是曹多奎已经到达洞底。

他们伸长脖子往龙潭张望，试图看到里面的景象，但洞里黑漆漆的，啥也看不清楚。龙潭里不停地冒出冷风，仿佛有人在下面摇着一把巨大的扇子，让他们感到无比凉爽。他们坐在坑洞旁边，猜测里面的景象。他们对龙潭充满好奇，很想知道里面是啥模样，有没有阴河，河边是不是盘踞着一条水桶粗的巨蟒？

远处吹来一阵风，天空忽然阴暗下来。他们抬起头，发现几团乌云在天上翻涌，看得出一场大雨即将到来。他们以为自己在做梦，但天上确实响起几声炸雷。沉闷的雷声在山谷里滚来滚去，仿佛要把山崖撞碎。接着，空中稀稀疏疏地落雨了。雨点亮晶晶的，越来越密。他们在脸上摸了一把，上面湿淋淋的，说不清到底是雨水，还是眼泪。

曹桂林和曹小礼跑过去，提着绳子要拉。曹六盘抢过绳子说，你们让开。曹桂林说，多奎还在下面，他还没出来哩。曹六盘说，你想想以后的事情，他要几所大瓦房啊。这是一个沉重的问题，他们犹豫了，不晓得到底怎么办。

曹桂林说，要是族长追究起来，只怕我们脱不了关系。曹六盘说，实话告诉你们吧，其实族长的意思，不管找没找到水源，都别让他回去了。曹桂林狐疑地说，族长会说这话？曹六盘说，族长也是为大家着想，要是让曹多奎活着回去，大家往后都要给他做牛做马。

旁边的曹银团还有顾虑，说要是他媳妇问起来，怎么办？曹六盘看着远方，缓缓说，半年没落雨，家里的种子都干透了，种到地里，还不晓得会不会发芽。曹银团说，没问种子的事，我问的是，他媳妇上门找麻烦怎么办？曹六盘收回目光，把手里的绳子扔进洞里，然后说，回去就把她捆到县城的窑子卖了，顺便买些种子回来……

　　旱灾终于过去了。雨越来越大，天空仿佛漏了一般，雨珠密集地坠下来。浑浊的山水冲刷泥土，顺着石缝流淌，就像一群受惊的蛇，迅速窜向远方。他们顶着暴雨，抬着空荡荡的轿子往回走。他们的衣裳湿透了，紧巴巴贴在身上。他们没躲雨，就那样不紧不慢地走着，任由冰凉的雨点砸在身上。他们感到舒坦极了。

两棵姓曹的树

一

　　曹大树和弟弟曹小树背着背篓去地里扯红豆。刚走进去，苞谷叶就像洪水一样把他们淹没了。苞谷一棵挨一棵，密密匝匝地长着。曹大树和曹小树肩并肩在地里干活。曹小树忽然说，哥，我想娶个婆娘。曹大树像个哑巴，啥也没说。曹小树以为他没听见，于是又把刚才的话重复一遍。

　　曹大树还是没说话，他觉得弟弟的话很好笑，婆婆娘哪个不想？关键是能不能娶到，婆娘又不是自留地栽的黄瓜，想摘就能摘。曹小树见大哥没吭声，不乐意地说，你怎么不说话，你是不是聋了，我说想娶个婆娘，你听到没有？这回，他的声音很大，听起来像个沙哑的破喇叭。曹大树觉得要是再不说话，弟弟没准会扯着他的耳朵喊，他没好气地说，家里穷得要啥没啥，鬼才嫁给你。

曹小树嘿嘿笑着说，鬼不会嫁给我，但黄莲会嫁。曹大树以为自己听错了，赶紧问他，说啥？曹小树笑得满脸灿烂，他告诉大哥自己要娶的人是黄莲。曹大树说，不行，我不同意，你要是娶黄莲做婆娘，曹家的脸就让你丢光了，你娶谁都可以，就是娶她不行！曹小树不笑了，他不高兴地说，怎么不行吗？

曹大树觉得有些话说不出口，他说，反正就是不行！曹小树气愤地喊，我就要娶黄莲！曹大树被他的叫喊吓了一跳，板着脸说，你要是敢娶黄莲，以后莫再喊我哥了。曹小树扔掉手里的红豆，转身就走，他边走边嚷嚷：不喊就不喊，没啥了不起的！曹小树走了，地里一下子安静起来，只有风吹草动的声音哗哗地响。

曹大树没心思干活了，他坐在苞谷地里，就像一条孤单的鱼沉在水底。曹大树想不通，弟弟怎么跟黄莲搅在一起。黄莲是个狐狸精，长相不怎么样，可风骚得很，村里的男人差不多都和她睡过了，也不晓得弟弟到底是怎么想的。说来有点害羞，自己也用十五元钱做代价，和她睡过一个晚上。如果弟弟真把她娶进家来，抬头不见低头见，怎么好意思哟。

曹大树心里有事，干起活来就不怎么利索。背篓没装满，他就背着回家了。曹大树走在路上，满脑子想着怎样才能阻止这门亲事。当曹大树背着半篓红豆走进院落时，他就彻底绝望了。因为他看见打扮得花枝招展的黄莲，已经跑到家里来了。曹大树后悔没及时跟上弟弟，他想如果早点跟上，事情就好办多了，也许这场关系到曹家脸面的灾难就能避免了。

曹大树把红豆倒在场坝上，然后沉着脸走进屋子。他看到屋里有一张桌子，桌上有菜有汤。他还看见两张嘴巴正在消灭那些还冒着热气的饭菜。曹大树的肚子快要气炸了，他愤愤地想，吃饭都不等我，太不像话了。这时候，曹小树喊他吃饭。他回答说，吃屁，气都气饱了！曹小树并不介意曹大树的态度，他正忙着和黄莲眉来眼去。他们都把对方当成饭菜了。曹大树看到这一幕，晓得事情严重了，已经无法挽回了。他非常悲哀，仿佛弟弟不是谈恋爱，而是落入虎口，马上就要牺牲了。

由于心里犯堵，曹大树没再下地。整整一个下午，他都把自己放在温暖的阳光下，像晒红豆一样翻来覆去地晒。最后晒得他有气无力，身子软得像一根煮熟的面条。

傍晚，黄莲过来喊他吃饭。他想起黄莲像鱼一样光滑的身子，脸就慢慢红了。他红着脸，像没听见一样，没有理会。黄莲倒是若无其事，又跑来喊他吃饭。见曹大树没吱声，曹小树就说，他是牛脾气，你喊他做啥，他不会吃的，你就是喊破喉咙他也不会吃，你不要管他，我们自己吃。

曹大树不想吃东西，可肚子不干，总咕咕叫唤。他只能跑过去，气呼呼地端碗吃饭。今天吃的照例是往天吃的那些饭菜，但不晓得怎么回事，味道就是不一样。他觉得像吃泥巴，没吃出滋味。曹大树一边吃饭，一边在心里咒骂眼前这对狗男女。

晚上，曹大树在床上翻来滚去。他横竖睡不着。他想了解弟弟和那个狐狸精究竟在做什么。他竖起耳朵听了半天，却啥也没听见。这一下，曹大树更睡不着了，他想不通，怎么会半点声音都没有？

第二天早上，曹大树起来的时候，看见曹小树正和黄莲嘻嘻哈哈地打闹。他悲痛地想：妈呀，完了，我们曹家算是彻底完了。曹大树洗脸时，曹小树过来和他说话。曹小树说，哥，你起来了，怎么不多睡会儿？曹大树没说话，他在心里想，啥时候起是我的事情，你管不着！曹小树说，哥，我想和你商量个事。

曹大树仍然没说话，他在专心洗脸。曹小树不乐意了，提高嗓音说，哥，你听到没有，我想和你商量事情。曹大树满肚怒火，瞪眼说，别喊我哥。曹小树很听话，果真不喊哥了，他郑重地说，曹大树，我要和你分家！

曹大树吃惊地说，你说啥？你是不是疯掉了？曹小树说，我没疯，好端端的我怎么会疯呢，我说我要分家。曹大树说，为啥要分家，总有个理由吧？曹小树低着脑袋说，不是我要分家，是黄莲要分家，她说如果不分家就不嫁给我。

曹大树咬牙切齿地说，果然是这个狐狸精搞鬼，我就想不明白，她到底有啥好的？曹小树冒火了，指着曹大树油腻腻的鼻子说，如果你再骂黄莲半句，我就揍你！曹大树觉得弟弟真的是无药可救了，他伤心地说，就为了这个狐狸精，你连亲哥都不认了，她是个婊子，全村男人都和她睡过了，你说她有啥好吗？

　　曹大树刚说完，鼻子就重重挨了一拳。曹小树的拳头硬得像柄铁锤，砸得曹大树眼前直冒火星，泪水也涌个不停。曹大树感到鼻孔无端冒出一股腥味，跟着鲜血淌出来了，就像两条蚯蚓似的爬在嘴皮上。曹大树伸手一抹，脸就让血抹花了，好像他的脸上全是伤口。曹大树一只手捂着鼻子，一只手狠狠地打过去，他边打边咆哮：曹小树，老子和你拼了！

　　他们哥俩像拥抱似的二合为一，紧紧地扭在一起。黄莲吓坏了，她上前打算拉架。可是，与曹家兄弟俩相比，黄莲的力气实在太小了，她累得大汗长淌也没把曹家兄弟分开。黄莲拉不动，她就不管了，索性坐在旁边休息。黄莲感到有点口渴，她去喝了半瓢水，接着又跑回来观赏打架。黄莲看着地上的兄弟俩，觉得他们就像两只猴子。黄莲感到有些乏味，她想不通，两个五大三粗的男人，怎么会抱成一团，这是婆婆妈妈的打法嘛。

　　看了一会儿，黄莲觉得没多大意思，她有点犯困，想爬到床上睡觉。正在她打着哈欠准备离开的时候，忽然见曹大树把曹小树压在下面，暂时领先了。曹大树骑马似的骑在上面，然后抡起拳头，打得曹小树鼻青脸肿。黄莲看到事态不妙，赶紧操起一条板凳，狠狠向曹大树的脑袋上拍去。曹大树脑袋挨了板凳，摇摇晃晃就倒下去了。好像他没有意见似的，一声不响就晕倒在地上，十分干脆。

曹小树爬起来，拍着身上的灰尘，埋怨道，你下手这么重，你就不能轻点呀，他是我哥，要是把他打死怎么办？黄莲嚷嚷说，我是帮你哩，我帮你还要讨骂。曹小树觉得脖子有点疼，他扭着脑袋说，你帮我也要掌握分寸嘛，要是把他打死就坏了。黄莲嘟着嘴说，如果我不把他打晕，他就要把你打死了。

曹小树担心他哥有啥三长两短，于是用洗脸盆端来凉水，像淋树似的从他哥的头上淋去。曹大树醒过来了，他不明白，自己怎会湿漉漉地趴在地上，他的眼珠转了几圈，总算想起先前发生的事情。他脑袋痛得厉害，伸手去摸，发现野草一样的头发里，竟然无中生有地长出一个大包。他气愤地说，分家就分家，这日子实在过不下去了……

二

曹大树和曹小树分家了。

分家不是件容易的事。比如房子，有三间，一间堂屋，还有左右两间耳房，怎么分呢？还是曹小树有办法，他说两间耳房各得一间，至于堂屋嘛，就用石灰撒在中间，划出一条界线，也是各得半边；就连大门也各得一扇，这样很公平，没谁多占半点便宜。

曹大树和曹小树把祖传的老房子分了，他们继续划分剩余的财产。在分家这个过程中，有的东西让他们感到费神，比如水缸，这玩意儿就分不开，即使各得一半，里面的水也会发生越境纠纷。曹小树无法把水缸分开，心里窝火，干脆把它也敲成两半。他拿着属于自己的半块水缸说，我拿去喂猪。

曹大树没想到弟弟居然这样说，实在气坏了。曹大树冲上前，把剩下的半块水缸远远地扔出去，他大声说，我把它扔掉！

分完家，曹小树做的第一件事就是和黄莲举办婚礼。在婚礼举行的前两天，就有很多邻居跑来帮忙干活，这让曹小树高兴极了，他想自己的人缘真的太好了，不然婚礼不会这样热闹。曹小树不知道，这些邻居，其实是冲着黄莲来的。他们过去或现在，都和黄莲有暧昧关系，因此帮忙才会格外卖力。

这些邻居完全把曹小树的婚礼当成了自己的婚礼，因为他们和曹小树是战友，都在同一条战壕里作过战。他们甚至一边干活，一边这样开玩笑：嘀嘀，大家都不是外人！事实上，如果不是某些人身份特殊，不便露面，他们的婚事将会更加热闹。这些人主要是有妇之夫，以及村里的领导干部。因为不便露面，所以，他们只能遗憾地失去这个与黄莲众多情人胜利会师的机会。

这样浩大的场合，曹大树本来也该出席，但他实在接受不了黄莲变成弟媳的事实，因此，坚决不迈过那条石灰划出的界线。曹大树为了表示抗议，甚至守在界线旁边，一旦发现有人越界，立即把他们驱逐出去，并说，这是我家，又不是我结婚，你们怎么跑过来了！

曹小树对此非常愤怒，专门拉了条板凳坐在边界，提醒客人不要越界。他说，你们要注意，这里才是解放区。曹大树也气鼓鼓地拉了条板凳坐在对面。就这样，他们兄弟两个开始了漫长的较量。他们大眼瞪着小眼，就像两只在池塘里对峙的蛤蟆。

邻居喊曹小树快去吃饭。曹小树不去，他招着手说，我现在没空，你们把饭端来我吃。前来帮忙的邻居完全把曹小树当成亲戚，当成自己兄弟了。他们对曹小树无比亲热。听到曹小树的吩咐，他们急忙把饭菜送过去了。吃完饭，曹小树想上厕所，这个问题不好请人帮忙，有点棘手。曹小树就咬牙忍着，后来实在憋不住了，他知道再不去茅坑，后果肯定不堪设想。于是，他把黄莲叫过来，要她坚守阵地。

黄莲坐在那里，笑得嘴都歪了。她一边咯咯笑，一边冲曹大树挤眼睛。

由于对方人多势众，实施车轮战术，曹大树很快从这场较量中败下阵来。第一个晚上，曹大树就疲倦得顶不住了，但他轻伤不下火线，硬是撑过去了；第二个晚上，曹大树实在挺不下去了，他困乏得趴在板凳上打瞌睡。当他醒来的时候，已经天亮了。

在这个明亮的清晨，曹大树发现边界线让人踩没了，屋里到处是糊涂的脚印。曹大树很伤心，他没想到，自己居然会在这场战役中输给曹小树这个王八蛋。这让他愤愤不平。曹大树不甘失败，他思索几天，决定扭转局面。

在一个伸手不见五指的夜晚，曹大树朝白苓家走去。和他一起去白苓家的，还有一块油腻的腊肉。白苓是村里著名的媒婆，她嫁过来没几年，男人李斜眼就在崖上摔死了。如果不是为了给奄奄一息的婆婆送终，也许她早就改嫁了。这几年，她主要靠给人说媒过日子。村里的不少人家都是她撮合的，这让她在村子里获得良好的名声。

曹大树趁四周没人，轻轻拍响白苓家的大门。把白苓从门里拍出来后，他啥也没说，把腊肉往对方手里一塞，转身就走。白苓感到很奇怪，她想了半天也没明白曹大树的用意。在接下来的几个晚上，曹大树都给白苓送东西。昨晚送一个瓜儿，今晚就送两棵白菜……总之，花样繁多。

猜测几个晚上，白苓以为曹大树喜欢自己。再次看到曹大树时，她就像个小姑娘似的害羞得满脸通红。直到半个月后，曹大树把话挑明，她才晓得自己一厢情愿。曹大树请她帮忙找个对象。白苓问他要啥样的。曹大树吞吞吐吐地说，你看着合适的就行了。白苓说，你总要说个标准嘛，又不是我找媳妇，怎么我看着合适就行？曹大树想了半天，横竖没想清楚自己的标准，他索性扭头走了。

尽管白苓对曹大树有点失望。但作为一个出色的媒婆，她忠于职守，很快就带着一个寡妇走进曹大树的家门。寡妇不寡，人多势众，她两只手各拉着一个小孩子，背上还背着一个婴儿。曹大树显得局促不安，像是他要嫁人，脸都红了。他给寡妇和她的几个孩子做了晚饭，并给她烧了洗脚水。之后，他把床铺让给寡妇，自己在板凳上睡了一夜。

在这个漫长的夜晚，曹大树没有睡好，寡妇的几个孩子轮流哭了一个晚上。哭声就像一条河水在哗哗流淌，吵得他整晚没睡踏实。第二天早上，曹大树红着眼睛给寡妇煮了一锅面条，然后把她和她的队伍打发走了。

没过多久，白苓又给曹大树带来了一个姑娘。这个姑娘满脸的雀斑，长得不算好看。但曹大树不在意这些，只要对方没带着几个孩子来他就放心了。白苓以为，这门亲事十拿九稳，但她又猜错了。

第二天，曹大树愁眉苦脸地找到她说，这个姑娘你从哪里找来的？白苓说，我从花红寨带来的，她家不远。曹大树说，那你就做件善事，赶紧把她送回花红寨吧。白苓不明白他的意思，打听说，到底怎么回事？曹大树皱着眉头说，这姑娘实在太懒了，太阳都晒屁股了还不肯起床。

白苓奉劝说，别再挑选了，你的年龄也不小了，再说条件也不是很好，你还挑选啥呢，依我看啊，将就过下去算了。曹大树叹着气说，她这样懒惰，将就不下去啊，你说娶了这样的女人，以后怎么过日子嘛！

白苓后来又给曹大树介绍了几个对象，可高不成低不就，没有一个谈成的。曹大树央求白苓好好给他找一个。白苓摇着头说，你横挑鼻子竖挑眼的，我看难找了。曹大树说，你再想想办法，你总不忍心看我打一辈子光棍吧？

三

曹大树正在做梦的时候，突然被雨水淋醒。

房子太老，屋顶的茅草在漫无边际的岁月里朽烂了，以至雨水无遮无拦地从窟窿里漏进来，一直漏到曹大树的床上。淋醒之前，曹大树梦见自己娶了一个漂漂亮亮的媳妇，并举行了盛大的婚礼。他还梦见自己喝得烂醉，正被两个邻居扶着走向洞房……就在紧要关头，忽然醒过来了。无论怎么说，这都不是件让人愉快的事情。曹大树朝天上看，黑漆漆的，啥也看不清楚。雨水就像沙子，唰唰地落在他的脸上。片刻工夫，他的脸就淋得湿漉漉的。

曹大树找来一张胶布，像猴子似的爬上屋顶，打算修补漏洞，以防再次进雨。房子太古老了，早就过了保质期。曹大树像只壁虎似的在上面爬来爬去，稍不注意，陡然像雨水一样从房顶漏下来。经过短暂的坠落后，吧嗒一声掉在楼板上。他觉得全身骨头都散架了。

曹大树试图从楼板上爬起来，但他的挣扎徒劳无功。他痛得泪水都流出来了，还是没能爬起来。他想叫喊弟弟曹小树快来帮忙，但刚刚张开嘴巴，他就想起已经分家了。而且，在分家之前，他们还打过架。于是，曹大树重新把嘴闭上。他没法不把嘴闭上，他伤得太严重了，如果张着嘴，痛苦的呻吟一定会从嘴里钻出来，并且钻进曹小树和黄莲的耳朵。曹大树不想让这对奸夫淫妇听见，他愤愤地想，就算摔死也不求他们。

曹大树躺在冰冷的楼板上，像一块猪肉那样摊着。过了一会儿，他的痛楚终于有所减轻。这时候，曹大树才顺着楼梯，艰难地爬下来。曹大树躺在被雨淋湿的床上，伤心地想，天晴后一定要翻修房子，不然没法再住了。在曹大树的殷切盼望下，雨水总算在两天之后停歇。

在那个阳光明亮的上午，曹大树提着锋利的镰刀，拖着一条不太利索的腿往山坡走去。他准备割山草回来翻盖房子。他的左脚还有些疼痛，走路时不能太用力。过度用力，疼痛就会像无数条小蛇那样爬满他的全身。这个时候，本来曹大树应该躺在院里晒太阳，好好养伤。但是，只要想到破破烂烂的房顶他就躺不安稳。

曹大树害怕阴天，更害怕落雨。前两天，雨水把他的屋子浸坏了，家里到处是泥水，简直像片沼泽。抬脚踩下去，脚板马上看不见了，像是两根木棍戳在那里。如果不是他在屋里铺上两排石板，现在仍然没有落脚的地方。

走到山坡上，曹大树说不出的兴奋。看着满山疯长的野草，他仿佛看见一个无边无境的大房顶。曹大树顾不上脚痛，提着镰刀，扎进比他还高的草丛，然后手起刀落，迅速割起来。他走到哪里，哪里就像有一只飞奔的兔子，风不吹，草也动。曹大树把镰刀挥舞得像个车轮，没多大工夫，山坡就被他碾出一个豁口。

曹大树割着山草，脑袋里胡乱想着。他一边割草一边盘算：现在我已经有桌面大的房顶了，现在差不多有门板大的房顶了……就在他估计自己割到半边房顶时，已经累得干不动了。他喘着气钻出草丛，打算找树荫休息。天气太热了，他觉得头上像顶着口滚烫的大锅。

曹大树觉得有点饿，他从口袋里摸出几个早上烧熟的洋芋往嘴里塞。他有滋有味地啃着洋芋，又摸出一罐茶水，咕嘟咕嘟地往嘴里灌。他觉得自己活得很舒畅，有吃的、有穿的，还有住的……当然，这房子稍微有点破旧，但并不要紧，割些山草回去翻修一下就行了。还有个问题，就是没娶上媳妇。但这也无关紧要，等姻缘一到，肯定就有媳妇了。

曹大树吃饱喝足，提起镰刀准备重操旧业。突然，他看到不远处的一块大石头下草丛晃动。曹大树以为有兔子，他握紧镰刀，轻手轻脚地走过去。他想今天晚上也许能够吃上兔子肉。曹大树走过去，大吃一惊。他没发现兔子，却看见弟媳黄莲正和李保田在草丛里乱搞。黄莲两条长长的腿架在李保田的肩膀上。看上去，就像李保田扛着两杆冲天炮。曹大树高兴极了，他激动地想，曹小树啊，老子让你莫娶黄莲，你偏不听，现在好了，过门没几天就给你戴绿帽子了。

曹大树乐了一下，随即又想，这样不行啊，事情关系到曹家的脸面哩。曹大树很想冲过去揍李保田一顿，但又感到这样做并不妥当。李保田是村里的会计，大小也是个领导，得罪他以后不会有好日子过。再说，曹小树刚和自己打完架，犯不着为他出头。这样一想，曹大树又蹑手蹑脚地走开了。

曹大树不想惹事，但又不能撒手不管。他正左右为难，忽然看到曹树立的婆娘杨大嘴背着木叶从远处走来。曹大树拍拍脑袋，马上就拍出一个主意来了。他走过去和杨大嘴打招呼，唠了几句家常，然后把嘴凑到杨大嘴的耳边，把自己看见的事告诉她。

看着杨大嘴一惊一乍的样子，曹大树觉得有些想笑。但他并没笑，而是满脸严肃。杨大嘴背着木叶要走时，他还故意交代杨大嘴别乱说。

他叮嘱道，你千万不要说出去，这种事情晓得的人太多就不好了。

其实，曹大树清楚杨大嘴的脾气。这个臭婆娘是村里大名鼎鼎的人物，在迎春社这块巴掌大的地方，基本上所有的花花事情，都是通过她传播出去的。曹大树晓得最多半天时间，杨大嘴就会像只信鸽一样，把这个消息传到曹小树的耳朵里。曹大树暗暗兴奋，他要的就是这个效果。

四

曹小树听到杨大嘴从山上带回的消息，像屁股被狗咬似的，一下子跳起来了。落地之后，他撒腿就跑，准备前去补救。他跑了几步，忽然又站住了。他把自己的胸口拍得嘭嘭响，仿佛做错的是自己而不是媳妇。他一边拍打着胸口，一边恨恨地说，这个臭婊子啊！

杨大嘴急于看热闹，就说，你媳妇偷汉子，你难道不生气呀？曹小树觉得眼泪快流出来了，他说，我怎么不气啊，我肚子都快气炸了，媳妇偷汉子我能不生气吗，如果这样都不生气我就不是男人了。杨大嘴说，既然生气，你怎么不去找他们算账呢？

曹小树说，我去干啥，现在已经来不及了，他们生米都做成熟饭了。杨大嘴说，那你也该跑去看看嘛。曹小树伤心地说，看个屁，啥都晚了，说不定人家已经收工了，去了也是白跑一趟。杨大嘴不甘地说，莫非事情就这样算了？曹小树瞪着眼说，等黄莲回来，我要狠狠揍她一顿，这个臭婆娘不打不行了。

　　杨大嘴走掉后，曹小树一个人站在院落里，他朝山坡的方向张望。他决定等黄莲回来就开打，一定打得她满地找牙。这样想的时候，他心里好过许多，好像他已经打过黄莲了。曹小树一直站在那里东张西望，就像是电影里给八路军放哨的王二小。曹小树目不转睛地盯着前方。时间慢慢过去，他感到眼睛有些酸涩了。

　　虽然眼睛看酸了，但还是不敢放松警惕，他像棵正宗的小树似的戳在那里。他想在第一时间收拾黄莲。其实，他啥也看不见。山坡太远了，远在他眼睛看不到的地方。曹小树只是想这样看着。这样看着，他才觉得自己尽到了责任，同时也会觉得好受些。

　　傍晚，太阳就像一片枯黄的木叶，摇摇欲坠地挂在西边的山头。这时候还没看见黄莲回来。曹小树无比烦躁，他在那里走来走去。他觉得现在已经不是把黄莲打得满地找牙那样简单了，一定要打得她连牙都找不到才能解恨。当太阳掉进山谷时，曹小树看到一团草从远处慢慢移过来。待草团移到身边，他才发现草团包着一个人。那个人是他哥曹大树。

　　曹大树背着山草艰难地往家走。曹小树想问曹大树见到黄莲没有，但他张开嘴，啥也没说出来。曹小树觉得这件事不能向曹大树打听，不然他肯定笑话自己。这样想过，曹小树就把自己的嘴紧紧地闭上了。曹大树好像猜测到曹小树的心事，居然冲曹小树笑了一下。

　　曹小树恼怒地说，你笑啥？曹大树抹着额头上的汗水说，我没笑，我忙着走路。曹小树说，别想狡辩，我看到你笑了。曹大树说，我没笑，好端端的我笑啥？曹小树更生气了，他说，我分明看见了，你还说没笑！曹大树说，我从山坡背草回来，累得快趴下了，我哪里笑得出来嘛，再说笑又不犯法。这话把曹小树气坏了，但他没理由找麻烦。曹大树没有招惹他，只不过笑了笑。他不能平白无故就动手打架。

曹小树气得吹鼻子瞪眼，恨恨地说，妈的！

曹大树说，我又没得罪你，怎么骂我呀，就算我得罪你，你也不能这样骂，我妈也是你妈，你骂我就等于骂自己。

曹小树气鼓鼓地说，我没骂你！

曹大树说，这还差不多。说着，他把山草背到屋檐下面，接着进屋去了。

晚上，曹大树再次听到黄莲的呻吟。只是这回听到的，并不是以往那种痛快的呻吟，而是痛苦的呻吟。曹小树打人的手段比公安还高明，他先把黄莲捆得跟粽子似的，然后才大展身手。他左一下右一下，打得很有节奏，不慌不忙的样子。他打一阵，就歇一阵，喝上几口凉茶，歇够又打。直打得黄莲满地打滚，鬼哭狼嚎。

隔墙有耳。曹大树被吵得整夜没睡踏实，他好不容易合上眼，偏偏又让黄莲的怪叫声所惊醒。曹大树睡不着，只得睁大眼睛聆听隔壁的打闹。尽管一宿没能睡好，但曹大树仍然很高兴。他觉得黄莲这种女人最好多打几次。

曹小树下手太重了，一顿就把黄莲揍趴下了。在床上躺了几天，她才勉强能够下床走动。黄莲下床后，并没有好了伤疤就忘了痛，她铁心要查出谁告的密。在伤好之后，这个女人表现出浓厚的侦察兴趣，决定追查是谁发现她的奸情，并举报到曹小树这里。

黄莲采用的手段是顺藤摸瓜，她摸到的第一个瓜是杨大嘴。她锁定目标后，就立即展开打击报复。在那个烈日当空的中午，黄莲扛着家里的锈锄头。也有目击者称，锄头是从曹树玉家门口提的。这里暂且不论锄头的来源，反正黄莲扛着一把锄头，气势汹汹地找杨大嘴是铁打的事实。

黄莲在杨大嘴家自留地找到她后，问她为啥要跟自己过不去，为啥要向曹小树告密？杨大嘴开始拒不承认，她紧紧握着一把镰刀以防不测，并说你别无中生有冤枉好人。黄莲举起锄头说，我不是无中生有，我问过曹小树了，他说是你讲的，你别再抵赖了，今天不说清楚，我就割掉你那条猪舌头！

杨大嘴没想到他们夫妻和好的速度会如此之快，她不仅兵器处于劣势，胆子也比较小，经不起恐吓，只得老老实实地把那天的事情交代出来。黄莲不肯轻易放过对方，她将杨大嘴训孙子似的教训一番后，挥着锄头砸烂杨大嘴的几棵白菜。

当黄莲得知，是曹大树发现她和李保田的奸情并走漏风声后，实在气坏了。她采取非常手段，开始对曹大树进行复仇。于是，曹大树每次外出回来，都会发现自己有东西不翼而飞。有时，丢失三五块钱；有时，丢失一块没用过的香皂；有的时候，甚至会丢失穿过的袜子……

丢的物件多了，曹大树就不敢轻易出门了，他想好好守住自己的财产。

曹大树明白，这是家贼搞鬼。但没办法，两家连墙壁都没有，只有一条没阻拦作用的石灰线。对面的人要偷东西，实在太轻松了。那些天曹大树总是提心吊胆，甚至连上厕所都不放心，他草草解决，然后飞快跑回来。曹大树觉得这样下去不行，必须改变现状，地里的庄稼再不伺候，明年就只能喝西北风了。

曹大树愁眉苦脸地找到白苓，让她务必帮自己找个媳妇，以便看家。白苓听完曹大树的诉说后，长长地嘘了口气，她说，再这样下去你就倾家荡产了。曹大树也嘘了口气说，所以你要快点帮我找媳妇，再晚几天可能我的裤子都被偷光了。白苓说，这事不好办啊，结过婚的你不要人家，没结过婚的人家又不要你。

曹大树说，结不结婚倒无所谓，主要是她们都带着娃娃啊。白苓笑了笑，说那有啥，你一点力气不费，白捡几个孩子。曹大树皱眉说，我也不是嫌弃娃娃，主要是我要啥没啥，养不起，两个人吃饭都成问题，要是再多几个还不得饿死啊！白苓又嘻嘻笑了起来，她说，看来，只有我最合适你了。

白苓本来有一个孩子，后来得了一场感冒，她去请医生马不换。马不换背着药箱跑来，不问青红皂白就给孩子输液。没想到，那天夜里，孩子竟然咽气了。见曹大树发愣，白苓又说，想去想来，还是我最合适你，我不嫌你穷。曹大树听到这话，眼睛突然亮起来了。

五

当天晚上，曹大树就爬上了白苓的床。

曹大树上了床就悄悄进行比较。他想弄清楚，结过婚的女人，到底和未婚姑娘有多大的区别。曹大树没想到白苓虽然结过婚，还生过孩子，但她光溜溜的身子居然还像没拆过封的一样，质量并没太大的变化，这个结果让他欣喜万分。

看着曹大树猴急的样子，白苓说，你这辈子碰过别的女人没有？

曹大树睡过现在的弟媳黄莲。刚才，他就是以黄莲做比较的。但他不能告诉白苓。如果白苓晓得一定会笑死他的。曹大树支支吾吾地说，没……没有。白苓说，真没有？曹大树说，当然是真的，我们都这样了，怎么会骗你嘛。白苓紧紧地抱着曹大树的脑袋说，大树你真可怜，真可怜哟。

接下来的日子，白苓像个车轮似的跑来跑去。白天她回家照顾婆婆，晚上又跑来跟曹大树睡觉。曹大树让她搬过来算了。白苓不肯，她说，我不能丢下婆婆不管，我搬过来住，我婆婆怎么办？

白苓的婆婆体弱多病，瘦得像根干柴，但她的生命力很顽强，在床上躺了好几年，居然没有半点辞世的意思。对此，她很是内疚，总觉得自己这把老骨头拖累了白苓。她几次劝白苓改嫁。但每回一开口，白苓就说，看你说的，我怎么能扔下你不管。婆婆说，我老了，成啥算啥，我看大树这孩子不错，你以后就别过来了，我不想再连累你了。白芩说，妈，我不走，一辈子都陪着你。婆婆抹着眼泪说，你这孩子怎么就不听话呢？白芩说，你啥也别说了，我不会扔下你独自走掉的。

后来，为了照料婆婆，白芩晚上也不去曹大树家了。曹大树跑来喊过几回，她就是不去。她说实在憋不住，你就过来嘛。曹大树说，那怎么行，你婆婆在家哩，你别看她躺在床上动不得了，可她啥都听得到。

白芩说，我妈又不是老虎，她不会吃人，你怕啥？曹大树羞愧地说，跑到她的家里，偷她的儿媳妇，总有些不好意思嘛。白芩的脸一下子就红了，她低着头说，是婆婆喊你过来的。曹大树吃惊地说，呀，她怎么会叫人去偷自己的儿媳妇？

白芩说，别偷不偷的，说得难听死了，你就不会换个说法？曹大树说，本来就是偷嘛。白芩有点不乐意了，噘嘴说，我又不是东西，怎么能算偷？曹大树说，你没改嫁就算偷。曹大树这样说的时候，他忽然想起刚才的话题，他又说，你婆婆真的不会骂？

白芩说，信不信由你。曹大树顿了一会儿，说，我信。白芩低声说，你今晚来不来？曹大树说，我不来，我要睡在自己的家里。白芩沉着脸说，怎么得罪你了？曹大树说，没哪里得罪我，只是想到屋里还有一双眼睛，我就感到不踏实。曹大树说完就走了。好像怕白芩不放他走似的，他走得很快，转眼就变成一个小黑点了。

曹大树觉得这个夜晚无比漫长。他在床上躺了很久。仍然没有睡意。他睁着眼睛往上看，试图看见什么东西。但四周黑漆漆的，啥也看不清楚。曹大树心里感叹：原来瞎子就是这样的啊！曹大树想：亏得我不是瞎子，我要是瞎子就难过了。

就在曹大树为自己不是瞎子而感到庆幸的时候，忽然听到门板像耗子似的吱地响了一下，接着是一串凌乱的脚步声。分家的时候，两扇门就各有所属，它们再也没联系过，就像两个失散已久的亲人。由于大门失去了根本作用，所以谁都可以走进这所房子。

曹大树晓得有人进来了。根据他们说话的声音，曹大树听出他们的身份：一个是王麻子，另一个是陈昌盛，还有一个是李狗蛋。曹大树晓得这三个人是村里的二流子，啥也不干，专门偷鸡摸狗，整个迎春社也没人敢惹他们。曹大树不敢惹这几个二流子，但这几个人来偷东西，他只能起来制止。

曹大树爬下床，摸索油灯。刚走几步，他的脚就撞在板凳上。这无疑是鸡蛋撞石头，他感到自己的脚痛得要命，好像断掉一样。他痛得弯下腰，就在弯腰的途中，脑袋又撞上了桌子。桌子角尖锐如刀，从他的眼里撞出几粒泪珠。他伸手摸了一下脑袋，没有出血，但冒出个大包，就像一朵刚从泥土里钻出来的蘑菇。

曹大树摸到窗口，把油灯点上。黄昏的灯光打破黑暗，让他畅通无阻地来到外面。他刚刚端着油灯走进堂屋，门后就有一根棍子打在他的手上。他清楚地听到棍子砸在手上的钝响，然后手里的油灯就掉在地上熄灭了。于是，屋里又是一片黑暗。

煤油的味道飘荡在屋里，钻进曹大树的鼻孔，让他很不好受。他弯下腰去，试图把油灯捡起来。但他再次遭到袭击，那根棍子接着打在他的背上。剧痛之下，他像一头野兽似的蓦然撞过去。他觉得自己撞到对手的肚子上了。因为一个人的身上，除了肚子，实在找不到更柔软的地方。

曹大树撞出一串呻吟。他挥着拳头，顺着呻吟狠狠打过去。接着，他听到一串更加响亮的呻吟。就在曹大树准确地击中对方时，一双有力的手忽然像铁钳一样从后面伸来，紧紧地扭住他的脖子，并将他扳倒在地。随即，有更多的拳脚热情地招待他。

有几回，曹大树试图爬起来，但没有一回成功。那些拳脚准确而有力，就像打沙包一样打在他的身上，直到他像死狗一样趴在地上不能动弹。最后，小偷随便得就像在自己家里一样，他们拿走了曹大树的两块腊肉，还有曹小树几瓶老酒，扬长而去。

曹大树趴在冰冷的地上，觉得全身的骨头都散架了。他悲伤地想，要是曹小树在家就好了。曹小树胆量大身体壮，要是在家，他肯定会跑来帮忙。因为这几个小偷不仅偷自己的东西，还偷他的东西。他们兄弟联手，必定不会输给三个小偷。凭着曹小树的身手，说不定还能把这三个小偷打得跪地求饶。但他晓得曹小树不在家。曹小树喜欢打麻将，常常和村长曹树林、会计李保田，还有光头陈昌平几人到马不换的诊所里打麻将，而且通常会玩个通宵。

六

第二天早上，天蒙蒙亮时，曹大树就起来了。他打算等曹小树回来，然后一起去找那几个小偷，把失窃的东西索要回来。曹大树站在门口张望。他望了半天，没望到曹小树的身影，只看见太阳像个害羞的大姑娘，红着脸慢慢从山坡后面爬出来。曹大树站在灿烂的阳光里，着急地想，天都亮了曹小树怎么还不回来，总不会把自己也输掉了吧？

这个时候，他终于看到弟弟曹小树回来了。曹小树走得很慢，简直比太阳还慢。曹大树想，太阳是爬坡，你走的是平路，你怎么这样慢呢？曹小树就像一只蜗牛，走了半天才走到门口。

曹大树发现弟弟很难看，头发乱七八糟，像团野草。他眼眶发黑，像只大熊猫，两粒眼珠却红红的，上面满是血丝。特别是他的脸，苍白得像一匹麻布。曹大树从来没发现他这样难看。但他并不关心曹小树的相貌。他不是曹小树的媳妇，犯不着为这个操心。

曹大树说，昨晚家里被偷了。曹小树一边打哈欠一边问，是你家还是我家？曹大树说，两家都被偷了，我丢了两块老腊肉，你丢了几瓶酒。曹小树一下子就跳起来了，他恨恨地说，如果我晓得是哪些混蛋偷的，我就剥掉他们的皮！曹大树说，我晓得是什么人偷的。

曹小树握紧拳头说，到底是哪个王八蛋偷的，我这就去找他算账。曹大树说，是王麻子、陈昌盛和李狗蛋。曹小树张大嘴，半天才说，是他们啊。曹大树说，你不是要去找他们吗，我也要去。曹小树摇着头说，依我看，这事还是算了，去了也没用，我们打不过。

曹大树说，我不打架，我只想要回腊肉。曹小树说，他们是二流子，都不是好惹的，你去找他们简直是找死。曹大树阴沉着脸说，你不敢去算了，我不信他们还能吃人。曹小树还在打哈欠，好像困得几年没睡觉了，他伸着懒腰说，要去你去，我还想多活两年。

曹大树赌气一个人走了，他晓得这几个二流子不在马桂花的餐馆里打牌，就一定在陈昌盛家吹牛。他去了一趟马桂花的餐馆没看到踪影，接着又往陈昌盛家走去。走到半路时，他发现自己心跳得很快，仿佛要去做贼。他有些害怕，想转身回家，却又怕曹小树嘲笑。他咬了咬牙，硬着头皮往前走。这让他感到很悲壮，仿佛这次前去，就再也不能回来。

曹大树走到陈昌盛家门口，有条黑狗猛然从院落钻出来，一声不响地向他扑来。曹大树吓了一跳，拼命往回跑。他跑了很远才停下来。他喘着气，捡起一块石头又走过去。黑狗见状，飞快地跑开了。但片刻工夫，黑狗又冒出来了。就像和他有血海深仇，黑狗再次扑了过来。曹大树手一扬，石头狠狠砸过去。黑狗想不到他会使用暗器，猝然无防，一条后腿被打个正着，它痛得一边大叫，一边夹着尾巴逃窜。

听到狗叫，陈昌盛和王麻子，还有李狗蛋从屋里钻出来了。陈昌盛说，咦，原来是你啊。曹大树说，就是我。陈昌盛说，你找我有事？曹大树说，我要拿回我的腊肉。陈昌盛嘿嘿笑起来了，他说，你的腊肉又不会串门，怎么会在我家？

　　曹大树说，昨天晚上你们偷的，我看见了。陈昌盛说，饭可以乱吃，但话不能乱说，你不能冤枉好人啊。曹大树说，你甭再狡辩。陈昌盛说，你哪只眼睛看到我们偷东西了？曹大树说，我两只眼睛都看到了，就是你们偷的。

　　陈昌盛露出两排黑亮的牙齿，笑着说，好吧，就算是我们偷的，你又能拿我们怎么样？曹大树说，我不想把你们怎么样，我只想把腊肉拿回去。陈昌盛说，好啊，你要腊肉我们可以给你，但是你刚才打伤我家的狗，你说，这件事怎么办？

　　曹大树说，是你家的狗先来咬我，我总不能让它咬吧。陈昌盛说，我不管，反正我家的狗被你打伤了。曹大树的额头开始冒汗了，他说，我打得很轻，没伤着。陈昌盛说，现在看起来，好像也没什么事，可谁晓得它有没内伤呢，说不定还会有后遗症哩。

　　曹大树吞吞吐吐地说，那你说……怎么办？陈昌盛说，大家抬头不见低头见，我也就不为难你了，这样吧，你去县城叫一辆救护车来，把狗拉到医院检查，如果没什么重伤就算了。曹大树失声说，去医院？陈昌盛一本正经地说，当然要去医院，不去医院怎么晓得它的伤重不重？

　　曹大树抹着汗水说，你开啥玩笑，这个用不着叫救护车，更用不着去医院。陈昌盛说，鬼才和你开玩笑，快一点，如果我的狗因为送去晚了，抢救无效死掉，你的麻烦就更大了。曹大树两腿颤抖起来了，他说，你莫再和我开玩笑了，腊肉我也不要了，就算送你们了。

陈昌盛说，我不要腊肉，我又不是没吃过，我家多着呢，我把腊肉还你，只要你医好我家的狗。曹大树两腿发软，软得快站不稳了，他说，大家一个村的，也隔不远，这回您就饶了我吧。陈昌盛斜着眼睛说，那我们偷过你的腊肉吗？曹大树摇着脑袋说，没有偷，是我记错了。

陈昌盛嘿嘿笑着说，想让我们放了你没那么容易，谁叫你冤枉好人呢。这时候，王麻子和李狗蛋笑嘻嘻地走过来了。陈昌盛对他们说，准备好没有？他们点头说，准备好了。曹大树听不懂他们在说什么，但他马上就明白了。

王麻子和李狗蛋就像两个公安，突然从两边扭住他的手，让他的脑袋低下去，然后屁股像鸵鸟一样高高翘起。曹大树吓得屁滚尿流，失声说，你们到底干啥？陈昌盛说，不干啥，我想练习一下武功。说着，陈昌盛伸出两个手指，像一把尖锐的红缨枪，狠狠地向他的屁眼捅去。

曹大树惨叫一声，蓦然挣脱王麻子和李狗蛋的控制，双手捂着屁股，像脱缰的野马一样冲出去了。他边跑边淌眼泪。他觉得屁眼又疼又辣，仿佛里面塞着一个辣椒。在痛苦奔逃的过程中，他听到陈昌盛、王麻子、李狗蛋痛快的笑声。

七

曹大树跑得很快，风呼呼地从耳边刮过，没扣好的衣裳在风里飘荡起来。曹大树很快就到达野马冲派出所。曹大树像风一样奔进派出所，他发现里面有一个瘦得像干柴似的警察。他晓得这个警察叫洪大炮。洪大炮张着嘴，惊讶地看着这个冲进派出所的家伙。

曹大树说，洪公安，我要报案，我家被人偷了，我被人打了，你听到没有，我要报案呀。洪大炮说，你慢慢说，你不要着急，你一着急就语无伦次，啥也说不清楚，你歇口气再说吧。曹大树像青蛙似的张着嘴，他喘了几口粗气，然后把事情的来龙去脉告诉洪大炮。

洪大炮对这个案件表示出浓厚的兴趣，他对陈昌盛收拾曹大树的方法尤其欣赏。他在一番详细的讯问之后，拍着大腿惊叹说，这个招数太绝了，是谁想出来的啊，真他妈绝了！曹大树说，洪公安，你把这几个小偷抓来，他们都不是好东西，你统统抓来，帮我狠狠揍他们一顿，我请你喝酒，还请你吃猪耳朵，我晓得你喜欢喝酒，更喜欢吃猪耳朵……

洪大炮板着脸说，革命不是请客吃饭，如果他们违了法，用不着你请客，我自然要把他们抓来。曹大树说，那你快点。洪大炮说，抓是要抓，但现在不能动手。曹大树跺脚说，为啥不能现在抓？这几个人尽干坏事，要是现在不抓，鬼晓得他们还会干出什么事情。

洪大炮说，这几天县里举办首届国际观鸟节，你难道不晓得？曹大树瞪眼说，观鸟节跟我有啥关系？洪大炮说，所里的民警都被抽调出去了，只留我一个人值班，我没空去抓人，这件事情过几天再说。曹大树着急地说，你不用担心，你只管去抓那几个王八蛋，就算小偷吃了豹子胆，也不敢来派出所偷东西。

洪大炮严肃地说，不是怕小偷，而是怕出别的事情，我和你去抓人倒不要紧，可万一这个时候，哪里出了命案怎么办，难道就为了你的两块腊肉，而置全乡人民的安全于不顾吗？

曹大树哀求说，洪公安，你就先把人抓回来吧，你开着车，只消一会儿，就能把他们抓回来了，这会儿工夫，全乡人民一定死不掉，可是我的腊肉不行，去晚了就被那几个狗日的吃掉了。

洪大炮用手整理一下蓬乱的头发，说吃掉就让他们赔，你先回去吧，我会尽快处理的。曹大树说，究竟哪天处理？洪大炮说，不要着急，我有空就处理。曹大树说，那我不走了，你一天不处理这个事情，我就一天等在这里。说着，曹大树真的一屁股坐在派出所的沙发上。他身体后仰，很舒服的样子。

洪大炮的脸色不好看了。他鼓着两只眼睛瞪着曹大树。曹大树仰着脸，多少有点心虚。洪大炮吼道：滚，快给我滚，这里是派出所，别在这里胡闹！曹大树被响亮的吼声吓了一跳，他悻悻地站起来说，那我就坐在门口，坐在门口不犯法吧？

第二天，曹大树没去地里干活，他一大早就跑到派出所门口等候洪大炮。等待中的一天是漫长的，曹大树闲得发慌，索性找来扫帚，把派出所的门口干干净净地打扫一遍，还顺便提水把院里的花花草草淋了。但他所做的这一切并没让洪大炮感到半点愉快。

洪大炮说，我真的没空，这样等下去也不是办法，你还是先回去吧。

曹大树倔强地说，我不回去，我要拿到腊肉才回。洪大炮说，现在已经是第二天了，也许腊肉早就让那几个二流子吃掉了，既然你的腊肉已经被人吃了，你再等下去也没用了。

曹大树说，你说过吃掉就让他们赔，我要等他们赔了才走。洪大炮恼了，啐了泡口水，然后走进派出所，他边走边说，你要等就等吧，老子看你能等多久。曹大树对洪大炮的背影说，我有的是时间，我会等下去的，一直等到你把那几个二流子抓来为止！

第三天，曹大树又在派出所打扫卫生。扫完之后，他觉得自己有些疲倦，于是坐在门边休息。最后，他不知不觉地睡着了。曹大树醒来时，夜晚已经来临，只有些许光线，还在抵抗黑暗。派出所门口除了条野狗之外，看不到半个鬼影。

曹大树拍了拍派出所冰冷的铁门，想把洪大炮从里面拍出来。他拍打一阵，里面没有半点动静。洪大炮不知跑到哪里去了。曹大树踢了一脚铁门，咣的一声巨响。铁门安然无恙，但曹大树疼得抱起脚，跳个不停。

曹大树咒骂几句，踩着微弱的月光往回走。经过马桂花餐馆的时候，曹大树意外地看到洪大炮，还有王麻子、陈昌盛、李狗蛋。他们正勾肩搭背地喝酒，而且还吃猪耳朵。曹大树甚至听到他们嚼猪耳朵的声音。曹大树心里倏地一凉，他晓得，以后再也不能指望洪大炮了。

八

到了秋天，漫山遍野都黄了。那些树叶就像无数金黄色的蝴蝶从树枝上飘落。在这个冷飕飕的时段，白苓的婆婆也死了。在一个黄叶漫天的傍晚，她的生命就像树叶一样，被寒冷的秋风悄悄吹走。

在这金黄的季节，白苓背着个洗得泛白的布袋朝曹大树家走去。她走到门口，对正在垒鸡圈的曹大树说，你要不要我？看到曹大树发愣，白苓又说，你说话呀，你怎么不说话呢，你快点说要不要我，如果你要我，我就不走了，我就留下来跟你过日子；如果你不要我，我就离开了。

曹大树揩掉手上的泥土说，你打算去哪里？白苓说，我也不晓得自己要去哪里，我就顺着路走，走到哪里有人要，我就停下来不走了。曹大树接过白苓背上的布袋说，那你就别走了，你以后就跟着我过日子吧。

白苓问是不是真的。曹大树说，当然是真的！白苓说，但我是个寡妇，你真的会要一个寡妇？曹大树说，你嫁给我就有男人了，有男人就不再是寡妇了。白苓就笑了，笑得脸上的皱纹像虫子似的蠕动不已，她说，我就晓得你是个好人。

曹大树也笑了，他露出两排黄渍渍的牙齿，但是他啥也没说。他走过去把白苓拉到屋里。白苓看着空荡荡的房间说，你给我做一个衣柜吧。曹大树说，你婆婆死掉了，你把原来的家具搬过来就行了。白苓说，为了给她医病，我欠了一屁股债，为了把债还清，我把所有的家具都卖了，我不仅把家具卖了，我连房子也卖掉了。

曹大树说，卖就卖了，只是一个衣柜嘛，我明天就把屋后那棵核桃树砍掉，亲自给你做一个。白苓惊讶地说，原来你还会做木工啊！曹大树得意地说，我的手艺好得很，村里很多家具都是我做的，你还要啥，我统统给你做。

白苓说，你就先给我做一个衣柜吧，你看这家里，连放衣服的地方都没有。曹大树说，我明天就砍树给你做衣柜。白苓说，你为啥现在不做呢？曹大树说，现在不行，斧头好久没用，已经生锈了，要先把它磨快才能砍树，磨刀不误砍柴工嘛。

第二天，曹大树很早就起床了。他起来就提着斧头往外走。白苓说，你还要磨斧头吗？曹大树说，斧头昨天就磨快了，我今天要砍树。曹大树砍树的声音，很快就在屋子后面响起来了。他砍树的声音把曹小树和黄莲惊动了。

曹小树和黄莲跑出来问他干啥。曹大树说，我要砍掉这棵树，我打算给白苓做一个衣柜。曹小树看着那棵伤痕累累的核桃树，忽然跳起来说，不行，这棵树有半边是我的，你不能再砍了。曹大树说，放屁，怎么有半边是你的？曹小树说，分家的时候，所有东西都各得一半，现在这棵树当然也是各得一半了。曹大树说，你这是胡搅蛮缠。

曹小树说，反正你不能再砍了，这树不是你一个人的。曹大树说，我就要砍，如果不砍，我去哪里找木材给白苓做衣柜？曹小树握紧拳头说，你要是再砍，我就和你打架。曹大树恼了，提着斧头说，打就打，不要以为我怕你！曹小树看了看那柄亮闪闪的斧头，不由得往后倒退两步。

黄莲站出来说，小树，你不要怕他，这棵树是我们的，不能就这样让他霸占了。曹小树多少有点心虚，但他不愿意让媳妇看出来，他说，我不害怕，我怕他做啥呢，我就是怕谁也不会怕他。黄莲还对上次的事情怀恨在心，她说，那你就收拾他，看他还敢不敢动我们家的树。

曹小树没有动手，他顾虑曹大树手里的斧头。黄莲想，今天正好报上次的仇，要是错过机会，以后就不好对付曹大树了。她于是朝曹大树吐了一口，说你等着，有本事你给我等着，我就不信没人能够收拾你！说完，黄莲就在秋风里跑起来了，她跑得很快，就像一匹母马，转眼就跑得不见踪影。

曹大树不晓得黄莲到底要去哪里。他也懒得猜测。他只想把衣柜尽快做好。他挥着斧头，打算继续砍树。曹小树走过去说，你不能再砍了，听到没有，我让你不要再砍了。曹大树抬起头说，你最好给我让开，我的斧头可不长眼睛。

曹小树说，这棵树有一半是我的，你不能把它砍掉。曹大树扬着斧头说，谁敢阻止我砍树，我就要他狗命！曹小树恨得牙痒，但他手里没有武器，害怕动起手来自己吃亏，只得站在旁边说，你会后悔的，你肯定会后悔的。

曹大树没再理会曹小树，他埋头继续砍树。咚咚的声音远远地传出去。那棵树太粗了，他砍了一阵，手臂就渐渐发酸。曹大树放下斧头歇口气，他摸出一支烟抽了起来。很快，他的脑袋就被一团青色的烟雾包围了。当烟雾慢慢散开的时候，他看见了黄莲。黄莲的身后，还跟着王麻子、陈昌盛和李狗蛋几个二流子。他们就像一支小小的军队，浩浩荡荡地从远处走来，很快就走到他的面前。

王麻子朝他嘿嘿笑了几声，说曹大树，你的屁股好了没有？曹大树脸红了一下，悻悻地说，你们来做啥？王麻子说，我们专程过来看望你的屁股。曹大树的脸更红了，他张了张嘴，却啥也没说出来。

这时，曹小树非常得意，他走过来说，你不是要砍树吗，怎么不砍了？曹大树提起斧头说，这是我的树，我想砍就砍！曹小树说，有胆量，你现在动手。曹大树扬起斧头正要砍下去，突然被李狗蛋从后面扯住。

李狗蛋说，你不能砍了，这棵树现在是我们的了。

曹大树诧异地说，怎么变成你们的了？

陈昌盛走过来拍拍他的肩膀，说黄莲已经把树送给我们了。

黄莲说，对，我把树送给他们了，我得不到，你也别想要。

曹大树愤怒地说，我的树，你凭啥拿去送人？

黄莲还没说话，王麻子却抢先开口了，他说，你们要吵架就滚远点吵，反正谁也别想动我们的树，如果谁敢再砍我们的树一斧头，我们也要砍他一斧头。

曹小树笑嘻嘻地说，哈，你不是很有本事吗，你再砍几下试试。

黄莲也说，对，有种你再试试。

曹大树肚子里窝着一团火，但他没砍，他不想现在就惹事端。

曹大树看着他们神气的样子，恨恨地瞪了两眼，然后提着斧头转身走了。

进了屋，白苓问他怎么不砍树了，是不是砍断了？曹大树像个哑巴，硬是不吭气，他爬上床倒头就睡。也不晓得睡了多久，白苓把他叫醒了。白苓说，起来吃饭了。曹大树像根木头似的在床上滚了一下，瓮声瓮气地说不吃！白苓说，你没有生病，怎么不吃饭呢？

曹大树说，我不吃，你别烦我。白苓嘟着嘴说，我是为你好嘛。曹大树忽然爬起来，大声说，我不要你管，你滚，滚远远的！白苓泪珠打转，她说，你让我滚哪里去？曹大树说，管你滚到哪里去，反正老子不要你了。

白苓哭起来了，她哭泣的声音很低沉，却显得无比悲伤。曹大树说，别在我的屋里哭，要哭滚出去哭！白苓哭了一阵，提着她的袋子往外走。走到门口时，她想如果你喊一声，我就不走了。白苓走到院门边，还没听见喊声，这让她没有丝毫办法。

她回过头来，想看看曹大树到底干啥。结果，连曹大树的影子都没看见。白苓的眼泪又淌出来了，她大声地说，早饭我做好了，在火炉边放着，你记得吃，还有，你的衣裳我都洗了，在外边晾着，晚上记得收啊。

曹大树闭着眼睛说，我不要你管，你走吧。

白苓哽咽着说，那我走了。

曹大树斩钉截铁地说，滚！

听着白苓的脚步声渐渐消失。曹大树用被子捂住脑袋，身体抖动不止。

九

曹大树跑到村里唯一的餐馆吃饭。餐馆是马桂花开的，所以叫桂花餐馆。曹大树背着斧头走进桂花餐馆的时候，里面没有半个客人，只有几只蚊子在空中飞来飞去。风把窗子刮得呼呼地响，让人感到有点寒冷。

曹大树坐在靠门的那张桌子边，他对马桂花说，我要吃饭，你赶快给我炒几个菜。马桂花说，你要吃啥？曹大树说，好吃的统统要，快点！曹大树看着马桂花满脸诧异，有些不乐意了。他一巴掌拍在桌上，把桌子拍得颤抖起来。他说，莫非怕我付不起钱吗，尽管放心，肯定不欠账。

于是，马桂花就去给他炒菜，炒了满满一桌。曹大树又让马桂花打来半斤白酒，然后敞开肚子吃了起来。曹大树边吃菜边喝酒，他感到无比悲壮。他想了两天，决定杀掉曹小树。欺负过他的人很多，比如王麻子，比如陈昌盛，比如李狗蛋，再比如洪大炮……

但曹大树不怎么恨他们，他认为这些都是外人，欺负他没啥稀奇的。他只是想不通，曹小树是自己的亲弟弟，怎么还和自己作对呢？他想了两天，头都想大了。想来想去，最后还是决定把曹小树干掉。其实，他把白苓赶走的时候，就是动了这个念头。

赶走白苓，就是为了能够无牵无挂地处理这件事情。既然要办这样的大事，动手前自然不能亏待自己，先吃饱再动手，就算死也瞑目了。他心里很清楚，杀人偿命，只要杀死曹小树，等待自己的将是一颗冰冷的子弹。

本来，他还打算连黄莲那个狐狸精也干掉的。但看着黄莲微微鼓起的肚子，他就打消那个念头了。不管怎么说，黄莲已经怀上了，估计是曹家的种子。既然是曹家种子，他就不能干掉黄莲，掐断自家的香火。

吃饱喝足，曹大树问马桂花多少钱。马桂花说七十八块。他摸出一张百元大钞，豪迈地说不用找了。然后，他让马桂花赶紧冲杯好茶。他喝着烫滚滚的热茶，感到舒服极了。他想，也许这是我在世上喝的最后一杯茶了。

这样一想，曹大树忽然有些害怕。他想临阵退缩，但转念又想，我窝窝囊囊地活了一辈子，尽受欺负，也该做件大事让别人瞧瞧了。这样想完，他就放下茶杯，抬腿走出桂花餐馆，一直朝黑泥弯走去。他晓得曹小树今天在黑泥弯挖地。马桂花在背后大声问他要去干啥。他头也不回地说，我去打狗！

桂花餐馆到黑泥弯只有两里路，但曹大树感到极其漫长，仿佛他正走在二万五千里长征的路上。经过一番漫长的行走，他终于来到黑泥弯。他看到曹小树坐在地埂上休息。曹大树的心一下子缩紧了，他甚至发现手里湿漉漉地冒出一层汗水。但是他并没有停住脚步。因为，他实在找不到停下脚步的理由。

　　他说，曹小树，你太欺负人了。

　　曹小树没说话，脸上满是嘲笑的神情。显然他还记得，那天曹大树懦弱的样子。如果不是这副表情，曹大树也许不会抽出斧头。但曹小树太傲慢了，这让曹大树火冒三丈。本来他杀人的心思已经慢慢动摇了，很有可能变成一个逃兵，但曹小树的态度却促使他变成一个豪情满怀的勇士。

　　他大声说，你太欺负人了，曹小树！

　　这样说的时候，他从后面抽出寒光闪闪的斧头。曹小树实在太轻敌了，他不仅没有半点警惕，甚至还轻蔑地说，你想干啥，你想砍我吗？曹大树扬着斧头说，我今天就想把你做掉！曹小树没把曹大树放在眼里，依旧放心大胆地坐在地埂上，根本没有站起来的意思。他说，李狗蛋他们收拾人的绝招很毒辣，你难道还想再试一回？

　　曹大树被彻底激怒了，他气愤地说，信不信我马上把你劈掉？曹小树歪着脖颈，笑嘻嘻地说，来嘛，朝这里砍，快点啊，怎么不敢砍了？曹大树觉得自己的手开始颤抖，他说，你不要逼我，我真的敢砍。曹小树看不起他，说要是敢砍，你早就砍了。

曹大树紧紧地握着斧头说，不要再逼我啊！曹小树仍然伸着脖颈，他不耐烦地说，要砍就快点，不要磨磨蹭蹭！怒火从心底蹿出来，曹大树大吼一声，举起斧头狠狠劈过去，随即，一股鲜血喷溅而出。

曹小树倒在血泊之中，脸上再也没有蔑视和嘲笑，而是恐惧和痛苦，他微弱地说，我有靠山啊。曹大树说，你有靠山也没用了，他们全都没在。曹小树说，但我是你弟啊……你怎么真的动手！曹大树恍如被响雷惊醒，蓦然跪在地上，抱着鲜血淋漓的弟弟号啕痛哭……

地　界

一

　　已经半夜两点了，牛元的手气还是不见好转，钞票一张接一张地扔出去。牛元不着急，仍然像个老和尚似的四平八稳地坐着。牛元不急，但王金贵沉不住气了，他站起来，围着桌子走了一圈，又走了一圈。牛元抬头盯着他，有些不满地说，你的屁股是不是着火了？王金贵讪讪地说，腿麻了，站起来活动。牛元说，不要走来走去的让人泼烦。

　　王金贵重新坐了下来，他没事做，时间有点不好消磨。四周弥漫着浓厚的烟雾，直往他的鼻孔里钻，这让他有些难受。他挥着手，试图把烟雾扇开。但烟雾就像一群遭到驱赶的蜜蜂，刚刚散开，马上又围过来了。屋里没有风，但这些浓烟总是涌来涌去。

王金贵被浓烟呛得直咳嗽，他觉得喉咙里面堵塞着什么东西，痒得难受。他滚动着喉咙，想把黏在里面的东西挤出来，但试了几次没有成功。王金贵用舌头抵住上颚，努力往上吸，这次终于有点效果了。他把那些脏东西吐在地上，清清嗓子，感到果然舒畅许多。

　　看到王金贵坐立不安的样子，他们嘲笑说，没见过你这样的，好端端的不回家搂着媳妇睡觉，偏偏跑来看赌钱，你只看不赌，有啥意思吗？王金贵说，我不喜欢赌，我只喜欢看，看牌不会输钱。他们说，你没输钱，但你输掉时间了。王金贵说，我没钱，但我有的是时间，我的时间多得不能打发。他们取笑几句，懒得再理他，埋头专心打牌。

　　整个晚上，王金贵都把神经绷得紧紧的。牛元在输他的钱，他没法不紧张。两个月前，牛元找王金贵借了五十块钱做赌本，第二天还钱的时候，牛元给他六十块，说多余的十块算是利息。王金贵很兴奋，累死累活的苦干半天也就挣这个数哩。后来牛元经常找王金贵借钱，却再也没还过。

　　王金贵前去讨债。牛元说，手气好了我就还你，到时不只还你本钱，还要还利息。王金贵痛苦地说，我把所有的钱都借给你了，你要是不还，我就只有跑去跳河了。牛元拍拍他的肩膀说，你放心，娃娃不会天天哭，我也不会天天输，你再去帮我弄钱扳本。王金贵吃惊地说，还要帮你弄钱啊？牛元说，要想让我还债，只有这个法子。

　　王金贵总是跟在牛元的屁股后面看赌钱。他就像牛元的尾巴，牛元走到哪里，他就跟到哪里。别的赌徒不清楚底细，笑他吃饱了没事干，天天跑来消磨时间。王金贵愤愤地想，你们晓得个屁，你们赢的全是老子的钱！

天蒙蒙亮的时候，牌局终于散了。牛元输得精光，他打着哈欠说，今天算你们狠，老子明晚再来报仇。那些人笑嘻嘻地说，我们敞开大门欢迎，反正钱是赢不够的。牛元踹着桌子说，你们的手气这样好，肯定踩狗屎了！那些人赢了钱，丝毫不在意他的话，他们说，那你今天不要睡觉了，赶紧去找狗屎踩几脚。

王金贵没心情听他们斗嘴，他垂着头迈出门槛。路面灰扑扑的，看起来像一根烂草绳。王金贵沿着那根烂草绳往回走，早晨的风有点凉，像冷水一样泼在身上，让他不禁缩了缩脖子。脑袋昏沉沉的，肩膀像刀割似的隐隐酸痛。他懊悔地想，真不该贪图小便宜，要是不借钱给牛元，事情就不会弄到这个地步了。

王金贵感到自己就像走进了一片沼泽，眼看越陷越深，却没半点法子。他有些冒火，愤愤地往路边吐了一泡口水。他看到那泡口水挂在树叶上，拉出一条细长的丝，最后坠到地上。树叶摇晃几下，很快又恢复成原来的样子。王金贵觉得还不解气，他又吐了一泡口水。这回，口水没挂在树叶上，而是落到乱七八糟的草丛里去了。

王金贵回到家的时候，他的媳妇李雪英还没起床。天空有些暗淡，远处有几只公鸡在敞开喉咙打鸣。这时候，整个村庄都没人起床，应该还捂在被窝里睡觉。王金贵走进屋子，看到媳妇蜷着双腿睡得正香，他蹬掉鞋子，把自己扒得精光，然后钻进被窝。媳妇蹬了蹬腿，又睡着了。王金贵闭着眼睛在床上躺了半天，横竖没有睡意，他的脑子里就像放电影，一遍接一遍地回想着牌桌上的事情。每次想到牛元往外面掏钱他都感到心疼。

王金贵的身体疲倦得要命，但脑子仿佛专门和他作对，乱糟糟的难受极了。他气愤地拍了一下床板，说狗日的。李雪英含糊不清地说了句什么。王金贵说，我没骂你，我骂牛元那个狗日的。媳妇李雪英哼哼两声，鼾声又从鼻孔里钻出来了。听到媳妇均匀的鼾声，王金贵有些走神，他觉得那不是媳妇的鼾声，而是自己的鼾声。这个错觉把他的睡意勾引出来，不知不觉，他就睡着了。

天亮的时候，王金贵醒了一下，他感觉床铺上空荡荡的。他把腿伸过去，没找到媳妇。王金贵晓得媳妇已经起床了，媳妇每天总是很早就起来了，就像那些打鸣的公鸡。他竖起耳朵，果然听到媳妇窸窸窣窣在院里打扫的声音。王金贵翻了个身子，继续睡觉。这时候，就算是有人把他扛去卖掉，他都懒得动弹。

王金贵正睡得迷糊，突然被推醒了。他睁开眼睛，看到李雪英挽着袖子站在床边。李雪英说，太阳都爬到坡顶了，你快点起床。王金贵说，这么早，我起床干啥？李雪英说，跟我去挖土豆。王金贵皱着眉头说，挖土豆又不是生娃娃，一个人都能干，我快困死了，我要睡觉。

李雪英有些生气，蓦然把被子掀开了。王金贵觉得有点冷，他迅速地把被子拉回来，然后板着脸说，你今天是不是欠揍？李雪英抹着眼圈说，也不晓得我上辈子造了多少孽，居然嫁给你这个懒鬼。王金贵把眼睛睁圆了，说你莫烦我，要干活就赶紧去，要是把我惹烦了，你更不会有好日子过。李雪英果然不敢再吵，她清楚王金贵的性子，动不动就提起拳头乱打，于是她叨唠几句，扛着锄头气呼呼地走了。

听到媳妇的脚步声消失在院落外面，王金贵闭上眼睛，打算继续睡觉。想起来，媳妇啥都好，就是喜欢干活，总是弯着腰忙出忙进，仿佛她是全天下最忙的女人。女人勤快一点不是坏事，但她偏偏见不得别人闲着，每天清早都要跑到床边，鬼哭哄狼叫地喊上几嗓子。

这些年，就因为她这个早起的习惯，王金贵不晓得少睡了多少觉，他的耳朵差不多都被吵聋了。王金贵最害怕睡觉时受到打扰。每次被媳妇吵醒，王金贵都恨不得找块泥巴塞进她的嘴里。如果不是在床上，刚才他也想找块泥巴把李雪英的嘴堵起来。

二

李雪英往庄稼地走去。庄稼地在村子的南边，道路如同一条裤带，弯弯拐拐地缠在山腰上。路边的地里，庄稼金黄，野草疯长。远处，一山更比一山高，那些山头上全是褐色的石块，看起来就像刚刚剃光的脑袋。

李雪英边走边叹气。碰到这样一个不成体统的男人，她没法不叹气。王金贵懒惰就不说了，偏偏最近和牛元这个二流子纠缠在一起。李雪英辛辛苦苦攒下的血汗钱，全被他借给牛元了。李雪英没办法，只能把家里的钱藏起来，不让他看到。只要让他发现钱的踪影，简直就像饿狗看到骨头，肯定就拿走了。李雪英想不通，他对牛元怎么比亲爹还好？

李雪英觉得自己的命太苦了，她这么一想，泪珠忽然就滚出来了。八岁那年，她爹去挖煤，被砸死在小煤窑里。她爹死后，一个收废铁的天天往她家跑，最后把她娘给拐走了。李雪英跟着姨娘过日子。十五岁那年秋天，姨娘带着两个表弟去地里干活，姨爹就把她按到床上给睡了。那次也就不说了，偏偏姨爹总是找机会骚扰她。

后来，事情败露了。姨娘生气地说，不要脸的烂货，居然连姨爹这种老东西都勾引，连我都瞧不上他！李雪英解释说，我也瞧不上，但他要硬来嘛，他的力气那么大，我实在没法子。姨爹听不下去，走过来要说话，但还没开口，就被姨娘指着额头训斥：现在还轮不到你插嘴，滚一边去！姨爹张了张嘴，乖乖地退回去了，像个树桩似的蹲在墙角。

李雪英委屈地说，这种事情，我有啥办法嘛。姨娘铁青着脸说，这个家你不能再待了。李雪英着急地说，我已经没有家了，你不能把我赶出去。姨娘啐了一口唾沫说，谁让你做这种见不得人的事情？李雪英跺着脚说，我真的没办法，如果我是男人，我不仅能把他推开，还能和他打架，但我是女人嘛。姨娘挥着手说，苍蝇不叮无缝的蛋，你就算说破嘴皮也没用。李雪英绝望地说，我没地方落脚，你让我去哪里？姨娘说，我不管你去哪里，反正走得越远越好。

就这样，李雪英就一直走，一直走。走到这个叫迎春社的地方，她不走了。她对一群围观的人说，你们谁没媳妇，我就嫁给他。几个光棍就打起来了，村里乱成一团。王金贵趁几个光棍打得头破血流的时候，悄悄拉着李雪英往后跑。李雪英试图挣扎，但王金贵的手像铁钳子，让她丝毫不能动弹。

李雪英挣不脱，也就不挣了，她说，我可以嫁给你，反正嫁谁都是嫁。王金贵就咧着嘴笑。李雪英从小没家，她希望有个像样的家，她说，你有房子吗？王金贵手一指，说前面那间房就是我的。李雪英顺着他的手指头望去，看到一间破草房，虽然有些破烂，但总算还有个房子的模样。李雪英又说，你有土地吗，别的都可以没有，但你一定要有地，有地才像个家哩。王金贵说，你尽管放心，现在不是旧社会，怎么会没土地。

李雪英就这样嫁给了王金贵。那些光棍发现李雪英出现在王金贵家时，他们差不多气疯了。他们急得眼红，但事情来不及了，王金贵已经把生米煮成熟饭。尽管他很生气，但没有办法，他们后悔当时只顾埋头打架，忘记看人了。王金贵办喜酒那天，他们端起碗就不肯放下。有两个吃得太多，结果被人扶着离开桌子。他们打着饱嗝，恨恨地说，便宜这个狗日的了。

李雪英看到王金贵长得有模有样，还以为嫁了个好人，但过了半个月，她就明白自己上当了。那天半夜，王金贵偷偷摸出门去，李雪英以为他去解手，就没放在心上。后来李雪英醒来，发现王金贵正往床下塞东西，她把头伸到床下一看，发现下面有两只鸡。那两只鸡被麻绳捆着腿，正笨拙地扇着翅膀，看得出它们也不喜欢这个鬼地方。

李雪英诧异地说，床下又没鸡圈，你把鸡关这儿做啥？王金贵说，你赶紧睡觉，没你的事。李雪英说，你不能把鸡放在床下，它们会在我的鞋子上拉屎。王金贵往窗口看了看，紧张地说，你小声点，要是让人听到就坏了。李雪英眨着眼睛，失声说，这鸡不会是你偷来的吧？王金贵说，趁明天赶场，早点起来把鸡背到野马冲卖掉，换几块钱来。

李雪英过去受尽欺负，只想嫁个好人过安稳日子，却不料自家男人会干这种勾当。李雪英气坏了，和他吵起来，结果被狠狠地揍了一顿。李雪英哭着说，早晓得你手脚不干净，我就算嫁鬼都不会嫁给你。王金贵又给了她一耳光，说没见过你这么笨的女人，老子挣钱你居然还不满意。李雪英捂着半张脸，惊恐地说，要挣钱就正大光明地挣，怎么能偷鸡摸狗呢？王金贵说，你懂个屁，偷东西不费力气，钱也来得快，世上哪里还有比这个更轻巧的事情？李雪英蹲在地上，把头埋在两腿间，一会儿，她的肩膀就抽动起来了。

第二天早晨，王金贵到野马冲赶场去了。平时他不太喜欢赶场，除非偷到东西，急于到街上脱手。李雪英披着一身伤痕去自留地干活，经过八婆家门口的时候，八婆吃惊地说，哎呀，出啥事情了，你眼睛怎么肿成这个样子？李雪英说，我没照镜子，我不晓得我的眼睛是啥样子。八婆比画着说，你的眼睛就像鸡屁股。想到鸡屁股，李雪英就晓得自己现在的模样了，她低着头说，我要去地里干活了，我今年打算多种点大蒜。

八婆追问说，两口子打架了吧，怎么打起来的？李雪英忽然想哭，但她只是鼻子动了几下，随即就把眼泪憋回去了。王金贵喜欢揍她，但从来不让她说出去，要是走漏风声，少不得还要挨一顿饱打。李雪英把头扭到一边说，我们没打架，他从来不会打我。八婆追问说，要是没打架，你怎么弄成这样？李雪英憎恨地瞪了八婆一眼，说这是不小心摔伤的。八婆说，鬼都不信，你们两口子肯定打架了。李雪英不想再说话，于是扛着锄头，匆匆走了。

尽管李雪英守口如瓶，但大家都晓得她经常挨打。每次看到她鼻青脸肿，他们都会说，李雪英，是不是又摔跤了？李雪英点点头，嘴巴紧紧闭着。他们说，你这样老摔跟头也不是个事，要自己注意点。李雪英低声说，我晓得了。这样说着，她飞快走了。他们看到李雪英瘦得像个豆芽似的身影，纷纷摇头。

在李雪英看来，最痛苦的事情不仅是挨打，而是明明挨打，却不能走漏半点风声。李雪英挨打之后，常常躲在牲口圈里哭，她一边哭一边诉说挨打的前因后果。李雪英觉得自己憋着很多委屈，再不发泄，肚子就撑爆了。活人不能让尿憋死，更不能让话憋死，李雪英要把满肚子的苦水倒出来，她不能对山上的树说，也不能对地里的庄稼说，树和庄稼都没耳朵。人倒是有耳朵，但她不能说。王金贵警告过，要是敢传扬出去，就对她不客气。李雪英只能把秘密告诉那些牲口。牲口比人靠得住，人总是守不住自己的嘴巴，但牲口不一样，就是打死，它们也不会透露半点消息。

李雪英抹着泪水说，王金贵这个狗东西打我哩，明明是他做错事情，还不肯认账，偏要把我往死里打。牲口摇晃着脑袋，有时它们会伸出舌头，把几根干草卷进嘴巴。它们一边像个地主太太那样细嚼慢咽，一边认真聆听李雪英的诉说。李雪英说，他捏起拳头就往我肚子上捅，我痛得泪珠直滚，我觉得肠子快断了，内脏也差不多被他捣碎了。牲口停止咀嚼，哼哼几声。李雪英更伤心了，她发现牲口比人善，王金贵长着狼心狗肺，这些牲口却会表示同情。李雪英抹了把鼻涕，压着嗓音哭道，我把他伺候得像一个活祖宗，他居然还这样对我，你们说，怎么会这样？牲口们没法解答这个难题，它们羞愧地埋头吃草。

王金贵喜欢揍她，揍完之后，他常常喘着气说，你哭个屁，你做错事情我能不打吗？做错事而不打，天底下还有王法吗？李雪英辩解自己没做错，但王金贵总会挥着手说，啥都不要说了，你以为打人容易啊，每次揍你都要累得半死。李雪英说，你还有道理了。王金贵说，你赶紧做饭去，我的肚子饿了，肯揍你，是把你当自己人哩。李雪英气愤地说，你只敢在家里蛮横，你在外面就是个窝囊废。王金贵扬手给她两个耳光，板着脸说，你放屁！

李雪英没看到巴掌是怎么落下来的，她只听到两阵风呼呼地响，然后那只巴掌就贴到脸上了。李雪英的脸火辣辣地疼，她觉得这辈子太冤了，就因为想要土地，想有一个属于自己的家，居然就这么轻易嫁人了。嫁也就嫁了，女人终归都要走这条道路，偏偏李雪英掉进陷阱，嫁给这个不做正事的恶棍。李雪英抹着泪花，绝望地想，当时没弄清楚他的底细，我算是瞎眼睛了！

三

阳光透过窗户，爬到王金贵的身上，让他浑身暖融融的。他伸了个懒腰，然后慢慢翻身起床。王金贵总是睡到太阳晒屁股才起床，有时候没出太阳，他就瞅着窗口，估计时间差不多了，再慢吞吞地从床铺上爬起来。在王金贵看来，睡觉是最舒服的事情。他想李雪英是个傻媳妇，天天起早摸黑地干活，好像她来到这个世上，就是为了忙碌。

有几次，王金贵对李雪英说，你不会过日子，总是做这做那，急得像赶着投胎。李雪英挖苦说，我没你那么好命，你上辈子是皇帝哩。王金贵说，地里的活，你就是累死也干不完，还不如先吃好喝好。李雪英说，我要是闲着，你就只有喝西北风了。王金贵不屑地说，你苦干半天，还不如我偷两只鸡。李雪英就生气地说，那你赶紧去偷吧，牢房的大门早晚给你开着。王金贵抬腿朝李雪英的屁股踹去，说你巴不得老子进去哩，我要是坐牢，你就能找野男人了。

李雪英坐在地上抹了几把眼泪，又开始忙碌起来了。她觉得日子只要过下去，自己就不能停下来休息，家里的两张嘴还要吃饭。有时，李雪英干重活，比如把两根木头从院子里扛到屋檐下，或者把水缸搬出来清洗。她朝王金贵招手，说你赶紧过来帮忙，我抬不动。王金贵就说，你搬它干啥，简直吃饱了没事做。李雪英没法子，只得弯着腰，一步一步地把东西挪走。她累得直喘粗气，满脸通红。

王金贵很懒惰，但他从来不反对别人勤快。他觉得这个世上，就应该有些人休息，有些人干活。他眯着两只眼睛，坐在那里晒太阳。在他看来，观赏别人干活是一件很愉快的事情。这种时候，他总是感到很舒畅，甚至往往会走神。他恍惚觉得自己是以前的地主。他快活地想，啥都不干就有吃有喝，那些地主也无非就是这样吧！

王金贵胡乱洗完脸，然后给自己泡了一杯浓茶。他起床后总喜欢喝杯浓茶。他觉得这样会更有地主的样子。茶叶在杯子里翻滚，茶水黄澄澄的。他端着杯子喝了一口，茶水有些烫，就像虫子似的忽然在舌头上咬了一下。他能够清楚地感觉到茶水正在肚子里流淌，实在舒服极了。

太阳亮晃晃的，让人不敢正眼去看。远处有几条狗在跑来跑去，不知道它们要去什么地方。王金贵不管它们去什么地方，他在考虑别的事情。他已经想好了，今天去村里转两圈，看看有啥像样的东西，值得晚上偷回家。王金贵喝完茶，放下杯子迈出门槛，然后缩着脖子往前走。小时候他总以为这条路有尽头，长大了才发现，这条路比想象的要长许多。他不知道一直走下去，到底会看到什么景象，但他懒得琢磨这个问题。

王金贵就那么走着。经过曹树林家门的时候，他看到曹树林正弯着腰在院里喂牛。曹树林抱着一捆干草扔进牛圈，他听到门口有脚步声，就回过头看。王金贵挤出一张笑脸，他以为曹树林也会挤出一张笑脸。但曹树林没有，他的脸上满是胡子，黑森森的，那些胡子动都没动一下。王金贵脸上有些挂不住，他不晓得该怎么办，他咳嗽几声，然后说，村长，你干啥呢？

曹树林是村长。曹树林从来不主动和别人打招呼，通常都是别人和他打招呼。今天王金贵和他打招呼，之前还笑了一下，按道理，他是该说几句客气话的。但现在曹树林不想客气，因为他不太喜欢这个叫王金贵的家伙。曹树林从来不掩饰对王金贵的厌恶，他抬起手说，我干啥你还看不见吗？王金贵没想到曹树林的口气这么硬，只得说，你在喂牛？曹树林拍了拍手，说抱草当然是喂牛，总不能喂鸡吧。

王金贵想骂几句，但他没骂，只是摆着手，说那你忙，你赶紧忙。曹树林没理会，又抱了一捆草。王金贵的肚子里憋着火，他不知道自己什么地方得罪曹树林了，想了半天，横竖没想到理由。想不到他就不想了，他在心里恶毒地咒骂。

这时王金贵看到曹树林家院墙上挂着两串辣椒。这个发现让他多少有些激动，他准备今天晚上就把它偷走。王金贵家不缺辣椒，但他还是准备把它偷走。他打算把辣椒偷去扔掉。想到曹树林家一年吃不上辣椒，他就感到高兴，他悄悄地说，天天清汤寡水，看你家以后怎么过！

王金贵继续往前走，他得瞄点值钱的东西。路边有两棵松树，树皮龟裂着，像干旱了几个月的土地。树枝上挂满松针，它们有的还保

155

持青春，有的却在秋风的折磨下渐渐枯黄，最后飘落到地上。王金贵闻到松树的清香，他感到鼻子有点痒，于是仰起头，张着嘴，痛快地打了个喷嚏，接着把鼻涕抹到树上。

就在王金贵把鼻涕抹掉的时候，他看到一个人甩着手，远远走来。王金贵知道那个人是牛元，离得再远他都能看出是牛元。牛元走路总是甩着手，全村就他这么把手甩来甩去。看到牛元他就不走了，他像块石头似的蹲在路边。他忽然有些烦躁，觉得今天的好心情都被牛元糟蹋了。

有风从远处跑来，卷着尘土，灰蒙蒙的。王金贵皱着眉头，把脑袋扭到一边。王金贵把脑袋扭回来的时候，他看到一片干枯的树叶像飞蛾似的在空中飘荡着。那片树叶打了几个旋，最后飘落在地。王金贵发现树叶的旁边出现一双布鞋，他的目光慢慢往上爬，最后看到牛元站在那里。

牛元问他在这里做啥。王金贵说，我晒太阳。牛元惊讶地说，这么大的风，你居然跑出来晒太阳？王金贵说，我就喜欢在风里晒太阳。牛元奇怪地说，你的兴趣真有意思。王金贵想反驳说，我晒太阳又不归你管，你这是狗拿耗子，多管闲事。但王金贵只是这么想，他没这么说，他问牛元要去哪里。

牛元说，我正打算去你家，恰好就碰到你了。王金贵说，你去我家干啥？牛元说，当然是找你，去你家不找你，总不会找你媳妇吧。王金贵不想开玩笑，问牛元找他到底有什么事。牛元说，我找你借钱，昨天把钱输光了，我找你借点钱去扳本。

王金贵像吃东西噎住，瞪着眼说，统统借给你了，我哪里还有钱。牛元说，你莫急，我赢了钱肯定就会还你。王金贵说，每次都指望你赢，但你每次都输得精光，你的手气简直比屎还臭。牛元拍着胸口说，今天不会再输了，我敢打包票，我的感觉好得很。王金贵无奈地说，我实在没钱了，要是有钱，肯定会借给你。

牛元说，你莫哄我了，你保准有钱，前几天还看到你媳妇到街上卖红豆，你说没钱鬼都不信。王金贵解释说，我媳妇的确卖了几袋红豆，但她把钱藏起来了。牛元催促说，那你赶紧去找。王金贵说，一个人藏的东西，十个人都找不到。

牛元说，你明明就是信不过我，怕我还不起钱。王金贵发现牛元的脸色有些不好看，赶紧赌咒说，狗日的才有这个想法！牛元在路边折了一根草，然后开始抠指甲，他很快就从里面抠出两团黑乎乎的东西。王金贵最怕牛元，要是惹牛元生气，以后甭想再过安稳日子，他挤出满脸的笑，恨不得凑上前帮牛元抠指甲。牛元不理会他的笑。牛元只是埋头抠指甲。牛元抠得很仔细。

牛元终于把几个指甲抠完了，他这时才扔掉手里的草，把头抬起来说，你这人不会算账，分不出轻重。王金贵眨着眼，不明白牛元的意思。牛元拍拍他的肩膀说，你借这么多钱给我，总是希望我尽早还你吧？王金贵看着牛元，等他嘴里的话。牛元说，想让我快点还钱，你就得赶紧借钱给我扳本，要不然你过去借的钱就拿不回来了。

王金贵还不停地眨眼，通常来说，赌鬼输的都是自己的钱，偏偏牛元赌博，输的是王金贵的钱，王金贵不知道怎么会弄成这样。牛元说，你想清楚没有？想清楚就不要再耽搁时间，赶紧回家找钱去。王金贵没想明白，但他带着牛元往回走，他只想拿回自己的钱。

他们像两个土匪似的翻箱倒柜，硬把屋里翻了好几遍。牛元抹着额头上的汗水，说你媳妇是耗子投生的，藏东西这样难找。王金贵从床下爬出来，他的头发上挂着一片蜘蛛网，他拿着几张皱巴巴的钞票，兴奋地说，我找到了。牛元夺过去数了一遍，失望地说，只有这么点钱。

王金贵感到有些羞愧，说家里可能只有这么多了。牛元说，你媳妇卖了几袋红豆，肯定别处还有。王金贵说，你先走，我找到就给你送去。牛元急着去赌博，听完这话就迫不及待地走了。王金贵在屋里仔细搜索，他决心把媳妇藏的钱通通找出来。

四

其实，今天不仅王金贵在家里过得不愉快，李雪英在外面也碰到了麻烦。早上她来到地里，横竖觉得哪里不对劲。她蹲在地边看了半天，终于发现，和胡桑家接壤处的界碑被动过了。界碑没长腿，不会无端换地方，肯定是被胡家移动的。李雪英站在地角，看着眼前这块奇形怪状的土地，眼睛愤怒得差点流血。

以前划分土地时，这块地原本是四方形，规整得就像用笔画出来的。但是由于王金贵的爷爷太懦弱，这块地被邻居占去了一个角，变成了三角形。后来到了王金贵父亲的手里，这块地又被邻居占去一个角，变得圆不像圆，方不像方。没想到，现在胡家也打算跑来占点便宜。

李雪英觉得出现这种情况都是因为王金贵不成器，她不知道自己咋会嫁给这个窝囊废。王金贵在家蛮横不讲理，稍不称心就提起拳头动粗，偏偏在外面是个软蛋，别人想捏圆就捏圆，想捏扁就捏扁。李雪英悲愤地想，姓王的，要是对外人也像对我一样，也就没谁敢占你的土地了。

李雪英在地里站了会儿，忽然恨恨地踹了界碑两脚。界碑动都没动一下，但她的脚疼得要命。李雪英踹不动就不踹了，她挥起锄头刨界碑。潮湿的泥土被掏出来，里面的蚯蚓被挖成两段，痛苦地扭着身体。李雪英很快把界碑刨出来了，她用脚丈量几回，终于找到准确的位置。她在那里挖了个坑，把界碑栽回去。李雪英放下锄头，往胡家的土地吐了一泡口水。胡家的地里空荡荡的，没有半个影子。李雪英吐完口水，用袖子揩着嘴角说，我不多占你家的半寸土地，但你家也不能占我的半点便宜！

李雪英开始挖土豆。她把锄头深深地挖进土里，然后把埋在里面的土豆掏出来。土豆只有鸡蛋那么大，全都铺在湿润的泥土上。李雪英想，明年这里不能种土豆了，要种就种苞谷，种苞谷收成也许会好些。

风呼呼地吹着。最近两个月，风总是呼呼地吹着，好像从来就没停过。地边长着几棵树，它们在风里把持不住，纷纷摇晃着枝叶。李雪英想，这个时候，王金贵可能还没起床，估计他正躺在床上呼呼大睡。这样想过，李雪英就有些生气，她想，你有手有脚，偏偏要我养着，你剥夺我也就算了，还要天天欺负我，如果没有我，恐怕你早就饿死了。

有两个妇女背着红豆从地边经过，远远打招呼说，李雪英，你干啥呢？李雪英抬起头说，趁着天晴，我来挖土豆。她们说，你种的红豆收了没有？李雪英说，还没呢，我忙不过来。她们说，那你赶紧，要是落雨，红豆就烂在地里了。李雪英皱着眉头说，我得先把土豆挖回家，把土豆挖完，我再去收红豆。

她们说，怎么只有你一个人干活，你男人呢？李雪英生气地说，莫提他，我没男人，我的男人死掉了。她们把背箩放在地坎上，抹着汗水说，你不要乱说，王金贵脾气不好，要是让他听到，你就死定了。李雪英说，我要是死掉，他的好日子也就过到头了。她们说，李雪英啊，我们女人的日子都差不多，你就不要埋怨了。李雪英叹着气说，我的命没你们的好，碰到这么个男人，算是掉进火坑了。那两个女人安慰几句，背着红豆走了。

李雪英顶着太阳干活。汗水刚刚冒出来，马上就被风吹干。风卷着灰尘，不停地扑向李雪英，这让她很不好受。她觉得脸上有些干涩，好像糊着一层薄薄的东西。李雪英抬头看了一眼，天上空荡荡的，啥也没有。

李雪英的力气像汗水一样慢慢流走，她觉得全身疲倦。她想找个凉爽的地方歇口气，但她害怕自己坐下去就不想再起来。她就那么冒着炎热干活，锄头不停地挥起，又不停地落下。有时候，她会挖出几只虫子，然后看到它们惊慌逃走。

经过漫长的劳动，李雪英总算把背篓挖满。她背着土豆开始回家。土地离家不远，但中间隔着两座大山。李雪英背着土豆在山坡上走着，由于地势陡峭，她总觉得自己不是在走路，而是背着东西在爬树。每往山上走一步，李雪英就觉得肩膀上的背篓加重一分，爬到山腰时，李雪英觉得自己再也走不动了。她把背篓靠在地坎上休息，她喘着粗气想，照这样下去，我就算没被驴日的王金贵折磨死，也要活活累死了。

李雪英到底还是把两座大山爬完了。她背着土豆回到家，看到院门敞开着，两条野狗正在槽盆边偷吃猪食。李雪英把野狗轰走，大声喊道，王金贵，猪食都让野狗吃了，你怎么不管？屋里很安静，她没听到半点声音。李雪英把土豆背进厢房倒掉，抹着汗水往屋里走。

李雪英走进屋子一看，失声尖叫起来。她看到屋里乱七八糟的，柜子被打开了，东西散落得遍地都是。她叫了一声之后，像只壁虎似的往床铺下钻。她拿出一只破鞋，伸手去摸，脸色突然就变了。她扔掉破鞋，跑去拿神龛上的铁盒子。她把生满锈迹的盒子打开，空荡荡的，藏在里面的钱同样不见踪影。

李雪英慌慌张张地朝外面跑，她边跑边叫。她冲出院子，恰好撞上过路的八婆。八婆被撞了一个跟头，捂着腰说，哪个冒失鬼，怎么不长眼睛呢，硬要往我这个老太婆的身上撞。李雪英把八婆扶起来，说出事了，八婆，出大事了啊。八婆问她出什么事了。李雪英说，我家进小偷了。八婆听完这话，也跟着叫起来了，她尖着嗓子说，快来人啊，村里进小偷了，大家快来帮忙啊……

她们仿佛进行一场有关音量的比赛，站在那里嘶声叫喊。听到喊声，邻居纷纷从各个角落跑出来，他们的手里，拿着锄头和镰刀之类的物件，有两个青年甚至把家里的板凳扛出来了。他们跑过来问八婆，小偷在哪里？八婆说，我不晓得在哪里，这事你们问李雪英。李雪英跺着脚说，我也来晚了，小偷已经把钱偷走了。他们跑进屋里一看，激愤地说，妈的，大白天居然也敢偷东西，捉到就打断他的手！

大家问李雪英到底怎么回事。李雪英说，我刚刚从地里干活回来，进屋就发现钱不见了。他们说，王金贵跑到哪里去了，他咋不好好看家？李雪英伤心地说，他肯定忘记关门了，小偷连撬锁都省了。他们问李雪英打算怎么办。李雪英茫然地说，家里以前没进过小偷，我也不晓得怎么办。他们说，还是先把王金贵找回来吧，这种事情，让他拿主意，他好像在曹二拐家看打牌。

李雪英在大家的指使下往曹二拐家走去，她果然在那里找到了王金贵。她拉着男人的衣服，焦急地说，家里进小偷了，你赶紧回去看看。王金贵一听家里进小偷，迅速地跳了起来，从来只有他偷别家的东西，没想到居然有人敢太岁头上动土。他抬腿就跑。他跑得很快，以至路上尘土飞扬。

李雪英跟着跑起来，她跑进院子时，王金贵正从屋里走出来。他问什么东西被偷了。李雪英说，家里的钱不见了。王金贵说，是不是你藏在床下的钱？李雪英有些诧异，不明白男人咋会这么清楚，她说，还有神龛上的几十块。王金贵一下子放松了，他说，家里没进小偷，那些钱被我拿走了。

李雪英说，你拿去做啥？王金贵挥着手说，这个不要你管，我拿钱自有用处。李雪英说，你是不是又拿给牛元了？王金贵说，牛元输光了，我拿去借他扳本。李雪英的脸色忽然苍白起来，她说，家里连吃的都快没了，你倒有钱借给外人。王金贵说，暂时借他几天，早晚会还的。

李雪英感到脑袋发昏，她不清楚自己是不是生病了。她看到王金贵甩着手走了，她的嘴皮动了几下，但啥也没说出来。太阳很烈，几乎把泥土烤得冒烟。李雪英觉得身上没有半点力气，她的身子晃动几下，差点倒在地上。李雪英很想找个地方躺一会儿，但她只是这样想。她扶着墙壁，慢慢走出院落。

李雪英去找村长曹树林。走到曹树林家的时候，看到他在喝茶，他噘着嘴，把茶杯吸得吱吱响。李雪英走进屋，说村长。曹树林说，你坐，自己拉板凳坐。李雪英说，我不坐。曹树林说，那你喝水？李雪英摇头说，我不喝水。曹树林说，你脸色不好看，是不是生病了，要是生病就赶紧找医生。李雪英说，村长，我有事找你。曹树林说，有事你说，我听着哩。

李雪英讲完先前发生的事情，然后说，村长，你得管管，王金贵太不像话，你不管不行了。曹树林说，这种事我管不了，清官难断家务事。李雪英说，你是村长，你得主持公道，你要是不管，这日子就没法过了。曹树林说，你先回去，这件事我晓得了。

李雪英等了好几天，才知道曹树林根本没管这事。她只得再次找上门去。这回曹树林没喝茶，他站在院里东张西望。李雪英说，你是村长，你又不是女人，你说话怎么不算话呢？曹树林回过头问，我说啥了？李雪英说，你答应要管那件事的。曹树林说，那是你自己说的，我啥也没答应。李雪英着急地说，这么说，你是不打算管了？曹树林说，村里大事小事都要我管，我忙得过来？

李雪英说，你要是不管，我以后就不叫你村长了。曹树林说，叫啥都随你，反正没人把我这个村长当回事。李雪英蛮横地说，你要是不管，我就不活了，我找根绳子吊死。曹树林叹口气说，我就跟你说实话吧，我讲的话，全村人都听，就是你家男人不听，我实在拿他没法子呀。李雪英慢慢往回走，指望不上村长，她只能往回走。

五

王金贵看到媳妇李雪英舀了碗苞谷饭，浇上酸菜红豆汤，拿筷子去搅。王金贵往她的碗里瞅了瞅，发现里面变成稀饭了。李雪英把碗端到嘴沿，用力一吸，只听吸溜两声，半碗稀饭就没了。她的嘴巴动了动，然后又一吸，剩余的半碗也没了。把饭吃完，她还伸着舌头，像狗一样在碗底舔了几下。

王金贵看到李雪英要走，他不满地说，哎，你这就走？李雪英扭过脸问，是不是叫我？王金贵说，当然是叫你，屋里又没别人。李雪英说，叫我做啥？王金贵说，你已经两天没做饭了。李雪英说，噢，我已经吃过了。王金贵气呼呼地说，我还没吃哩。李雪英拉开碗柜，往锅里看了看，说还有点，估计够你吃了。王金贵说，你就天天让我吃冷饭？李雪英说，你还是将就把这点饭吃了吧，你要是不吃，晚上我回来就吃了。

王金贵差不多跳起来了，他吃惊地说，晚上你还不做饭？李雪英摇着脑袋说，我赶时间挖土豆，村里家家都挖完了，就我们家还没挖完，挖完土豆，我还要忙着扯红豆，这些农活能把人累死哩。王金贵说，不管多忙，做饭的时间你总该有吧？李雪英说，我在地里累了一天，哪里还有力气做饭？

王金贵的脸色越来越难看了，他说，你这是故意的，你在生气，你不想让我好过。李雪英说，我不气，好端端的，我生什么气呢？王金贵铁青着脸说，我不管你是不是生气，反正你要做饭，总不能让我天天跟着吃冷饭。李雪英说，我不想做饭，我喜欢吃土豆，饭吃完我就吃土豆。

王金贵把眼睛瞪得像两个铜板，他说，你是不是讨打？李雪英说，你别这样瞪我，从自嫁给你就天天做饭，只有两天不做你就这么瞪眼。王金贵觉得肚子里憋着一团火，他说，老子娶媳妇就是娶来做饭的。李雪英不紧不慢地说，要是不满意你就趁早重新娶一个。

王金贵没想到，媳妇居然敢用这种口气和自己讲话，他咬着牙说，你是不是皮痒？李雪英朝他翻白眼，说除了打自己媳妇，你还有啥本事？王金贵肚里的火陡然冒出来了，他跳过去，揪住李雪英的头发就往墙上撞。墙壁被撞得咚咚响。撞了几下，他恨恨地说，这回你的嘴不硬了吧？李雪英的额头上冒出几个大包，看起来快要出血了，她嘶声叫着，有种你就打死我！

王金贵很听话，他从来没这样听话。王金贵把拳头挥到半空，然后凶猛地打过去。他感到袖子里装着半筒凉风，接着就听到一声钝响，他的拳头结结实实地砸在李雪英的脸上。李雪英的两只眼睛不停地迸火星，她的脸肿得像个熟透的桃子，嘴角也渐渐渗出血丝。王金贵说，只要你答应现在开始做饭，我今天就不打你了。

李雪英竟然笑了笑，她说，还是打吧，我横竖不想活了，你干脆打死我算了。王金贵被她的笑容刺疼了，他把李雪英按在地上，像骑马似的骑着，不停地打耳光。他怕真把李雪英打死，打死得偿命。他也不想把李雪英打伤，打伤了自己还得掏医药费。王金贵还指望这个女人过日子，只想好好教训她。他觉得这女人就像牛犊，一定要把她训乖。刚下地的牛犊不听话，要是不能把它驯服，以后就没法犁地。王金贵是调教牛犊的好手，他不信自己不能调教这个女人。

起先，李雪英还伸手抵挡，后来她就不动了。她像堆死肉似的仰面躺着。她的嘴被王金贵严实地捂着，于是发出那种哭不像哭，笑不像笑的呻吟。王金贵喜欢打媳妇，他觉得不能让女人轻松，稍微放松她们就会野得不受控制。王金贵不能容忍自己的媳妇变野，所以他动不动就提起拳头狠打。

有几回邻居实在看不下去，跑过来劝阻，但王金贵死活不承认，他摊着手说，我从来不打媳妇，你们不要胡说。他们说，昨天晚上我们还听到李雪英的哭声哩，你不打她，她好端端的哭啥？王金贵笑嘻嘻说，你们实在太无聊了，那不是哭哩，我们两口子在做事情，她舒服得叫唤呢，没想到你们居然跑来听房。他们说，你就哄鬼吧。他们不信王金贵的鬼话，但横竖拿他没法子。

王金贵再打李雪英的时候，总是紧紧捂着她的嘴，不让发出半点声音。现在，王金贵正捂着李雪英的嘴。他觉得有些累了，但问过几次，李雪英就是不服软，他没办法，只能继续打下去。突然，王金贵听到后面有脚步声。回过头，他看到牛元像棵树似的站在身后。

王金贵还没来得及打招呼，就被牛元提起来了。他不知道，牛元怎么忽然冒出来了。牛元长得粗壮，他提着王金贵，轻松得就像提一只耗子。牛元把他提到墙边，怒吼说，你干啥？王金贵不明白，自己打媳妇，牛元咋会发这么大的火。他给牛元挤出一个笑脸，说臭女人不听话，我正在教训她。牛元黑丧着脸说，以后不许再打！王金贵低声说，这是我自家的事。

牛元板着脸说，你要是再打，我就剥掉你的皮。王金贵觉得脸面绷不住了，他说，我的家事，用不着你来插手。牛元说，你要是再敢动她一根毫毛，我就对你不客气！王金贵没想到，牛元居然为这点小

167

事翻脸，他觉得有些窝火，于是气呼呼地说，我打自己的媳妇，跟你有啥关系？

牛元冷哼两声，说全村只有老子能打人，我不打，别人谁也不能打，谁要敢胡来，我就跟他急。王金贵气得差点吐血，牛元向他借了那么多钱，不还债也就算了，偏偏还要跑来多管闲事，他觉得牛元太不要脸了。

牛元原本打算跑来借钱，他已经连续跑了几天，但没半点收获。王金贵拿不出钱，这让他很不高兴。牛元说，你不要怪模怪样地看我，我今天把话撂在这里，听不听由你！王金贵说，你的事情管得太宽了。牛元说，我就喜欢管闲事。王金贵把眉头皱得像一个核桃，他没料到，牛元居然这样对待自己。牛元警告说，你最好老实点，要是手痒你就到墙壁上蹭蹭！

见牛元像个村干部似的背着手走了，王金贵气得想跳崖。他想不通，借这么多钱给牛元，这个王八蛋怎么不记情？他觉得牛元就是一头狼，怎么也喂不饱。王金贵越想越冒火，他把牙齿咬得咯咯脆响，仿佛正在嚼牛元的肉，啃牛元的骨头。

这时候，王金贵才发现李雪英已经爬起来了，正鼻青脸肿地站在那里。看到李雪英狼狈的样子，心里的憎恨又无端冒出来了，他说，都怪你这个臭婊子！李雪英咧着嘴，摆出嘲笑的表情。王金贵愤怒地说，你笑啥？李雪英说，我笑你热脸贴人家冷屁股！王金贵吼叫说，闭上你这张臭嘴！

既然事情到了这步田地，那笔债就不能不提了。王金贵觉得自己应该找牛元，撕破脸皮和他谈谈。他开始朝牛元家走去。他走进院落的时候，发现牛元正仰着脖子，站在屋檐底下看什么。王金贵顺着他的目光望去，看到墙壁上挂满苞谷棒子。那些苞谷颗粒饱满，颜色金黄。王金贵故意咳嗽两声，想引起牛元的注意，然后和他打招呼。牛元果然回头朝他看了一眼，但目光很快又回到那些苞谷上。

王金贵说，哎，我有事找你。牛元说，有事你说，我的耳朵又没堵着。王金贵说，你欠我那么多钱，现在该还了。牛元的目光终于收回来了，他说，你忙着用钱？王金贵说，不管忙不忙用，你总要还嘛。牛元说，不忙用你问我要个屁！王金贵没想到牛元居然是这种态度，着急地说，到底啥时候还，你给个准信。

牛元伸着懒腰说，昨晚没睡好，我要好好睡一觉。王金贵见他转身要往屋里钻，赶紧拦在前面说，你不打算还钱了？牛元说，我没这样说，这是你自己说的。王金贵恨不得往牛元的脸上打几拳，他说，那是我所有的家当，你不能赖账！牛元觉得王金贵就像一根嚼过的甘蔗，已经没啥水分了，于是说，你就牢牢记着这笔账吧，千万不要搞忘了。

王金贵板着脸说，就算今天不能还钱，也该定个还钱的时间，你不能让我白跑一趟。牛元打着哈欠说，我实在太困了，再不睡觉，我就撑不住了。这么说完，他就推开王金贵往屋里走。王金贵在背后愤怒地说，你要是不还钱，我就和你拼了，我把这条命豁出去了。牛元

169

回过头，笑嘻嘻地说，你就耐心等着吧，我早晚有一天会把钱还给你的。

王金贵跺着脚，带着满肚子怒火往回走。他早就发现把钱借给牛元是一个错误，但他明白这个道理的时候，已经来不及了。牛元曾向村里的几个人借过钱，结果，每次都是他把债主打跑，然后把债赖掉。王金贵想想就无端冒出一身冷汗，他清楚地意识到，自己已经陷入进退两难的局面。

六

李雪英坐在屋里抹泪。她曾经听过，有一个叫窦娥的女人很冤枉。李雪英不晓得谁是窦娥，也不清楚她究竟碰到什么事了。但是，李雪英很有把握地认为，任窦娥再冤，也肯定比不上自己，嫁给王金贵这样的男人，才是天底下最冤枉的事情。

即使抹眼泪的时候，李雪英满脑子也在想着地里的庄稼。她担心那些庄稼会腐烂在地里。想到庄稼腐烂的样子，她就有些心疼。以后还要继续过日子，李雪英没法不心疼庄稼。她觉得吵架不能填饱肚子。她应该去地里干活。

李雪英抹掉脸上的泪花花，钻到耳房找头巾。家丑不能外扬，现在她的脸肿得像个胖子，她得遮挡起来。李雪英把脸捂严实了，然后扛着锄头，匆忙出门去了。李雪英走得很急。她不能不急。想着地里的庄稼她就像火烧屁股一样。

翻过两座山，李雪英就到了那块地。她看到界碑又被移动过了。她抬起头，看到胡桑的媳妇正在不远处干活。李雪英围着界碑看了看，接着就拐弯抹角地骂开了。胡桑的媳妇挺起腰说，你到底骂谁，你骂得这样难听，有种你就点着名骂。李雪英火冒三丈，她说，我就骂你，你凭啥占我家的土地？胡桑的媳妇说，这块地本来就是我家的，早两年被你家占去了，现在我要收回来。

李雪英气得直哆嗦，她说，你家太不要脸了。胡桑的媳妇说，你家才不要脸，这明明是我家的地。李雪英说，亏你说得出口，简直把白的说成黑的。胡桑的媳妇说，不管过去是哪家的，反正现在是我家的了，谁要敢争我就让她过不成日子。

李雪英没想到胡家这么蛮不讲理，她撸起袖子说，有种你过来。胡桑的媳妇忽然冲过来了，蛮横地说，我就不信你能把我吃掉。李雪英本来只想摆架势吓唬胡桑的媳妇，没想到对方真的过来了。李雪英不晓得该怎么办，只得硬着头皮说，这是我家的土地，谁要是跑来争，我就和她拼命。胡桑的媳妇从小就喜欢吵架，她把嘴巴噘得像鸡屁股，蓦然从里面射出一泡口水。

李雪英是个老实的女人，她没料到胡桑的媳妇居然没打招呼就开战，简直没给她半点准备的机会。她看到什么东西从那张鸡屁股似的嘴巴里射出来，然后落到自己的脸上。她吓了一跳，伸手去摸，刚好摸到那团脏东西，她赶忙扯头巾擦掉，皱眉说，你又不是狗，你咋能到处屙屎呢？

听到这话，胡桑家的媳妇又把嘴巴噘起来了。李雪英发现事态不好，迅速往旁边躲闪。没想到胡桑的媳妇看到李雪英躲避，也跟着调整方向，头一扭，又把口水吐过来了。这一回，没落到李雪英的脸上，直接落到她的头发上了。李雪英叫喊说，哎呀，你能不能不要吐了？胡桑的媳妇说，我就喜欢吐口水，你不让吐我偏要吐！她仍然呸呸吐着，口水不停地落到李雪英的身上。

李雪英挥着胳膊抵挡，但效果很不理想。她觉得照这样发展，自己还要吃亏，应该快点想办法堵住那个黑窟窿。于是，她埋着头冲过去，打算捂住那张嘴。李雪英刚刚冲过去，头发就被抓住了，她想把腰伸直，但是挣扎几下没有成功。她感到头皮快被扯掉了。这时候，李雪英觉得自己不该埋头往前冲，要是换一种方法，肯定就不会落到这个地步了。李雪英的手摸到一个地方，软软的，她想可能是胡桑媳妇的肚子。她用力掐着。胡桑的媳妇叫了一声，把她推开了。

她们喘着粗气，就像两只蛤蟆那样瞪着对方。瞪了一会儿，她们扑过去，重新打起来了。她们歪着脑袋，双手胡乱挥舞，像猫爪子那样落在对手的脸上、脖子上，还有耳朵上。她们打得很凶，恨不得把对手撕成碎片。最后，她们紧紧地拧在一起，就像一根绳子。她们在地上扭打着，一会儿滚到这边，一会儿滚到那边，弄得灰头土脸，仿佛刚刚从坟墓爬出来。

分开时，她们都受到皮外伤。李雪英的嘴巴差点被撕破了，她感到有些疼痛。胡桑的媳妇咬牙切齿地说，有种你就等着，我回来要你好看。胡桑的媳妇退后两步，转身往家跑。李雪英愣了一下，她意识到什么，慌忙说，有种你也给我等着。这样说着，李雪英也抬腿往回跑。

李雪英跑进院落时，王金贵正蹲在院墙边晒太阳。他已经和牛元翻脸了，不可能再像跟屁虫一样，跟着牛元到处看打牌，他只能蹲在院里晒太阳。李雪英跑进来，尖着嗓门喊，快点，你快点。王金贵看到李雪英披头散发的样子，吃惊地说，怎么弄成这个鬼模样？李雪英喘着气，焦急地说，土地被占了，你快点去看。王金贵一听，站起来就跟着跑。

他们跑到地边的时候，胡桑两口子已经等在那里了。李雪英远远啐了一口，她说，不要脸！胡桑媳妇看到李雪英吐口水，她的瘾忽然就犯了。她喜欢吐口水，她觉得不吐就嘴巴痒。李雪英见她的嘴皮蠕动，吓得赶紧后退。果然，只见她的嘴动了动，口水就飞出来了。那泡口水落在王金贵的面前，在地上卷着灰尘缩成一团。

王金贵有些生气，想冲过去掴那女人的耳光，但刚走两步就站住了，他看到胡桑的手里提着一把杀猪刀。那把刀亮闪闪的，让王金贵看得心里发毛。王金贵说，你家太欺人了，这片土地本来就是我家的。胡桑说，你看看地界。王金贵说，界碑被你们挪过了。胡桑说，你哪只眼睛看到了？王金贵气呼呼地说，大家都是邻居，你不能这样横行霸道。胡桑说，我就喜欢横行霸道，我就不信你能咬我一口。王金贵真想扑过去，在胡桑的脖子上狠狠咬一口，但他害怕胡桑手里的刀子。

李雪英担心男人吃亏，跑去把锄头提过来。李雪英把锄头递给王金贵，说你拿着，谁敢争地，你就揍死他！王金贵接过锄头，感到胆量果然壮了些，他说，姓胡的，我不怕你，你要是敢占我家的土地，我就要你的狗命！王金贵以为胡桑的气势会弱下去，但他想错了。胡桑挥着手里的杀猪刀说，要打架就过来，我更不怕你！

胡家的气焰太嚣张了，李雪英觉得王金贵应该拿出男子气概，把新仇旧恨一起清算，但她很快就失望了。她看到王金贵拿着锄头，站在那里和胡桑吵架，这让她无比气愤。王金贵在家里凶得要命，总是提起拳头乱打，没想到对外却这样软弱。李雪英看不起王金贵，他简直就像个老婆娘，只晓得嘴硬，根本没半点胆量。

在李雪英看来，王金贵就是个软蛋，像他爹一样是窝囊废。早些年，胡桑的爹喝醉酒，无端冲到王家，砸烂很多东西。而且，还把王金贵的爹打成重伤，差点就给打死了。后来，还是因为胡家太霸道，引起群愤，被村里的几个邻居联起手，狠狠揍了一顿。邻居们看到王家被砸得稀烂，人也只剩半条命，于是问王金贵的爹打算怎么办。王金贵的爹害怕招惹麻烦，装出很大度的样子说，算了，他喝醉酒了嘛。王金贵的爹不仅没要半分钱的赔偿，甚至连医药费都没提。

王家就因为太软弱，经常受到欺负。李雪英希望王金贵能够拿出威风，抢回自家的土地，只要今天狠狠地教训胡桑，以后就不会再受欺负了。李雪英看到王金贵总不动手，急得跺脚，恨不得直接把他推上前去。

太阳像堆柴火似的在天上燃烧，李雪英觉得自己快要融化了。尽管气候炎热，李雪英还是想撸起袖子，再和胡桑的媳妇痛痛快快打一架。胡桑的媳妇好像也有这个意思，她瞪着李雪英，目光凶恶。她们都蠢蠢欲动，但两个男人正在对峙，显然不是她们打架的时候。

王金贵和胡桑起先还吵着，后来他们就住嘴了。并不是他们想和睦相处，只是他们都吵累了。他们的汗珠顺着脸滚到下巴，最后落在地上。他们感到嘴干舌燥，喉咙里像塞了个辣椒，难受极了。他们做出打架的样子，一个拿着杀猪刀，一个端着锄头，紧紧盯着对手。

胡桑平时不太把王金贵看在眼里，他知道这家人全是懦夫，但仍然不敢轻易动手。胡桑的个子太小，要是没帮手，他担心自己吃亏。打架不是闹着玩，要有把握打赢才行。王金贵其实很想收拾胡桑，但他也有顾虑。胡桑和牛元是亲戚，要是揍他一顿，牛元也许会来找麻烦。在村里，王金贵怕的人很多，但他最怕牛元。他们各怀心思，就那么盯着对手。他们不敢轻举妄动，只能像两只打斗的公鸡那样摆着架势。有时候，他们还会抬头朝天上看看。

庄稼差不多被烤枯了，全都半死不活地站在地里。李雪英本来也和胡桑的媳妇大眼瞪小眼地对峙，但她渐渐有些走神。恍惚之中，她觉得自己不是李雪英，而是一个稻草人。气候越来越热了，李雪英不停地抬手抹汗，她觉得这样瞪着没啥意思，后来索性放弃了。

李雪英抬头看了一眼，近处是山，远处也是山，这些山像大大小小的包子那样挤着。两个男人还在那里僵持，不知道他们要站到什么时候。李雪英觉得王金贵太没胆量了，被胡桑这种瘦小的家伙欺负也不敢动手。李雪英觉得这样耗下去解决不了问题，还不如回家算了。胡桑的媳妇看到李雪英往回走，估计也热得撑不住了，她也甩着两瓣肥大的屁股走了。

七

王金贵打算找村长曹树林谈谈。他皱着眉头，带着满肚子心事往曹树林家走。王金贵发现，曹树林看到自己的时候，脸上总是冷冰冰的，就像看到杀父仇人一样。他本来不想去找曹树林，但这件事很棘手，实在想不出别的法子。

曹树林正端着碗吃饭，看到王金贵进屋，就喊吃饭。王金贵摇头表示不吃，他拉条板凳坐下，然后说，村长，我找你有事哩。曹树林说，噢。这么说着，曹树林喝了一口酸菜红豆汤。那些红豆光溜溜地滑过他的喉咙，最终钻到胃里，让他感到舒服极了。

王金贵看到曹树林吃饭的时候，像个小孩子似的，嘴角挂满饭粒。这让王金贵有些看不起，他觉得曹树林很不成体统，简直没个村长的模样。王金贵说，村长，我家的土地被胡桑强占了。曹树林把一张挤满皱纹的脸从碗里拔出来，说，哎呀，有这种事情？王金贵说，他狗日的悄悄就把界碑移动了。曹树林放下碗说，他为啥占你家土地？王金贵觉得这话问得很愚蠢，于是说，我不知道他为啥要占我家的地，这事你该跑去问他。

曹树林不吃了，他把碗推到一边，抹着嘴说，他占你家的土地，总该有个原因吧？王金贵说，我从来没招惹他，他就这样霸道嘛。曹树林清楚王金贵的底细，知道这家伙总是欺软怕硬。去年曹树林看到王金贵欺负一个叫花子，他跑过去劝阻，但王金贵蛮不讲理，根本没把他这个村长放在眼里。曹树林暗想，你欺负别人的时候，你不许我管，别人欺负你，却要跑来找我。

曹树林不紧不慢地说，凡事都有由头，手不摸虫，虫就不会咬手。王金贵没想到村长居然讲这种话，他鼓着两只大眼睛说，虫不咬手，手怎么会摸虫呢？曹树林眨着眼睛，想不出合适的话来，他皱着眉头说，你不要说绕口令，我们都不要说绕口令。

王金贵说，你是村长，你要想办法处理。曹树林说，你希望我怎么处理？王金贵说，你该跑去找他，让他把土地还我。曹树林说，你觉得这样有用？王金贵说，有用没用，你总要试试嘛。曹树林叹着气说，这事我不管，你们自己解决。王金贵说，你怎么撒手不管，难道我的土地就这样让他霸占了？曹树林边用手指抠着牙齿，边说，要是有人敢占我的土地，我肯定揍得他屁滚尿流。

王金贵诧异地说，打人是犯法的，你是村长，咋能让我打人呢？听王金贵这么说，曹树林觉得有些滑稽。就这么个人，居然还谈法律。曹树林想笑，但他没笑，他摆出很正经的样子说，我没让你去打人，我怎么会让你打人呢，我只是说，要是有人敢占我家的地，我就揍死他。

王金贵觉得曹树林太可恶了，简直和胡桑一样可恶，他愤愤地说，你不管也就算了，偏偏还要出馊主意。曹树林说，我这个村长只是摆设，连你都不听我的话，你还指望胡桑会听？王金贵不想再和他啰嗦，站起来就往外走。

王金贵没回家，他蹲在路边的一棵大树下。这是一棵上了年纪的古树，它的身躯弯来扭去，好像很不自在的样子。不远的地方，有几只鸡正在寻找食物，它们用爪子拨开草丛和泥土，然后伸出长长的嘴壳啄里面的虫子。

王金贵不知道事情怎么弄成这样，也不知道该怎么办。他蹲在那里想了一会儿，最后，决定去找牛元。他打算跑去试探牛元的口气，摸清牛元的态度。只要牛元不插手，不站出来帮胡桑撑腰，其他的事情就好办了。那样的话，他就有胆量收拾胡桑，把土地抢回来。

王金贵担心牛元不在家。牛元常常跑去打牌，很少在家。王金贵走进院子，看到牛元正拿着一根针，坐在门槛上跷起脚挑刺。牛元的几个脚趾挤在一起，就像几只肥胖的虫子。王金贵走过去，问他怎么了。牛元抬头看了一眼，说妈的，脚上扎了一根刺，疼死我了。王金贵看到牛元笨拙的样子，有点想笑，但不敢笑，他紧紧地闭着嘴。牛元忽然把针递给他，说你拿着。王金贵说，你给我干啥？牛元说，我挑不出来，你来试试。

王金贵的脸像抹了一层锅黑，他打死也想不到牛元会提出这种要求。这种事情就算要请帮手，也该请自家媳妇，除掉自己的媳妇，没谁稀罕抱你的臭脚。牛元仿佛看透他的想法，说我媳妇出门去了，只能请你，你赶紧动手啊，我快疼死了。王金贵不能拒绝，只得屈辱地接过针，抱着牛元的脚挑起来。牛元的脚臭得要命，简直像踩上大便，熏得他不敢喘气，恨不得抓泥疙瘩把鼻孔堵塞起来。刺终于挑出来了，王金贵擦着汗说，走路要注意，稍不注意刺就会扎进脚板。

牛元提起布鞋，把脚塞进去，他站起来，拍拍屁股进屋去了。王金贵以为牛元会招呼自己进去，但等了一会儿，没看到半点动静。王金贵走进屋，看到牛元正蹲在地上拨弄一个破钟。王金贵说，我找你有事。牛元仍然埋着头，说我没空，我很忙。王金贵说，我不是找你要债。牛元听完这话，就把破钟放下了，他奇怪地说，你不要债，还能找我做啥？

王金贵告诉他土地被占的事。牛元说，噢，我已经听说了。王金贵说，他狗日的心黑哩。牛元说，这事你该找他去，跟我说没用。王金贵说，他是你家的亲戚。牛元不耐烦地说，他和我是亲戚，但我没让他占你家土地。王金贵说，我是来和你商量，让你不要帮他的忙。牛元说，我不帮，这件事我保持中立。王金贵松了口气，说那就好办了，只要你不插手，我就几掌把他拍死，就像拍苍蝇那样把他拍成肉饼。

牛元站起来说，那可不行。王金贵诧异地说，你不是保持中立吗，好端端的怎么就反悔了？牛元说，我不想搅进这件破事，但你们不能打架，他是我家的亲戚，你要是把他打死，我就少一个亲戚了，你们可以用谈判的方式解决。王金贵着急地说，你也清楚，胡桑蛮不讲理，要是能谈拢，我也用不着来找你了。牛元说，反正你不能动手，你要是敢动他一根毫毛，我就对你不客气！

王金贵觉得牛元的脸比天气还变得快，自己刚刚还抱着他的臭脚，帮他把肉里的刺挑出来，没想到转眼工夫，他就翻脸不认人了。王金贵愤愤不平地说，你怎么这样啊？牛元说，我的底线已经挑明了，我不想再和你废话。

王金贵咬着牙，恨恨地说，我咽不下这口恶气，我一定要收拾胡桑。牛元沉着脸说，你有种就去试试，看我不打断你的腿！王金贵还想说啥，但牛元把他推出门说，你不要在这里耽搁时间，我忙得很，没空和你扯皮。王金贵感到牛元太无耻了。本来王金贵想好好和他理论一番，但发现牛元的脸色不好看，他只得放弃这个打算。

走出院落时，王金贵看到牛元家的门上挂着一把锁，就顺手把锁取走了。王金贵偷锁不是为了用，就算偷回家也不敢用。他只是觉得这样解气。经过池塘的时候，他往四周看看，没看到人影，就把锁扔进去了。池塘咚的一声，溅起几粒亮晶晶的水珠，锁就不见了。

平时，王金贵总是看到枕头就想睡觉。但今天晚上，他的脑子里塞满那块地，横竖睡不着。想到那块土地他就睡不着。王金贵像肚子疼一样在床铺上滚来滚去。第二天早晨，他的眼珠上就布满了血丝。这个晚上没有白滚，天亮的时候，王金贵的脑海忽然冒出一个点子。

王金贵问媳妇李雪英，家里还有多少钱？李雪英伤心地说，早就让你败光了，连盐都快吃不上了。王金贵说，没钱你就设法弄点，我要急用。李雪英警惕地说，你总不会还借给牛元吧？王金贵说，我就算扔掉也不会借给那个王八蛋，你莫问了，赶紧想法子凑钱。李雪英很不高兴地说，我到哪里弄去，钱又不是树叶，跑到山上就能捡回来。

王金贵想了一下，说你背点粮食到街上卖，然后买点烟酒回来。李雪英不敢追问，她背着粮食去了一个叫野马冲的街道。晚上回来时，她果然带回一些烟酒。她把东西递给王金贵，叹着气说，家里没多少粮食了，你再胡乱糟蹋，明年就只能饿肚子了。王金贵不屑地说，你懂个屁，我拿来办正事哩。

第二天，王金贵就拿着烟酒去串门。遇到那些喜欢喝酒的，他就先倒一杯酒。碰上喜欢抽烟的，他就慷慨地扔去几支烟。他们说，你是不是碰到什么喜事了？王金贵说，没啥喜事，我就是过来串门。他们说，噢。

接下来，王金贵就说了土地被占的事，他说，胡桑实在太霸道了。他们说，这个家伙确实不像样子。王金贵说，那块土地原本就是我家的，这点你们是晓得的。他们点着头说，当然晓得，就这么个屁大的村子，哪能不清楚根底呢。王金贵很高兴，说要是我和他打架，你们支持哪边？他们吓了一跳，说，有话好好说，千万不能动手。王金贵说，我不打架，我只想了解，对于这件事，你们会站在哪一边？他们拿着烟酒说，这个不用讲，肯定支持你！王金贵拍着大腿说，我就晓得，你们不会昧着良心站在他那边。

王金贵继续提着东西往前走。他很兴奋，除掉少数几家，他打算把整个村子走遍。邻居们抽着他的烟，喝着他的酒，笑嘻嘻地说，要是村里多有几桩纠纷就好了。

王金贵在村里转了一圈，以为取得了广大支持。后来他才明白，自己错误地判断形势，他的串联根本没有半点作用。那些天，村里跑来一条疯狗，咬伤了几个人。大家提着武器，到处追杀那条疯狗。那条疯狗很狡猾，几次都让它逃脱了。

这一天，疯狗又出现了，它看到很多人在各个角落搜索，转身就跑。胡桑提着一根棍子，飞快地冲过去。他跑得很快，大家从来没发现他能跑这么快，他们的嘴里发出夸张的惊呼。胡桑追着疯狗跑下山坡，失去了踪影。没过多久，胡桑重新出现了，他就像一朵蘑菇似的，慢慢从山坡上冒出来。直到走近，大家才看清楚，胡桑的肩膀上，还扛着一条死狗。

大家纷纷跑过去，围着胡桑打听，究竟是怎样把疯狗弄死的。胡桑把死狗扔在地上，比画说，它想反过来咬我，被我一棍打在鼻梁上，就这么一下，它就趴在地上了。他们惊奇地说，你一棍就把它打死了？胡桑得意地说，当然没有，它不停地挣扎，看样子还想爬起来，我看到事态不好，就给它一阵乱棍，打了几十下，这个狗东西总算断气了。他们激动得直骂娘，仿佛亲眼见到打狗的情景。

王金贵对这些人的表现很失望，他们仅仅因为一条狗，就丧失立场，跑去和胡桑勾肩搭背。王金贵很想冲过去吐上几口，但人实在太多，他不晓得到底该朝谁的脸上吐。王金贵不愿再看他们大呼小叫的样子，于是狠狠地把头扭开了。这个时候，王金贵才悲哀地意识到，自己在村里，竟然没有一个朋友。

八

李雪英在地里收红豆。土豆地被占去了，她只能先收红豆。李雪英弯着腰，把那些红豆连根拔起，然后扎成捆放在地边，只要凑足一背，她就会把红豆背回家。扯红豆的过程中，李雪英始终牵挂着被占领的土地。那块被占去的地里，还有她没来得及收的土豆。去年她挥洒着汗水，把土豆辛苦地种下去，本来指望今年有个好收成，没想到，土豆还没挖，居然连土地都被强占了。

想着那块地李雪英就心疼，她没法不心疼。李雪英在地里埋头干了一阵，终于按捺不住了。她扔掉手里的红豆，顺着旁边的小路跑。那条路灰头土脸，看着很不起眼，但它四通八达，要是一直往前走，估计能走到世界的任何一个地方。李雪英就在那条通达的路上跑着，她从来没跑这么快。

那时候，胡桑两口子正在地里干活。他们看到李雪英气喘吁吁地跑来，都有些紧张，弄不清她想干啥。李雪英往地里瞅了一眼，心就悬起来了，她发现胡家的庄稼已经收得差不多了，再过半天工夫，就轮到那块被占领的土地了。胡桑两口子见她满脸愤怒，以为她跑来吵架，都有些警惕。胡桑的媳妇甚至在嘴里暗藏了一泡口水，准备在李雪英扑过来时，趁机射到她的脸上。

李雪英瞪着眼睛，目光几乎喷出火来。胡桑两口子看到这个阵势，担心她会撸起袖子冲过来。但很快，他们就知道自己猜错了。他们看到李雪英瞪了一会儿，然后就转身走了。胡桑两口子有些糊涂，不知道李雪英到底搞啥名堂。胡桑两口子同时感到有点庆幸，有牛元做靠山，他们不怕王金贵动手打架，只担心这个女人跑来找麻烦。

胡桑两口子继续干活。有时候，他们会停下来擦汗水，再放眼看看。四周全是光秃秃的山，上面除了石头还是石头，看着就让人有种不想活的感觉。山上偶尔有几棵树，但很不成气候，它们弯来扭去地站在高处，像在帮谁望风。胡桑两口子就那么埋头干着。地里很安静，除开他们弄出的响动，简直听不到别的声音。忽然，胡桑听到媳妇叫了一声，他抬起头，看到李雪英扛着锄头远远奔来。

李雪英像只野猪似的满脸凶恶地奔进地里，瞅准原来竖界碑的地方，挥着锄头挖起来。胡桑的媳妇吃惊地喊，你干啥，你到底干啥？这是我家的土地啊。李雪英头都没抬一下，仿佛她的耳朵被堵塞住了，或者聋了。李雪英用力挖着，她把湿润的泥土掏出地面。胡桑的媳妇说，你不能这样干，你要挖到别处去挖，听到没有，我和你说话哩。

李雪英没理睬，这时候她不想说话。李雪英觉得胡桑两口子很卑鄙，她不想和这两个卑鄙小人说话。李雪英挥着锄头，挖得飞快，简直就像和别人抢时间。汗水密集地从毛孔里钻出来，慢慢浸湿她的衣裳。一粒汗珠子滚进眼眶，让她的眼睛又酸又涩，说不出的难受。李雪英没顾上擦眼睛，她拼命地干着。

地里的坑越挖越深了，像大嘴似的张着。胡桑两口子非常愤怒，看着那个大坑，觉得要花不少工夫才能把它填满。他们喊李雪英赶紧停手，不要再挖了。但李雪英根本不听。他们气得肚子疼，恨不能找根绳子，把李雪英捆绑起来。

李雪英终于住手了，她站在那里，扯着袖子抹汗。这让胡桑两口子松了口气，他们担心李雪英把地球挖个大洞。李雪英擦完汗水，竟然跳进坑里，接着不停地往回填土。胡桑两口子眼珠都快滚出来了，他们不知道，这个女人究竟搞啥名堂？李雪英忙碌一阵，总算把土填满。这时候，她的半截身子已经埋在地里。

胡桑的媳妇尖叫说，你不能把自己种在我家地里，你这样搞，我还怎么种庄稼？李雪英没说话，她不想再和这些人浪费嘴舌。湿润的泥土让她感到十分凉爽，她仰头望了一眼，看到一群叫不出名字的鸟儿从远处飞过。天上还有几团绵羊似的白云，它们正在慢慢移动。

胡桑两口子像撞到鬼一样，慌里慌张地往村里跑。他们失声叫喊：出事了，李雪英把自己种在地里了……听到他们的喊声，邻居们纷纷跑出来问，怎么回事？胡桑两口子惊恐地说，你们自己去地里看看就清楚了。于是，大家像蚂蚁似的朝那片土地涌去。他们听到胡桑两口子大呼小叫，都急于跑去看看，到底发生什么事了。

看到李雪英像萝卜似的，半截埋在泥土里，大家无比吃惊。牛元见事情脱离控制，变得有点不好收场，赶忙把胡桑两口子拉到旁边，质问说，肯定是你们把她埋在地里的，你们怎么能做这种事？胡桑飞快地摆着手，解释说，和我没半点关系，不是我干的。牛元皱着眉头说，那就是你媳妇干的，你们太不像话了。胡桑的媳妇焦急地说，也不是我干的，是她把自己种下去的。几个邻居跑去问李雪英，但她不仅不搭理，甚至还把眼睛闭上了。

这时候，王金贵跑来了。他见媳妇像根树桩似的栽在地里，不由惊呼一声，然后冲过去，抱着李雪英往上拔。但李雪英把自己种得太深了，他试了几次都没有成功。牛元跑过来帮忙，却被他粗暴地推开了。王金贵挣得脸红脖子粗也没把媳妇拔出来，反而把她的衣裳扯开了，露出一截白花花的身子。

在这个过程里，李雪英既不反抗，也不配合。看到大家惊慌失措的样子，李雪英觉得很痛快。她从未感到这样痛快。李雪英恨不得大笑几声，她热泪盈眶地想，现在，我就是地界，只要我在这里，就没人能够侵占我的半寸土地！

歹　徒　记

一

　　赵山姜和苏叶走进房间，都有些吃惊。屋里实在太漂亮了，墙壁洁白得像雪一样。地板砖是黄色的，看起来非常舒适。特别是水晶切磨的吊灯，晶莹剔透，显得华丽奢靡。就连悬挂的高度，也恰到好处。

　　玻璃洁净，一尘不染。苏叶站在窗口，看着远处的风景，兴奋地叫了一声，哎呀。赵山姜走过去，看到前面的公园里，有一个蓝色的湖泊。苏叶说，你看，视野多开阔。在这座寸土寸金的城市，居然有这样好的绿化，赵山姜确实感到惊讶。苏叶称赞说，景色多漂亮啊。

　　售楼员见他们满脸惊喜，赶紧说，最近在搞活动，购房享受九点五折优惠，如果两位看上，最好先交订金，这个楼盘抢手，再晚就怕没了。赵山姜站在那里，底气不足。苏叶挥手说，看起来还行，但买房是一辈子的事情，我们回去商量了再说。售楼员有点失望，但随即恢复微笑。

赵山姜看着售楼员脸上的笑容，老觉得别扭。他们约会的时候，苏叶总喜欢满世界看楼房。这些售楼员长得不算高，也不算漂亮，只是衣服比较整齐，从言语上判断，也多半是小地方来的。但每次接触，无论参观沙盘，还是打探房价，这些售楼员都让赵山姜感到不舒服。仿佛销售楼房，本身就是具有一种优越感的职业。

赵山姜不愿跑来看楼盘，就是看不惯售楼员睥睨众生的样子。当然，更重要的是拿不出底气。就像穷人的鞋底坏了，得遮遮掩掩，害怕被别人发现。但苏叶就不同了，她显得理直气壮，走进售楼部问东问西，似乎真要买房。售楼员被这种架势迷惑了，恭敬地跟在屁股后面，给她介绍情况。有时逛累了，苏叶往那里一坐，售楼员还急忙给她拿糕点，端茶水。

今天赵山姜想去莲花山，但苏叶听说打鼓岭这边有个不错的楼盘，就想来看。赵山姜顺着她的意，跟着跑过来了。他们离开的时候，售楼员赶忙跑进电梯，从里面伸出一只手，按住门沿。苏叶也不客气，昂首阔步走进去了。电梯质量好，噪音小，速度快。里面有一块镜子，赵山姜看着苏叶，总觉得她像个贵妇人。

他们走到街上，苏叶还念叨说，我刚才观察了，那套房朝向好，采光也充足。赵山姜说，横竖买不起。苏叶说，那可不一定。赵山姜说，这几年房价噌噌往上涨。苏叶就扳着指头算账，说我每个月存一千块，你能存一千五，一年下来就是三万出头了。赵山姜说，要想攒钱买房，至少几十年。苏叶说，万一什么时候发财呢。赵山姜说，你尽想好事。苏叶说，就算买不起，看看怎么啦，又不犯法！

苏叶见他没精打采，鼓劲说，既然有目标，就得去努力。赵山姜暗暗叹气，在这地方，从来没听过打工买房的。他和苏叶出来两年了，不能回家，在外边又不能待一辈子，往后的生活，还不晓得怎么办。太阳火辣辣的，闷得喘不过气来。苏叶挽着赵山姜的胳膊，在站台等公交。路面非常干净，两边满是绿化树。公交车终于来了，他们迫不及待往里面钻。楼盘在郊区，路有点远，有二十多个站台，幸好他们抢到两个座位。车里有空调，无比凉爽。赵山姜说，我衣服湿淋淋的，贴在身上了。苏叶说，舒服得要死，我真想坐着不下车了。

半路上，钻上来一个青年，还有一个白发老头。车里早就拥挤不堪，那个青年侧着身体往后面钻。白发老头找不到座位，只能抓着扶手，努力站着。一个戴耳机的姑娘看到了，提着挎包起身让座。白发老头挤过来，连声道谢。公交继续往前走，车里的人跟着车辆摇晃。车里挤满人，碰上刹车，大家身体前倾，差不多贴在一起了。赵山姜骤然发现，上车的青年是个扒手，他把手伸进姑娘的挎包，显然要偷东西。那个姑娘戴着耳机，没有丝毫察觉。

赵山姜没少见这种事，他没吭声。白发老头离姑娘不远，什么都看在眼里，他提醒说，姑娘，注意你的包。那青年听到喊声，赶紧把手缩回来了。白发老头训斥说，年轻人，这样要不得。青年瞪着眼，看起来有点冒火。白发老头说，做什么不好，你偏做这种事情！青年抡起胳膊，往白发老者脸上就是一拳。

苏叶吓坏了，身体缩得紧紧的。

赵山姜握着她的手，示意不要害怕。

白发老头捂着眼睛，痛得龇牙咧嘴。一个魁梧的中年人看不下去了，厉声说，哎，你怎么随便动手呢。那个青年狠狠地说，再多管闲事，连你一起打！中年人很不服气，从座位上起来了。他刚走几步，前面闪出两个青年，其中一个拿着短刀，突然朝中年人的胯部刺去。中年人有些吃惊，赶紧捂着刀口，鲜血慢慢从里面浸出来。

扒手挤过去，拿刀抵住驾驶员，让他停车。还没到站，但公交车已经停住了。车门弹开，几个青年窜出去了。坐在门边的是个胖子，怀里抱着一个皮包，满脸汗水。最后一个青年钻出车门，又折回身来，伸手扯皮包。胖子开始慌张，他想搂紧皮包，但看到对方满脸凶狠，慢慢把手放开了。

苏叶没料到车上有扒手，更没想到居然是团伙。她看着受伤的乘客，脸色苍白。赵山姜感到苏叶攥着自己的手汗淋淋的。赵山姜知道她受到惊吓，于是紧紧搂着。他们被拉到派出所，接着做笔录。赵山姜最怕跟警察打交道，但没办法，只能硬着头皮等着问话。

从派出所出来，他们没再等公交，而是站在路边打车。要是往常，苏叶肯定要阻止的，她嫌浪费。但今天啥也没说，跟着赵山姜往车里钻，似乎要赶快逃离这个地方。回来之后，苏叶坐在床沿上，好半天还没缓过来。气候闷热，赵山姜的衣裳被汗水浸透，湿漉漉地贴在脊背上。他热得难受，进屋就脱掉身上的短袖，跑去冲凉。

赵山姜光着膀子出来，看到苏叶仍然坐在那里，忍不住说，你不热啊？苏叶惊魂未定地说，你说那些扒手，哪来这么大的胆？赵山姜说，事情都过去了，想它做什么。苏叶说，明明上车的时候只有一个，怎么会又冒出几个来？赵山姜说，快要热死了，你赶紧冲个凉。

苏叶站起来说，他们动刀时，我真的吓坏了。赵山姜说，这些亡命徒，什么都敢做。苏叶说，没想到，这地方乱成这样。赵山姜说，所以让你注意安全。苏叶说，这种事情，防不住。赵山姜说，贵重东西不要放在家里。苏叶说，屋里什么都不敢放，还是被撬过几次门了。赵山姜催促说，你快点去洗。

苏叶边脱衣服边说，早晓得就不来这里了。赵山姜说，恐怕哪里都差不多。苏叶嘀咕说，你不在，我一个人害怕。赵山姜说，反正每个月休四天，我经常过来陪你。苏叶没再说话，她把衣服叠在床头柜上，光着身子去冲凉。赵山姜躺在草席上，看着细汗慢慢顺着毛孔浸出来。听到里面冲水的声音，他更是感到全身燥热。

苏叶冲凉出来，穿着一件男士衬衫，拿着毛巾擦头发。赵山姜说，你买件睡衣嘛，怎么老穿我的旧衬衫。苏叶说，现在的情况，应该尽量节省。赵山姜说，要不了多少钱。苏叶打量自己说，但是我觉得这样挺好看的。赵山姜看着她的两条长腿，觉得这样确实性感。他有些忍耐不住，冲过去揽着苏叶，突然往床上抱。苏叶说，哎呀，我头发还湿着呢。赵山姜顾不上，嘴巴往她的耳朵凑。苏叶哼哼几声，身体软得像条蛇。

记得第一次亲密，赵山姜嘴唇干燥，仿佛几天没喝水。他指着墙角，突然说你看。趁着苏叶回头，他就亲上去了。苏叶瞪着眼，拿手打他。赵山姜搂着苏叶，她使劲挣扎。后来赵山姜发现命门，亲到耳朵，她就慢慢软下去了。

做完事情，赵山姜摊开身体，躺在床上喘气。苏叶贴过来，脑袋枕在他的胳膊上，说这边治安不好。赵山姜没说话，他抬手抹汗。苏叶说，你不能惹祸。赵山姜说，我晓得。苏叶说，要是碰到打架，你就远远避开，千万不能凑热闹。赵山姜说，你顾好自己就行了。苏叶说，你不在的时候，就我一个人。赵山姜安慰说，我随时过来。

二

赵山姜老家在黔西北，那个村庄叫营脚，旁边是几座光秃秃的山包。据说早些年出土匪，地主就在山头上修建营盘，经常在那里打仗。搞不清到底和风水有关，还是受以前的影响，几十年来，营脚盛产地痞流氓。方圆几十里，提到这个地名，谁都畏惧三分。但营脚最出名的还是赵元胡，以及赵山姜的大哥赵山槐。

早些年，营脚的山顶发现铅锌矿，亮晶晶的，含量高得吓人。听到风声后，县城的混混组队来抢。那天晌午，营脚的村民，男女老少都跑到山上挖矿，县城的混混突然就来了。他们提着刀棍，责令所有村民停手，看到两个老者还提着锄头挖土，上前就是几耳光。赵元胡和赵山槐站起来，蓦然喊打。瞬时，几百个村民捡起石头就砸。那些混混称霸县城，所到之处，无不闻风逃避。没想到居然碰到这种情况，反应过来后，纷纷逃命。

事隔多年，赵山姜还记得当时的情景。那时他只有十几岁，抬起头来，看到石头像蝗虫似的，满天乱来。石头落在地上，噗噗地响。山上有许多树，树皮被砸裂了。城里来的混混溃散逃命，有几个逃进王不留家，被村民团团包围。如果不是赵元胡和赵山槐阻止，王不留家的房子早被砸掉，然后由大家凑钱建新房了。

赵元胡和赵山槐名头响，无论走到哪里，都有几个崇拜的青年跟在后边。后来，他们跑到附近的云南玩耍，跟人打架。赵山槐被公安局当场抓住，判刑两年。赵元胡溜得快，带着几个同龄人逃到广东，好多年没回去了。听说，在那边混得不错。也许受到影响，赵山姜在学校不肯好好读书，他喜欢恶作剧，做事从来不计后果。

有一次，赵山姜逃学出来，在山上捡到一个脑瓜骨。在黔西北，大家都把骷髅叫成脑瓜骨。赵山姜的数学成绩差，经常被那个女老师当众羞辱，甚至还揪过耳朵。那时差两个月就要离开学校了，他觉得要是再不收拾女老师，以后就找不到机会了。赵山姜找来一个礼品盒，把脑瓜骨包装好，然后放在女老师的讲桌上。

那个女老师刚看到精美的补品盒，还多少有些诧异。她长得好看，有几个老师在苦苦追求。她以为是追求者送的，于是乐滋滋地打开包装。当她看到狰狞的脑瓜骨，吓得放声尖叫，随后跑到操场上，蹲在那里哭了。

情况严重，尽管父母苦苦央求，赵山姜仍然提前被学校开除。从校园出来，他无所事事，到处晃悠。父母怕他像大儿子赵山槐一样吃牢饭，隔三岔五催促他找媳妇。赵山姜模样英俊，普通的姑娘，他根本看不上眼。

街上有家餐馆，老板是邻镇来的。有一天，老板的姨妹苏叶出现在餐馆里。由于长得漂亮，大家不敢追求，都鼓动赵山姜出马。他们觉得赵山姜帅气，比较有把握。赵山姜特意从餐馆门口走了一趟，回来就眼睛发亮。他发现苏叶皮肤白皙，五官精致，比许多影视明星还好看。接着，赵山姜就经常跑到餐馆吃饭。经过几个月的软磨硬泡，终于把苏叶追到手了。

苏叶家在邻镇做生意，家庭条件比较好。消息传出来后，她的父母强烈反对。两个镇离得不远，苏叶的父母知道营脚的情况。别的村土地好，能种水果，还出产烤烟。但营脚不行，满地石头，锄头挖下去总是咔嚓响。地里只能种荞麦，再有就是苞谷洋芋。土地贫瘠，年轻人只能跑到外边打工。没跑出去的，都在镇上鬼混。

苏叶的父母不希望女儿嫁到营脚。在他们看来，就算女儿没嫁到城里，最不济也要嫁给一个有正式工作的。如果苏叶嫁到那个鬼地方，这辈子就算毁了，他们不能眼睁睁看着女儿往火坑里跳。更何况，女儿要嫁的，是赵山槐的弟弟。真要扯上瓜葛，搞不好会有很多麻烦。听说苏叶不肯分手，慌忙从邻镇赶来，把她逮回家去了。

以前，赵山姜对生活满怀憧憬，觉得人生只有几十年，应该找自己喜欢的女人过日子。这件事让他受到严重打击，好长时间缓不过来。王吉利跟赵山姜是发小，结婚比较早，他媳妇是云南嫁过来的，老喜欢给人做媒。见赵山姜整天焉巴巴的，王吉利的媳妇兴致勃发，赶忙给他介绍对象。赵山姜英俊潇洒，很招女孩子喜欢，以往听说这种事情，保准觉得受到侮辱。但他当时心灰意冷，看着王吉利从云南带来的姑娘，容貌不算差，性格也比较温柔，于是点头同意。

赵山姜以为结婚后，自己很快就会把苏叶忘掉，但偏偏不行。他老想着苏叶，生活过得压抑。原来赵山姜成天不着家，老跟几个年轻人在镇上闲逛，父母还担心他惹祸。成家后，他很少再去镇上了，没事就关起门来睡觉。父母怕他憋出病来，急得火烧火燎。

父母希望赵山姜赶紧生娃。根据经验，无论有多少奢望，只要有个娃娃，人就会慢慢踏实了。就像大儿子赵山槐，早几年总是扛着一柄斧头，到处打架，让人提心吊胆。娶妻生子后，果然就安分了。当他们知道赵山姜的媳妇怀上时，简直高兴坏了。那时候，他们根本想不到会出后来的事情。

苏叶的父母把她逮回家后，整整看守半年。听说赵山姜已经结婚，才放心让女儿出门。谁都搞不清楚，赵山姜和苏叶是什么时候续上关系的。他们掩盖得非常严实，没露出丝毫迹象。赵山姜说想在街上做点生意，等条件有所好转再要娃娃。他连哄带骗，把媳妇弄到县城做了人流。媳妇的身体还没康复，他就带着苏叶私奔出来了。

赵山姜和苏叶来到长安，但连找几个厂，都只招女工。没有办法，赵山姜只能跑到虎门。两个地方离得不远，每隔几天赵山姜就去看她。到处漂泊，苏叶过得很不踏实，她想有个安稳的家。约会时，她老是提出去看楼盘。赵山姜就在心里发狠，就算拼命，也要给她一个落脚的地方。

赵山姜准备打工挣钱，但事情很不顺利。在黔西北老家时，他的身体没啥问题。来到广东后，搞不清是天气太热，还是别的什么原因，他老流鼻血。更严重的是，有几次他身上像针戳似的，血珠顺着毛孔浸出来。赵山姜跑到医院检查，偏偏查不出头绪。他尝试过几种偏方，吃过许多中药，也没见效果。

赵山姜进过几次厂，但人家发现他流鼻血，怕出事情，就没人敢用他。有一天晚上，赵山姜没地方睡觉，只能睡在路边的台球桌上。没想到，被巡逻的治安队发现了，揪起来就是几警棍，打得他头破血流。还有一次，赵山姜刚被一个五金厂赶出来，还没走多远，就碰到治安队，被叫过去查暂住证。

赵山姜知道治安队惹不起，赶紧把暂住证递过去。赵山姜丢掉工作，情绪有点低落，也许是他没精打采的样子，让对方感到不顺眼。几个治安队员啥也没说，抬手就把暂住证撕掉，然后将他抓走。后来，有个像领导模样的走过来说，怎么抓来的？那几个治安队员说，没暂住证。赵山姜急忙辩解说，我有暂住证，被他们撕掉了。那几个治安队员抬脚就往他屁股上踹，嘴里说，他妈的，你放屁，我们又不是疯掉了，好端端的，撕你的破证做什么？

到广东打工，火车票只能管三天。在这个期限，如果没钱租房，只能赶紧找工作，要不然没法办暂住证。听说有的打工仔比较倒霉，房没租上，也没来得及进厂，结果被莫名其妙抓到农场干活，半年多才放回来。赵山姜的暂住证被撕掉，但运气不算非常糟糕，只关了两个晚上就给放出来了。后来再遇到治安队巡逻，他远远就躲开了。他知道这些家伙蛮不讲理，根本惹不起。

赵山姜找不到工作，但不想依靠苏叶。无论多艰难，他都想自己拼下去。苏叶家庭条件好，这次私奔出来，算是把所有东西，统统抛弃了。自己是个男人，总不能靠她挣钱养着。赵山姜就像野狗似的，到处逛荡。在这里打工的老乡很多，但没向他们求助，赵山姜自尊心强，他觉得丢脸。

后来，赵山姜连续几天吃不上饭，饿得两腿发软，实在坚持不住了，只能硬着头皮，跑去找王不留。以前的时候，他和王不留，还有王吉利，就像三匹野马，老是凑在一起惹是生非，关系还算不错。他知道王不留在一个皮革厂上班，于是请门卫帮忙喊出来。王不留看到赵山姜，感到惊喜，跑到旁边的店铺买来两包好烟，抬手扔来一包。然后，他们并排蹲在路边抽起来。

王不留长得壮，不晓得怎么弄的，头发竖起来，像顶着一团钢丝，他问，听说苏叶也来了？赵山姜说，在长安打工。王不留拿眼瞟他，说，家里那个怎么办？赵山姜苦恼地说，鬼才晓得。王不留说，今天找我有事？赵山姜狠狠抽着烟，没说话。王不留说，有事你说，我还要接着上班。赵山姜红着脸，憋半天才说，已经走投无路了，只能跑来找你，方便的话，借我几块钱。王不留拍着大腿说，你早讲嘛，身上只有两百多块，刚才还买了两包烟。赵山姜脸上发烫，他最怕和人借钱。王不留掏出身上的钱，连零带整递过来，说你晚上再来，我想法凑点。

晚上，赵山姜没再找王不留，他靠着借来的一百多块钱，硬是在虎门晃荡半个多月。那天经过一栋民房，他看到上面挂着菠萝锁，脚步就停住了。他连吃几天馒头，硬是找不到工作。无论怎样，人总不能让尿憋死。听说这种锁比较容易打开，他看看周围，提起锁使劲拧。只听咔嚓两声，果然开了。他钻进屋里，在里面偷到一个笔记本电脑，还有几百块钱。从那次开始，他就开始走歪路了。

三

赵山姜害怕苏叶担心，就和她说自己找到工作了，在一个家电厂。苏叶问待遇怎么样。赵山姜说好得很，每月能挣两千来块。苏叶兴奋地说，哎呀，工资比我的还高哩。赵山姜为了让苏叶相信，想方设法，每个月都给她打一千五过去。

顺手的时候，弄一千五比较轻松，但有时倒霉，半个月还凑不出来。那种时候，赵山姜只能发狠，三更半夜提着刀，在巷道里蹲守。这种事情，非常需要帮手。有一次，赵山姜就吃过苦头，他从后面扑过去，打算拿刀顶住来人，然后抢劫。没想到，他还没靠近，对方突然转身，一记勾拳打在他的脖颈上。赵山姜吃过亏，往后就谨慎多了。不要说看到几个人，就算碰到独行的，只要对方是身强力壮的，他也不会贸然动手。

　　开始只有赵山姜一个人，后来王不留也跑来搭手做事。王不留跟管理员打架，被赶出工厂。他买来一辆摩托，到处拉客，但交警查得严，挣来的钱还不够交罚款。听说赵山姜这个来钱也容易，索性就跑过来了。当然，平时盗窃都是独自行动，只有硬来时，他们才凑在一起。

　　那天去长安，回来得晚，赵山姜感到有些疲惫，睡得也比较沉。第二天，他听到门砰砰响。赵山姜懒得搭理，睁开眼睛，马上又闭上了。他打算接着再睡，但敲门声音响起来就不肯停歇。赵山姜不耐烦地说，到底谁啊？王不留在门口说，打台球去。赵山姜说，滚远点，我要睡觉！

　　王不留说，已经晌午了，赶紧起来。赵山姜烦躁地说，困死了，能不能让我多睡会儿？王不留说，每次去看苏叶，你都要把自己炸干，我看你早晚要死在女人手上。赵山姜闭着眼睛说，现在不想跟你说话，我要睡觉。王不留说，早死三年，你要睡多少啊。

　　听到王不留踹门，赵山姜到底还是起来了。他套上衣服，揉着眼睛起身开门。王不留说，闲得难受，打台球去。赵山姜看着门上的脚印，皱眉说，每次你都抬脚就踹，把门弄坏谁赔？王不留说，我下次用万能钥匙，直接把锁撬掉。赵山姜懒得说话，揣着脸盆到外边洗漱。

他们跑到旁边面馆吃东西，面条热腾腾的，冒着白气。他们瘪着嘴巴，吸得扑哧响。天气炎热，墙上的电风扇摇来晃去，吹的也是热气。只吃半碗，他们就弄得满头大汗。好不容易把面条吃完，他们抹着汗水往外走。路面积攒着热气，走上去鞋底隐隐发烫。

赵山姜说，热得要命，你偏让出来。王不留说，在这地方，不热才怪。赵山姜说，我真想找个池塘跳进去。王不留看到前面有店铺，跑去买矿泉水。那两瓶矿泉水已经冻成冰块，拧开塑料盖，半天也没见水滴出来。赵山姜热得受不了，干脆把矿泉水抱在怀里。他感到胸口一阵凉爽，舒服极了。

来到台球室，赵山姜拿起一根球杆说，要来就快点。王不留说，有点热，先歇会儿。赵山姜奇怪地说，在路上拼命催，现在你又不玩了。王不留没说话，只是朝他挤眼睛。赵山姜这时才留意，门口站着一个女孩，穿牛仔裤，屁股上露出半截手机。王不留使眼色，示意他快点行动。

赵山姜早已得出经验，在这地方抢东西，只要能跑到另一条街上，差不多就算成功了。但这条街道比较长，好远的地方才有岔口。他急忙摇头，表示不安全。王不留见他不肯动手，把水放在球桌上，自己走过去了。赵山姜想阻止，但来不及了。

王不留绕到后面，伸出一只手捂住女孩的眼睛，嘴里说，猜猜我是谁。他手快，这样说时，另一只手已经把手机摸出来了。那个女孩终于挣脱，拧过脑袋，看到一张陌生的面孔。她发现对方拿着自己的手机，慌忙叫喊，抢劫啊。王不留动作快，抬脚就跑。街上人多，但只是站着看热闹。

那个女孩甩着手，跺着脚喊。听到叫喊声，两个治安队员从后面跑过来，问怎么回事。那个女孩满脸慌张，焦急地讲述事情的经过。赵山姜开始担心，他和王不留来台球室，这个女孩是看到的，要是她告诉治安队员，那就麻烦了。赵山姜反应快，捡起半截砖头，追在王不留的后面。

两个治安队员也追上来了，他们说，没事，交给我们处理。赵山姜知道他们并没怀疑自己，脚步就慢下来了。街道很长，王不留找不到去路，只能一直往前跑。赵山姜远远跟在后面，他看到一个治安队员摸出警棍，突然甩过去。那根警棍非常准，刚好砸在王不留的脑袋上。

王不留摇晃几下，摔在地上了，他翻滚几圈，头发慢慢浸出血来。两个治安队员走过去，挥着警棍，劈头盖脸痛打。王不留开始还能挣扎躲避，后来渐渐缩成一团。赵山姜感到心惊肉跳，他站在远处，也能清楚听到东西打在身上，那种嘭嘭的响声。后来，他看到两个治安队员抹着汗水，把王不留拎起来，押到派出所去了。

赵山姜无比着急，在这地方，处理抢劫比较严重。打点得好，三两千块就能把人捞出来。要是处理不当，这种事情要判刑的。前几天去长安，赵山姜把钱都交给苏叶了。赵山姜人生地不熟，更找不到关系疏通，他急得不知怎么办。营脚历来有规矩，谁要是和邻镇或者邻村发生冲突，别的村民碰到，即使有再深的矛盾，都会伸手帮忙。他们出来找活路，王不留被捉走，赵山姜当然不能眼睁睁看着他蹲牢房。

赵山姜考虑半天，还是决定找赵元胡。在老家，赵元胡和赵山槐简直是个传奇。后来在云南打架，赵山槐被捉去蹲牢房。而赵元胡跑到广东后，听说先是骑着摩托当快递员，接着在夜总会当保安……他啥都做过，偷盗抢劫，还带小姐。赵元胡甚至弄来警服，冒充警察到处抓赌。那些赌场非常隐蔽，但他神通广大，线索都很准确。他们踹门进去，让所有人靠墙，抱头靠着。有的赌鬼动作稍慢，他们抡起警棍就打。他们把钱统统搂到包里，从外面把门锁上，然后开车逃跑。里面的赌鬼知道上当了，但来不及了。

在外边闯荡，少不得会惹事端。打起架来，赵元胡总是冲在前面，脑袋也比较灵活。大家碰到麻烦，都喜欢找他讨主意。赵元胡的名声越来越响，渐渐就混成贵州帮的老大，老乡有事情摆不平，都得请他出马。因为他哥赵山槐坐牢的事，父母一直对赵元胡怀有怨恨，说他只顾自己逃跑。赵山姜倒能理解，那种情况，当然能逃一个算一个。

赵山姜晓得赵元胡混出名堂了，但从来没去找过。赵山姜性格古怪，要是过得风光，或许会把老乡约出来，请他们吃饭。现在过得落魂，他本想设法避开熟人，但实在没办法了。赵山姜给赵元胡打电话，说有事请他帮忙。赵元胡爽快地说，你在那里等着，我离得不远，这就过来。挂断电话，赵山姜就在路边绿化树下等。

半个小时后，一辆摩托出现在他的面前。骑摩托的是一个陌生青年，后面坐着赵元胡。他急忙迎过去说，王不留被治安队抓走了。赵元胡说，哎呀，我出来得急，身上没带钱。赵山姜瞪眼说，那怎么办？赵元胡说，你先在这里等着。那个青年调过摩托，和赵元胡匆匆离开了。赵山姜站在那里，有点焦急。

没过多久，他们回来了。赵元胡手里拎着半袋手机，鼓鼓的。他把手机递给那个陌生青年，说你去处理。赵山姜知道手机的来路，忍不住说，你们手快。赵元胡说，没弄到几个，但应该够了。赵山姜说，他被打得很惨。赵元胡说，做这行确实危险，有两个老乡被堵在屋里，打得半死，抬到医院抢救。赵山姜皱起眉头，他不想听这种事。赵元胡说，还有一个从三楼跳下来，把腿摔残了。

赵山姜岔开话题说，你好多年没回去了。赵元胡说，七八年了。赵山姜说，现在回去安全了。赵元胡说，回家找不到事做，还不如在这里混着。赵山姜说，几年过去，你没多少变化，只是体形比原来稍胖。赵元胡侧过脸说，听说你哥娶媳妇了？赵山姜说，娶几年了。赵元胡说，有几个娃了？赵山姜说，两个。后来，他们没再说话。太阳旺盛，他们站在树荫里，仍然热得难受。

四

虎门面积宽敞，有三十个社区。差不多每个社区，赵山姜都跑过。

许多时候，他就像野狗似的到处游逛。那些高档小区安保严格，不容易得手，他喜欢往民房跑。住这种地方的，基本都是打工仔，他们早上起来，蹲在门口匆匆洗漱。赵山姜只要发现门开着，就趁机溜进去。当打工仔洗漱完毕，他已经偷着东西离开了。有时候出来得晚，打工仔都上班去了，赵山姜就直接撬锁。他看到王不留有一把特制的万能钥匙，什么锁都能撬开，就找来钢筋依样打磨。弄了半个月，他硬是做出了万能钥匙。他试了试，非常好用。

赵山姜和苏叶说，厂里二十五号发工资。每到这个时间，他就把钱打过去。刚做这个行当的时候，还比较顺利，他经常偷到手机电脑之类的东西。也许被偷的多了，不少人家都用上了保险柜。最近运气糟糕，赵山姜连跑几个地方，屁都没偷到。今天已经二十五号，他有些着急，于是很早就出门了。

赵山姜想问问家里的情况，就摸出手机，给他哥赵山槐打电话。赵山槐烦躁地说，到底什么事？赵山姜说，噢，没什么事。赵山槐说，大清早的，还让不让人睡觉？赵山姜说，家里还好吧？赵山槐反问说，这种情况，你说好不好？赵山姜像吃东西噎住喉咙，半晌说不出话来。赵山槐在电话里埋怨说，自己拉屎，让别人擦屁股。

赵山姜说，我的事不要你管。赵山槐说，有本事自己把问题处理好。赵山姜说，你管好自己的就行了。赵山槐说，我是看两个老人可怜。赵山姜赶紧说，他们怎么了？赵山槐说，还不是因为你这个媳妇。赵山姜追问说，这个女人对他们不好？赵山槐说，要是这样还好说。

赵山姜说，搞不明白你的意思。

赵山槐说，她经常给两个老人洗脚，把他们伺服得很周到。赵山姜拿着手机，没有说话。赵山槐说，这女人贤惠，你把人家毁了。赵山姜的胸口似乎憋着什么东西。赵山槐说，她越是这样，两个老人越难受。赵山姜挂断电话，沿着巷道往前走。

也许是什么地方的水管坏了，街上湿漉漉的。周围飘浮着垃圾的味道，让他感到很不舒服。经过一片住宅，赵山姜看到四周空荡荡的，就顺着旁边的楼梯摸上去了。二楼的门上，贴着一个倒写的福字，上面布满灰尘。赵山姜将耳朵贴在门上，没听到半点声音。他把特制的钥匙插进锁眼，手上稍微用劲，咔嚓一声细响，门就开了。

赵山姜走进去，客厅有两张破沙发，还有一台旧电视，别的什么也没有。他推开卧室，有人在里面睡得正熟。赵山姜刚想退回来，看到床头柜放着一个手机，他又返回去了。他轻手轻脚，不敢弄出半点声响。溜到床边时，他看了一眼床上睡着的人。那是一个青年，头发染成紫色。赵山姜看着那团紫色的头发，感到莫名的厌烦。他想这家伙有病，好端端的，偏要弄成这个怪模样。

赵山姜小心翼翼地把充电器拔出来，连同手机拿着往回走。他想要是多跑几个地方，兴许很快就能把钱凑足。赵山姜退到门口，才发现手机破旧不堪，不仅版式老旧，连按键都松动了。赵山姜知道，这一趟又白费手脚了。先前的电话，已经让他的心情糟糕透顶，这时候，憋在肚里的火蓦然蹿出来了。他抬起胳膊，使劲把手机砸过去。那个睡觉的青年被惊醒了，他探出脑袋，满脸困惑。当他明白过来后，猛然掀开被子，飞身蹿来。赵山姜侧身闪过，朝青年的背上狠踢几脚，然后转身往下跑。

巷道狭窄，两边挤满密集的楼房。赵山姜发足狂奔，连续拐过几个岔口，他才慢慢停下脚步。苏叶在长安，害怕他惹祸，每次见面都千叮万嘱。如果不能按时打钱，苏叶肯定产生怀疑，要是晓得他没走正路，事情就麻烦了。赵山姜有点懊恼，他想今天必须弄到一千五百块钱。

太阳已经升起，温度越来越高，赵山姜没精打采地往前走。远处有人骑着一辆自行车过来。赵山姜正思忖去哪里弄钱，突然看到那辆自行车停在路边了。骑车人拿出铁链把自行车锁上，然后钻进前面的超市去了。赵山姜看着那辆崭新的自行车，两只眼睛亮起来了。他跑过去，拿万能钥匙撬锁，连弄几下，没能将锁打开。他有些着急，捡起地上的砖头砸，仍然徒劳无功。

赵山姜害怕骑车人从里面出来，不敢久留，索性扔掉砖头，扛着自行车跑。运气实在太糟了，赵山姜没跑多远，竟然遇到治安队巡逻。赵山姜十分慌张，扔掉自行车，转身就跑。那些治安队看到有人扛着自行车跑，正感到奇怪，见他扔掉就跑，晓得肯定是偷来的，赶忙追过去。

赵山姜跑得非常快，他差不多把全身力气都使出来了，跑到街口的时候，差点撞倒一个水果摊。早些年，老家发现铅锌矿，县城的混混组队来抢，被营脚的村民追砍。如果不是跑得快，当场肯定要被打死。从那次以后，赵山姜经常早晨起来跑步。他锻炼几年，确实跑得很快。赵山姜以为很快就会把后面的治安队甩掉，没想到，他跑过两条街道，那些人还紧紧追赶。

早晨，几个治安队员精力旺盛，刚上街巡逻，就碰到偷车贼，当然不能轻易放过。他们像赛跑似的，在后面穷追不舍。赵山姜从滨沙一直跑到江下，累得快要喘不过气来了，总算把治安队甩掉。他看到前面一排长椅，连忙走过去，伸着腿躺在上面休息。他四肢发软，觉得自己累得快要虚脱了。

赵山姜躺了很长时间，才慢慢站起来往回走。他很早就出来了，半分钱没捞着，还被人追着跑了两趟，差点没能逃脱。已经中午，赵山姜感到肚里饿，他侧过身，背着街道，把手伸进裤子，从里面摸出五十块钱。他刚到虎门时找不到工作，睡过几回街道。还有几次身无分文，吃不上饭，饿得他两腿发软。赵山姜害怕再遇到那种情况，就专门在裤子里缝了一个口袋，藏几十块钱备用。

赵山姜拿着钱，在路边买了一杯豆浆，还有几个包子，边吃边走。他无比沮丧，打算先回去休息，下午再接着出来弄钱。赵山姜回到出租屋，准备睡个午觉。或许是天气太热，他在床上躺了半天，横竖睡不着。汗水慢慢钻出来，像虫子似的顺着皮肤蠕动，最后浸到草席去了。

赵山姜身体疲惫，脑子里却很活跃，也不晓得为什么，最近他老想起家里的女人。其实，那个女人真的不错，性格温顺，手脚也勤快，每天早晨，她都忙出忙进，总有做不完的事情。赵山姜家庭条件不好，那个女人从云南嫁过来，没有半点嫌弃，啥都依顺着他。每次想起来，赵山姜都很愧疚。尤其是骗女人到城里引产时，她两只眼睛红彤彤，快要哭起来了。

赵山姜晓得这是造孽，恨不得给自己几耳光。但实在没办法，他觉得离开苏叶，自己就活不成了。赵山姜带着苏叶私奔出来，他觉得这样那个女人待不住，很快就会离开。但赵山姜想错了，那个女人竟然不走，固执地守在家里，非要等他回去。出来的时间越长，他就越煎熬。弄成这个局面，他不知道怎么收场。

赵山姜躺在屋里正烦躁，突然听到外面传来脚步的走动声，接着门被踹响了。王不留性急，走路快，只听声音，赵山姜就晓得他来了。王不留离开工厂，隔三岔五就来找他玩。开始几次，他还用手敲门，后来干脆用脚踹。

赵山姜光着膀子，起身开门，嘴里埋怨说，门上全是脚印，早晚让你踢坏。王不留抱一个大西瓜挤进来，说真他妈热。赵山姜说，这气候，恐怕西瓜都是热的。王不留说，这是冰镇的，凉快。赵山姜把汗渍渍的短袖扔到盆里，用水泡着。王不留把耳朵贴在西瓜上，用指头敲得咚咚响。看得出来，他很满意。

赵山姜说，听说你这几天财运不错。王不留说，那天弄到一枚钻戒。赵山姜羡慕地说，居然能偷到这种东西。王不留说，这种事情像赌博，讲究手气。赵山姜说，你怕是还想进治安队。王不留的伤还没好彻底，现在，身上似乎又疼起来了，他皱眉说，你甭跟我提这事。上次他被治安队抓去，虽然没关多久，但被打得很惨，在床上躺了几天才恢复过来。

赵山姜害怕弄出问题，让苏叶担心，他主要偷东西。王不留没牵挂，总是动手硬强。他抢得最多的是手机，十天半月，差不多就能弄到半口袋。赵山姜对这一带比较熟悉，王不留每次抢到手机，都交给他处理。王不留拿出两部手机放在桌上，然后把西瓜切开。他们坐在那里啃，西瓜确实很凉爽，吞到肚里非常舒服。

王不留拿着一瓣西瓜说，今早看到新闻，在厦门搞走私案那个家伙被加拿大遣返回国了。赵山姜抱着西瓜，啃得哧哧响。王不留说，那个狗东西，没读过几年书，居然弄出这样大的动静。赵山姜抬起眼皮看他一眼说，你跟他熟悉？王不留眨着眼说，啥意思？赵山姜说，跟你没半点关系，提他做什么？王不留说，随便聊嘛。赵山姜啃着西瓜，汁水弄得满手都是。王不留说，什么都讲背景，这些家伙如果没靠山，屁都不是！

赵山姜啃完手里的西瓜，拿着瓜皮往脸上抹，他感到凉爽极了。王不留说，其实赵元胡也有当官的撑着，要不然早蹲监狱了。赵山姜说，他能有什么背景。王不留说，他和市公安局的一个副局长关系不错。赵山姜说，那也不见得。王不留说，他们几次跑到澳门赌钱。赵山姜说，我从来没听过。王不留说，至少输掉上百万。赵山姜疑惑地说，赵元胡有这么多钱？王不留说，他出来这些年弄到不少钞票，只是全部赌

209

光了。

　　赵山姜拿着一块西瓜皮，坐在那里瞪眼，甭说上百万，要是自己能有几十万，问题就解决了，起码可以给苏叶买套房子。王不留问，你今天怎么没出去？赵山姜皱眉说，出去了，屁都没捞着，白跑一趟。王不留说，实在不行，可以晚上动手。赵山姜说，也不晓得怎么回事，似乎没以前好弄了。王不留从嘴里吐出一粒西瓜籽，说好多工厂都倒闭了，不少打工仔找不到事做，也来干这行，到处都是乱糟糟的。

　　开始他们吃得很快，后来速度就慢下来了。桌上还剩两瓣西瓜，但已经吃不下了。他们肚皮鼓鼓的，撑得有些难受。气候闷热，他们迎面躺在床上。楼顶上有几块水痕，像尿斑花似的。墙角挂着蜘蛛网，看不见网里有什么东西。靠近楼板的地方，有人用红色的粉笔歪歪扭扭地写下百姓刍狗几个字。那几个字写得高，估计是以前的租客站着板凳写的。赵山姜琢磨过几次，没明白究竟是什么意思。赵山姜几次想把字擦掉，但又懒得动弹。

　　王不留起身喝水，抹嘴说，苏叶还在长安？赵山姜说，她在那边工厂。王不留说，家里那个怎么办？赵山姜皱眉说，鬼晓得。王不留说，你做这行，早晚会让苏叶晓得。赵山姜说，所以千万保密。王不留说，你脸色不太对劲。赵山姜说，可能是天气太热。王不留说，该不会是你身体又出问题吧？赵山姜说，最近连鼻血都没流。王不留说，你这个太吓人，居然从毛孔浸出血来。赵山姜说，医院检查不出来。王不留说，可能水土不服，家里的问题处理好，还是回去算了。赵山姜叹气说，我也这样考虑。

王不留说，你这个月的钱打过去了？赵山姜看着楼顶，没吭声。
王不留掏出厚厚的钱包，数一千五递过来说，还没来得及存银行。赵
山姜撑起身，有点尴尬。王不留说，我就觉得你有事情。赵山姜接过
钞票说，我尽快弄来还你。王不留说，跟我还说这种屁话！

五

赵山姜出门卖手机。起初他站在街边，看到有人过来，就凑过去
问要不要买手机。大部分行人懒得搭理，像没听到似的，直接走过去了。
偶尔有人犹豫，放慢脚步，但都满脸怀疑，瞟两眼就走了。赵山姜老
是守在那一带，总算混熟了。那些想买手机的人看到他，就会自己跑
来打听。

赵山姜跑到天桥上，看着两边整齐的楼房，他眉头紧皱。现在已
经无家可归，他不知往后怎么办。那个女人守在家里，硬是拿她没法
子。赵山姜想，孤零零的一个女人，日子比较难熬，什么时候捱不住，
她总会离开。那个女人怀上几个月了，还被自己骗到城里引产，想起
来也确实残忍。赵山姜有些愧疚，曾几次给王吉利打电话，说家里有
事的时候，让他帮忙照料，尤其是那个顽固的女人。

赵山姜趴在栏杆上，伏身往下看，各种轿车像水一样在宽敞的街
道上流淌，轮胎磨着路面，弄出繁杂的声音。路边是两排银杏树。以

前赵山姜经常看到这种树，他记得公园里面种着几棵，差不多有水缸粗。记得前两天，他和王不留逛公园。王不留指着几棵老银杏说，你猜这些树有多少年了。赵山姜摇头说，不晓得。王不留，银杏长得慢，最少也有几百年了。赵山姜说，啧啧。王不留说，这种树贵。赵山姜没当回事，顺嘴说，几棵树能值多少钱。

王不留说，听说九十多万一棵。赵山姜听到价格，眼珠都快滚出来了。王不留说，路边那种水瓢粗的，也是几万块一棵。赵山姜吃惊地说，满城的银杏树，得值多少钱啊。王不留说，老家好像没这种树。赵山姜说，好像苏叶家那个镇有。王不留说，没门路，要不然弄几棵来卖就发财了。后来，赵山姜看到银杏就感慨，没想到，绿化树也值这么多钱。

赵山姜正伏在那里看银杏。天桥上，有几个摆地摊的贩子。还有一个残疾老头靠着栏杆打瞌睡，他的面前放着一个破纸箱，里面扔着几块零钱。这时，两个精瘦的青年顺着台梯走上来了。赵山姜认得他们，这两个青年是广西人，还找自己买过手机。听说这些人控制了附近的水果市场，势力很大。

两个青年走到赵山姜旁边，其中一个脸上有颗黑痣，看起来怪模怪样。脸上有痣的青年说，有没女式手机？赵山姜警惕地观察四周，没发现治安队的踪影，就拿出一部手机说，你看这个。那个青年说，东西没问题吧？赵山姜把手机递过去，说保证是正品。那个青年又说，什么价格？赵山姜说，低价处理，便宜得很。那个青年突然说，操你妈！

赵山姜惊讶说，你怎么张嘴骂人？

那个青年愤怒地说，这是我妹的手机。赵山姜迅速把手机夺回来，说怎么变成你妹的东西了。那个青年说，前几天我妹刚刚被抢。赵山姜说，那也不能说是她的。那个青年说，我认得这部手机！赵山姜说，这招太老土了，你想黑吃，门都没有！那个青年说，这手机背后有粉色的贴花。赵山姜说，你明明刚才看到的。那个青年说，充电孔旁边还有个豁口。赵山姜一看，那里确实有痕迹。

那个青年说，赶紧把手机还我！赵山姜没想到居然这样凑巧，知道要是承认，事情就麻烦了，他硬着头皮说，这是我买来的，这几天手紧，所以拿来卖。那个青年说，你应该晓得我是什么人。赵山姜说，我不管你是什么人，这手机是我买来的，想要就拿钱！那个青年冒火了，你是不是想找死？

那个残疾老头被吵醒了，他睁着两眼，满脸困惑。几个卖东西的摊贩也都伸着脖颈，朝这边张望。赵山姜转身想走，却被揪住胳膊。那个青年提拳打来，咚的一声。赵山姜摸着后脑，怒气冲冲地说，你怎么动手打人？那个青年没说话，接着又打。赵山姜抬脚踹过去，刚好踹在对手的肚皮上。

那个青年弯着腰，满脸痛苦，当他把头抬起来的时候，脸上更加愤怒了。旁边的青年见事态不好，猛然伸手，拦腰抱住赵山姜。这个广西人长得瘦，却很有力量。赵山姜使劲挣扎，把对方甩来甩去，横竖不能挣脱。那个挨踹的青年趁机冲过来，拳打脚踢。赵山姜抵挡不住，很快被打倒在地。

那个残疾老头害怕自己被误伤，慌忙抓着面前的纸箱，远远挪开了。赵山姜身上的短袖被扯烂了，他滚来滚去，感到地上发烫。两个广西人抢过那部女式手机，朝他啐了一泡口水，气喘吁吁地走了。赵山姜趴在地上，全身粘满灰尘，他强撑着起来，搂着肚子往回跑。

王不留正在打游戏，看到赵山姜鼻青脸肿地跑进来，吓了一跳，说你怎么弄成这个鬼样。赵山姜说，手机被抢了。王不留火冒三丈，说他妈的，历来只有我们抢人，怎么事情反过来了。赵山姜说，我认得他们。王不留马上召集帮手，准备报仇。

王不留和赵山姜带着四五个老乡，满街寻找那两个广西人。终于，他们在溜冰场门口找到目标。那两个广西青年看到事态不妙，转身想跑，但来不及了。王不留提着一个啤酒瓶，率先冲过去。嘭的一声，酒瓶砸碎了，玻璃四分五裂。那个挨打的广西青年，顿时头破血流。

双方激烈厮打，乱成一片。赵山姜打得尤其狠，他从学校出来，老跟着几个同龄人在镇上瞎混。他们经常打架，还从来没吃过亏，没想到竟然被两个瘦猴样的家伙痛打一顿。赵山姜憋着火，揪着对手狠打。他们人多，两个广西青年根本招架不住，身上落满拳脚。

或许有人报警，十多个治安队员突然拿着警棍冒出来。他们还没来得及逃跑，就被围住了。治安队员冲过来，劈头盖脸就打。赵山姜挨了几警棍，痛得咧嘴。然后，治安队员押着他们往回走。溜冰场离治安队不远，没走多久就到了。

门口是个宽敞的场坝，里面停着几辆警车。周围是几堵高高的院墙，上面扎着铁丝，看起来像牢房。押进去后，有个神气的胖子过来问他们为什么打架。两帮人争先恐后，都说自己有理由。那个胖子烦了，呵斥说，吵什么，把这里当菜市场了？他们不敢再说，屋里重新安静下来。那个胖子正要问话，电话就响了，似乎是广场上出事了。胖子带着十多个治安队员提着警棍，匆匆出去了，只剩几个值班。

其中两个治安队员，让他们挨个过来做笔录。轮到赵山姜时，问话的治安队员抬了一下眼皮，说姓名。赵山姜说出自己的名字。治安队员说，性别？赵山姜觉得有点滑稽，但仍然老实回答。治安队员问过出生日期和户籍所在地等基本情况后，说手机怎么回事。赵山姜说，我去卖手机，结果这两个人硬说是他们的。治安队员说，你讲一下事情经过。

赵山姜刚要说话，突然感到左边鼻孔一热，他迅速低下脑袋，果然一串血珠滚出来。治安队员吓了一跳，慌忙给他找卫生纸。赵山姜把纸拧成一团，塞进鼻孔。没想到，他刚把左边塞住，鼻血就从右边淌起来，看起来有些吓人。那个治安队员吃惊说，你怎么回事？赵山姜感到两只鼻孔被堵住，声音怪怪的，他说，我身体不好，经常流鼻血，有时还从毛孔里浸出来。那个治安队员怕出事，站起来说，门口有水管，你赶紧淋一下脑袋。

赵山姜跑到外边，拧开水龙头，用冷水拍打后脑勺。那个警察进屋时，说你先休息一下再做笔录。赵山姜就靠墙蹲下，他感到两只鼻孔鼓鼓的。太阳悬在顶上，天气热得厉害。有风迎面吹来，竟隐隐发烫。院里的几棵树，枝繁叶茂，叫不出名字。

开始的时候，治安队员每隔几分钟就探出头看他一眼，后来就没动静了。赵山姜瞅准机会，突然朝一棵树跑过去。他以前经常爬树，比猴还要灵活。他爬到树上，纵身跃过院墙。赵山姜不知道外边有多高，在这紧要关头，他豁出去了。外面有个垃圾箱，被他撞倒了，垃圾弄得满身都是。

王不留和几个老乡还在派出所，但他顾不上了。赵山姜打算先逃出去，再设法把他们取出来。上次王不留抢东西被抓进来，被打得半死，还差点送去坐牢。但这次不怕，偷盗和抢劫处理得比较严重，打架稍微宽点，有时几百块钱就能把人弄出来了。

赵山姜从地上爬起来，甩掉身上的脏东西，拼命往前跑。街上声音嘈杂，行人看到一个鼻孔塞着纸团的打工仔发足狂奔，都有些诧异。赵山姜翻过栏杆，避开车辆，穿到对面马路，甩着膀子奔逃。赵山姜跑得很快，跑得汗流满面。

六

苏叶打电话过来，说家里又催她回去了。听声音，她差不多快哭了。赵山姜拿着电话，顺着人行道往前走，他说，吓我一跳，还以为出什么事了。苏叶说，我妈说，如果再不回家，就永远不要回去了。赵山姜说，你妈不老这样说吗？苏叶说，她说我爸被气坏了，身体很不好。

赵山姜不知道怎么回答，只能不停地安慰。左边是绿化地带，右边是公路。人行道比公路高，旁边是水泥台阶。那些台阶被漆得黄一段黑一段，看起来像条蟒蛇。脚上什么东西在响，赵山姜低下头，才看到鞋带松了。于是他用肩膀夹着手机，蹲在地上系鞋带。就在他弯腰时，发现有人骑着自行车慢慢走在后面。

平时街上很热闹，偏偏这时候冷冷清清。赵山姜系好鞋带，继续往前走。他边和苏叶通电话，边留意后面。他察觉自己走得快，那辆自行车就跟得快，自己走得慢，那辆自行车也跟得慢。赵山姜觉得后边的身影似乎有些熟悉，立时警惕起来。他怕打草惊蛇，不敢回头，只能挂断电话，用眼睛余光观察那个骑自行车的人。

自行车靠着黄黑相间的台阶，离他越来越近。在自行车只离几步远时，蓦然一道亮光，赵山姜看到那个骑车的家伙拿着一把刀朝自己捅来。他侧身闪过，顺势揪住对方的手，猛往前扯。那个人猝不及防，身体前倾，重重摔个跟头。自行车倒在地上，两个轮胎旋转不停。

赵山姜看清了，是半个月前那个和自己结仇的广西人，脸上有颗黑痣，他抬脚乱踢。在外面混，就得比狠，要想自己不吃亏，就必须把对手打怕。那个广西人痛得脸部扭曲，嗷嗷乱叫。赵山姜想踹几脚就走，但看到对方满脸愤怒，他有些冒火，腿上更加用力了。那天他和王不留带着老乡狠狠地教训这个广西人了，没料到这瘦猴样的家伙，居然敢悄悄跑来复仇。

太阳火辣辣的，让人恨不得找个冰箱钻进去。到处找不到事做，他心里憋着火。苏叶想有个家，但房价高得吓人，就算把自己连肉带骨头卖掉，也甭想在这里买房子。家里还有一个女人苦苦守着，两边没着落，他不晓得到底怎么办。生活过得煎熬，打架的时候，就把火全都发泄出来。广西人起初还朝他瞪眼，后来痛得受不住，只能用两只手护住脑袋。赵山姜感到厌恶，他站在那里抹着汗水。

赵山姜走到广场，看到前面很热闹，他凑过去，原来是新疆克孜勒苏柯尔克孜自治州阿图什市和喀什地区伽师县交界处发生地震，几个大妈在号召大家捐款。赵山姜受到鼓动，也想多少捐几块，后来他想，自己有时连饭都吃不上，活得比那受灾的新疆人还艰难。这样想着，他又把摸出来的零钱塞回去了。

接下来的几天，赵山姜仍然在各个社区晃荡。就在他撬门开锁，四处偷东西时，赵山槐打来电话说，你在做什么？赵山姜说，没做什么。赵山槐说，你倒好过。赵山姜嫌他语气不太好听，顶撞说，我怎么了？赵山槐说，你自己跑了，把烂摊子扔给家里。赵山姜皱眉说，我也没法子。赵山槐说，你到底什么时候回来？赵山姜说，目前没打算。赵山槐说，莫非你想在外面混一辈子？赵山姜叹气说，这种情况，我有什么办法。

沉默半晌，赵山槐突然说，王吉利经常往家里跑。赵山姜说，我在的时候，他就经常跑。赵山槐说，他还帮你的女人种地。赵山姜说，我让他帮忙照顾家里的。赵山槐说，我只是随便这样说。赵山姜说，你讲话怪模怪样。赵山槐说，最好把你的问题解决好，早点回家来！

赵山姜有些苦恼，现在每天过得提心吊胆。就算没犯事情，远远地看到治安队，身上的汗毛竟然也全都竖立起来。他渴望回去，但家里偏偏守着一个女人。那个女人低眉顺眼，看不出她竟然这样坚韧。似乎自己不回去，她就在那里硬守一辈子。那个女人长得不算难看，赵山姜想不明白，自己都这样了，她为什么不重新找个人过日子，怎么非跟自己耗下去？

就在赵山姜郁闷的时候，忽然听到一个糟糕透顶的消息。那个被殴打的广西人放出话来，早晚要他的命。赵山姜知道情况不妙，这些家伙都是亡命徒，既然放出风声，肯定就敢这样做。赵山姜担心自己的安全，赶忙去找赵元胡。

这座城市到处挤满打工仔，还有许多不务正业的混混。没事的时候，这些人就是一盘散沙，各自讨生活，遇到困难就团结起来。在这些人里面，势力强大的有云南帮、贵州帮、东北帮，还有广西帮。这些团伙各有特点，东北人体形强壮，嗓门也响亮，摆开阵势，最能吓唬对手。广西人长得精瘦，但身手灵活，胆量也大，无论操到什么东西都敢抢出去，根本顾不上对方死活。但最难纠缠的是贵州人和云南人，他们不仅下手狠，还老是惹祸。许多工厂怕惹麻烦，招工的时候，只要听说是贵州和云南这两个地方的人，直接不收。

差不多每股势力都有自己的头领。贵州帮里面，威望最高的是赵元胡。当赵山姜找到赵元胡时，他正带着几个人在轮流锯保险柜。钢锯唰唰细响，地上堆着许多碎铁屑。以前什么都好弄，最近几年治安不好，许多人家都用保险柜。赵山姜独来独往，看到保险柜就头疼。赵元胡就不同了，他带着帮手，看到保险柜就直接抬走。听说有一次，赵元胡他们锯开保险柜，从里面掏出六十多万。

赵山姜蹲在旁边说，这个东西要多久才能锯开？赵元胡拍着手上的灰尘说，差不多要一天。赵山姜说，怎么不用大锤砸？赵元胡说，试过，弄不开。赵山姜说，这样耗时间。赵元胡说，什么钱都不好挣。赵山姜说，但是这样弄到的钱多。赵元胡站起来说，也不一定，有时辛辛苦苦把柜子锯开，里面屁都没有。

赵元胡见赵山姜局促不安，就说，你是不是有事？赵山姜挠着后脑，没吭声。赵元胡说，有事尽管说。赵山姜悻悻地说，我碰到麻烦了。赵元胡说，怎么回事？赵山姜犹豫一下，讲出事情的来龙去脉。赵元胡说，这伙广西人太嚣张，我早就看他们不顺眼了。赵山姜说，现在怎么办？

赵元胡清楚那伙广西人的底细，觉得弄到这个地步，对方肯定不会轻易罢手，要干就大干一场，灭掉他们的威风。赵元胡当即派人给广西帮送信，双方武力解决，随后召集老乡。这里的老乡非常多，鸡零狗碎的小事自己处理，但碰到棘手的问题，大家都找赵元胡拿主张，并请他帮忙解决。赵元胡在贵州帮影响不小，听到他的召唤，许多老乡都赶过来了。

群殴是在三天之后发生的。那是城郊的一片烂尾工地，周围有许多水泥柱，但没建楼房。很显然，刚刚弄完地基就停止施工了。双方站在工地两端，各有上百个人。他们手里拿着铁链、铁棍，还有砖头之类的东西。风呼呼吹着，地上的荒草涌来涌去。

赵元胡站在前面，他的身后站着老乡。他们的嘴里，都含着一根饮料吸管。这种大型群殴，场面都比较混乱，有时难免认错。赵元胡害怕大家误伤自己人，于是弄来许多饮料吸管，做好充分准备。起先他们只是远远看着，谁都没有说话。后来不晓得什么人喊了一声，双方就纷纷往前冲。

三两个人打架，有时会感到恐慌。奇怪的是人越多，胆量越壮。偏远地区，村寨之间经常发生矛盾。两边的村寨总约定时间，用打架解决问题。要是碰到对面村寨的亲戚或者朋友，大家就点点头，错开位置。贵州帮和广西帮的打工仔，在山里时没少参加群殴。这种场景让他们无比亢奋。

赵山姜参加过几次群殴，但印象最深的是第一次，那时候营脚的山顶发现铅锌矿，县城的混混组队来抢，被他们打得落荒而逃。当时赵山姜只有十多岁，他记得那天当他抬起头来，看到像冰雹似的噗噗砸在地上，连树皮都砸裂了。赵山姜仿佛看到当年的情景，他热血沸腾，把手里的钢管挥得呼呼响。

前面是一个披着头发的家伙。赵山姜抡起钢管打去，他听到咚的一声。对方瞪着眼，慢慢伸手摸自己的脑袋，一串血珠滚出来了。显然血珠把人激怒了，那个披着头发的家伙龇牙咧嘴，抡起手里的铁锤狠狠砸来。赵山姜抬起钢管抵挡，虎口震疼了。他招架不住，只能不断后退。脚被什么绊了一下，赵山姜摔倒了。那个披着头发的家伙扑过来，准备抡起铁锤朝他身上砸。这时，一个嘴里含着饮料吸管的老乡跃起身，从旁边把披着头发的家伙踹倒。

就像农民起义，双方凶狠拼杀。贵州帮越战越勇，慢慢占据上风。广西帮先是边打边退，后来终于溃散。有两个跑得稍慢，被他们捡起砖块，打得头破血流。他们站在荒芜的工地上，满脸豪迈。他们出来找活路，没少吃苦头，过得非常压抑，今天总算扬眉吐气。

七

事情过后，赵元胡交代赵山姜，让他近期最好不要落单，免得让敌人找到下手的机会。赵山姜觉得那些人应该不敢再找麻烦。赵元胡说，广西帮的势头虽然被扑下去了，但这些家伙比较难缠，防着不是坏事。赵山姜想到苏叶，心陡然沉重起来。苏叶省吃俭用，好衣服都舍不得买一件，成天幻想把钱攒够，早点找个安身的地方。

赵元胡见他迟疑，说，还有问题？赵山姜愁眉苦脸说，还要讨生活。赵元胡思忖说，干脆你先跟着我吧。赵元胡挣钱快，花钱也快，他带着身边的几个老乡，到处吃喝玩乐，有时还找女人。每次碰到那种时候，赵山姜总是什么也不做。几个老乡说，你该不是那地方有毛病吧？赵山姜说，我有女朋友的。几个老乡就笑，说哪个没女朋友啊。赵山姜懒得解释，他自豪地想，我女朋友长得漂亮，这些女人算什么啊。

以前赵山姜只能在普通打工仔住的出租屋，零敲碎打地偷点东西。有时候忙碌半天，屁都捞不着。但赵元胡他们专挑高档住宅区动手，事先踩点，从不落空。这天上午，他们开着车，跑到沙头的一栋独立别墅。他们把车停在门口，留一个人在楼下，其余的几个上楼。他们早已摸清楚，这家人长年不在。他们把门弄开，先是找现金和首饰，接着开始搬东西。就像搬家公司那样，搬着家具往车里装。

他们把车塞满，开着往回走。跑到半路，赵山姜接到赵山槐打来的电话。赵山槐说，你甭在外面瞎混，赶紧回家。赵山姜说，这种情况，我怎么回来？赵山槐说，你媳妇走掉了。赵山姜感到诧异，这个女人的脑袋像个树疙瘩，倔强得要命，怎么突然就离开了？

赵山姜追问，才把事情弄明白。原来，王吉利经常跑到家里帮忙。那个女人在家，过得有些煎熬。时间长了，两个人渐渐有些暧昧。赵山槐早就有所察觉，但他不动声色。这天晚上，他发现王吉利溜过来。他没声张，而是悄悄把门锁上，然后跑去叫人。差不多把全村人都叫到现场，他才把门打开。事情的结果是，王吉利跟他媳妇狠狠打了一架，被抓得满脸痕迹。而赵山姜媳妇，第二天就悄悄背着行李离开了。

挂断电话，赵山姜心里有一种说不清的滋味。从小开始，他跟王吉利关系就不错。没想到，这个家伙太不厚道，居然跟自己的女人搅在一起。想到这里，他觉得很不舒服。但如果没发生这件事情，不知道还要在外面流浪多久。赵山姜每个月都设法凑钱，只要想到汇款时间，他就胆战心惊。他过得憋屈，但跟苏叶约会时，还得竭力装作若无其事的样子。现在，他终于解脱了。赵山姜等不及把车里的家具卖掉分钱，就匆匆跟赵元胡和几个老乡告辞。

赵山姜跑去找王不留，他们蹲在路边抽烟。赵山姜说，你也出来好多年了，要不然一起回家算了。王不留说，那个鬼地方，讨口都没饭吃，回去做什么？赵山姜说，治安越来越紧，早晚要出事的。王不留狠吸几口烟，说在老家，抬头就看到光秃秃的山，我实在过怕了。赵山姜说，总不能一辈子在这里混下去。王不留皱眉说，以后的事，顾不上考虑了。赵山姜说，你真不回去？王不留说，你早点带着苏叶回去过安稳日子，我一个人，在哪里都是家。赵山姜说，你不回去，我就走了。王不留蹲在那里，满脸失落。他们蹲在那里，都不说话，只是埋头抽烟。后来赵山姜把烟蒂扔在地上，用脚重重碾碎，站起来走了。

赵山姜坐上去长安的公交。当他赶到的时候，苏叶已经收拾行李在那里等着了。苏叶惴惴不安地说，你家里人要是不喜欢我，那怎么办？赵山姜说，你尽瞎想。苏叶说，我真有点担心。赵山姜说，我还不敢去你家哩。苏叶说，你怎么不敢去？赵山姜说，怕他们说我把你拐走。苏叶说，我爸确实脾气暴躁，要是以前，肯定打断腿你的腿。赵山姜说，现在呢。苏叶说，生米都煮成熟饭了，他们还有什么办法。

苏叶拿出七八万块钱，这是他们积累的血汗钱。赵山姜瞪眼说，你怎么取出来了？苏叶是精打细算，她说，镇上只能是农村信用社，跨行和异地取钱手续费高。赵山姜说，那也不能带在身上。苏叶用衣服把钱包裹好，再塞到他的背包里，满意地说，这样别人就不会发现了。

　　长安没有火车，他们只能背着行李，坐公交到虎门站。公交有两层，坐在上面，街景很好。想到马上就能回家，他们说不出的激动。此前几天，根本不晓得往后怎么办。没想到，事情突然就解决了。镇上土地相对便宜，他们坐在公交车上，悄悄盘算，回到黔西北后，先在靠街买一个地基，再做点什么生意，辛苦几年，就凑钱修房子。

　　他们赶到火车站买到票，然后站在外面候车。火车站旅客拥挤，声音嘈杂。有人拎着行李箱，急匆匆跑去检票。有几个农村来的老头，背着铺盖东张西望。苏叶看看手机，说趁时间还早，你赶紧去买点吃的。赵山姜说，你要吃什么？苏叶说，要坐二十几个小时，你多买点饼干，方便面，还有矿泉水。赵山姜拍拍屁股，起身要走。苏叶叮嘱说，附近的东西卖得贵，你稍微走远点。

　　赵山姜没说话，背着包往前走。气候热烘烘的，他感到脊背让汗水浸透了，衣服紧紧贴在身上。他想空手去买东西，但包里藏着七八万块钱，只能随身背着。他往前几百米，打算去对面的超市。其实，这些地方物价都差不多，差距不大，但苏叶节约得很，半毛钱也舍不得乱用。

　　赵山姜穿过斑马线，抹着汗水往前走。突然听到呼的一声，一辆摩托蹿过来。赵山姜还没来得及回头，背上包就被人夺走了。来势凶猛，赵山姜重重摔倒在地，差不多连骨头都摔断了。他在地上翻滚几圈，顾不上全身疼痛，慌忙爬起来往前追。

摩托车上坐着两个青年，后面一个体形精瘦，他觉得有些熟悉。那个青年拿着包，回头张望。赵山姜看清是那个结仇的广西人，这家伙精瘦的脸上，有颗怪异的黑痣。虽然赵山姜以前经常锻炼，跑得很快，但依然被摩托越甩越远。想到苏叶还满怀憧憬地等在后面，赵山姜无比惊慌，他甩开胳膊，疯掉似的追赶。

　　路边的草木，闪烁着杂乱的绿色。赵山姜什么也看不见，他的眼里只有那个被抢走的背包。包里装的不仅是血汗钱，更是他的未来和希望。赵山姜发足狂奔，风迎面扑来，被鼻尖割成两半，在脸颊上撞得呼呼响。陡然之间，赵山姜鼻孔发热，随即血流如注……